Las tres damas

amazonpublishing

Las tres Damas

por

CLAUDIA CORTEZ

Publicado por:
Amazon Publishing, Amazon Media EU
marzo, 2021

Primera edición en papel 2021
ISBN: 9798725563610

¡Dios mío, qué solos
se quedan los muertos!
¿Vuelve el polvo al polvo?
¿Vuela el alma al cielo?
¿Todo es sin espíritu
podredumbre y cieno?
No sé; pero hay algo
que explicar no puedo,
¡a dejar tan tristes,
tan solos los muertos!

Gustavo Adolfo Bécquer

Miró hacia atrás mientras corría. Su corazón, acelerado al límite, retumbaba en su pecho, sin embargo su rostro no mostraba ninguna emoción.

Sus ojos se movían con rapidez desde un árbol al siguiente, como si ellos le mostraran por donde seguir.

Unos metros más adelante se detuvo jadeando y rápidamente se ocultó detrás del tronco de una antigua haya. Apoyó la frente sobre la rugosa superficie tratando de recuperar el aliento y unos segundos después, muy lentamente asomó la cabeza.

Nadie que la mirase en ese momento hubiera imaginado lo que ella había hecho o lo que estaba a punto de hacer.

Sus pupilas, dilatadas por la oscuridad, mostraban ese brillo característico de la desesperación que da paso a la locura. Sin embargo su cara, casi angelical, parecía serena, con la calma de quien ya no tiene nada que perder.

Esperó unos instantes y retomó la marcha. Conocía ese bosque como la palma de su mano, aún en la negrura de la noche. No la seguían, no todavía, pero vendrían a buscarla. La encontrarían y la matarían de eso estaba segura pero no tenía miedo, desde hacía algunas horas aunque su corazón seguía latiendo ya estaba muerta.

Corrió serpenteando entre los árboles y se detuvo en la puerta de la derruida cabaña; escudriñó el monte una vez más y luego entró.

Le temblaban las manos cuando aseguró la puerta con la pesada madera que servía de tranca, se volvió y caminó hacia la cuna.

Una preciosa niñita de cortos rizos negros yacía plácidamente entre las mantas gastadas; su mejilla, demasiado pálida pero regordeta, reposaba sobre la muñeca de trapo cuyos ojos de nácar resplandecían a la luz de las llamas.

Miró a la criatura con ternura mientras se quitaba la capa.

Una bolsa de cuero colgaba de su cuello, oculta bajo la ropa. La levantó con dificultad hasta que logró liberarse de su peso, luego acercó una silla al fuego y antes de abrir la bolsa avivó las llamas, después con cuidado desató los tientos.

La bolsa cayó al suelo mientras ella tocaba casi con veneración las tapas de piel labrada del grueso libro que tenía sobre sus piernas. Estaba repujado con maestría y parecía tener cientos de años. Ansiosamente lo abrió.

Comenzó a dar vueltas a las páginas buscando algo escrito, pero solo parecía haber dibujos.

Al fin encontró lo que buscaba, pero la desilusión llegó al darse cuenta que le era imposible leerlo, desconocía completamente los extraños signos que poblaban aquellas hojas rústicas.

Siguió pasando los folios uno a uno, hasta que halló un dibujo que ocupaba el centro de la página. Era una hermosa mujer, perfilada con detalle. En su mano sostenía un cáliz del que se derramaba una oscura sustancia que parecía sangre. Debajo del dibujo se leía *El precio de un Alma*.

Observó las letras con atención, aunque podía reconocerlas, eran diferentes a las que le había enseñado su padre, parecían delineadas con más de un trazo cada una, como si se tratase de un dibujo.

Volvió hacia atrás y miró otra vez las raras figuras y se dio cuenta que eran letras, letras escritas de esa manera tan peculiar, pero ahora descifrables para ella.

Se acercó más a la luz de la lumbre y, lentamente y con algo de dificultad, empezó a leer. Saltó algunos párrafos, buscando lo que le interesaba.

Siguió leyendo por casi un minuto antes de percibir algo extraño, y entonces, por el rabillo del ojo, las vio.

Se levantó de la silla y el libro cayó a sus pies. Dio un paso hacia atrás, alejándose de ellas, hasta que sintió el calor de las llamas demasiado cerca.

—¿Qué buscabas en El Libro Sagrado? —preguntó la de cabello rojo.

No contestó, solo la miró con los ojos muy abiertos.

La otra caminó unos pasos y se acercó a la cuna. Con una mano apartó la manta que cubría a la niña y se agachó sobre ella.

—Está muerta —dijo la muchacha saliendo de su mutismo.

La mujer acercó la cara hacia la pequeña y aspiró sonoramente. Se enderezó y la miró.

—¿Cuándo murió? —preguntó.

—Ayer.

La pelirroja se había aproximado hasta quedar a apenas unos pasos de ella. Se agachó y recogió el libro del suelo mientras la miraba a los ojos.

—¿Qué buscas aquí? —volvió a preguntar al tiempo que caminaba hacia la mesa. Dejó el libro encima y se sentó.

La chica miró instintivamente la puerta, y luego a la niña.

Su corazón latía de prisa, sin embargo el temor volvía lentos sus pensamientos.

Pestañeó un par de veces al ver que la que estaba sentada tamborileaba con sus largos dedos sobre la mesa.

—Destrúyela, hermana —dijo al fin.

La otra sonrió y comenzó a acercarse a la muchacha.

—Vuélvela a la vida —dijo esta.

La mujer se detuvo a unos pocos pasos.

—¿Por qué haría eso?

—Te serviré eternamente si le devuelves la vida.

—¿Es lo que buscabas? ¿Volverla a la vida?

—No la escuches, hermana, deja que yo me encargue de ella.

La bruja miró a la joven y se detuvo en sus ojos, unos ojos claros y serenos. "No tiene miedo" pensó asombrada, y esa era para ella una sensación nueva, la gente siempre le temía, huían o rogaban de rodillas.

Se puso de pie, se acercó a la cuna, y contempló a la criatura.

—Lo haré, pero ella también será mi esclava.

—¡No! —gritó la chica.

Una mirada amenazante la detuvo.

—Por favor —rogó—. Llévame a mí, solo a mí...

—¿A ti? No, la quiero a ella.

Entonces la muchacha con decisión corrió para tomar a la niña en sus brazos, pero antes de poder siquiera rozarla la mujer extendió la mano y con sus uñas acarició la garganta de la joven. Esta cayó desplomada a sus pies, mientras una mancha oscura se formaba a su alrededor.

Le dedicó una breve y fría mirada y volvió su atención a la cuna. Rozó con sus dedos la mejilla pálida de la pequeñita dejando un rastro rojizo sobre la piel inmaculada, luego volvió a mirar a la mujer caída a su lado. Casi parecía una niña también.

Se agachó y apartó el cabello dejando al descubierto el rostro sin vida. Algo colgaba de su cuello ensangrentado, tiró de la gruesa cadena y la arrancó.

La otra comenzó a acercarse pero al ver el colgante, se detuvo en seco.

—¿Cómo ha llegado eso a sus manos? —preguntó en un susurro.

Sin responder su hermana hizo girar el amuleto entre los dedos. A pesar del tamaño era liviano, y parecía hecho de alguna aleación poco conocida. En el centro de una serie de signos destacaba un ojo izquierdo del que parecía caer una lágrima, que era en realidad una pequeñísima gema violeta.

Levantó la vista.

—Quizás no era una simple campesina—dijo.

Luego acomodó la manta alrededor del pequeño cuerpecito y levantó a la niña.

—¿Qué haces?

—Cumplir con la última voluntad de su difunta madre —dijo, y apoyando a la criatura sobre su pecho se dirigió hacia la puerta.

—Está muerta —dijo Tontín y una gruesa lágrima se deslizó por su mejilla.

—No es verdad —gritó Gruñon empujándolo para acercarse a la niña.

Se arrodilló a su lado y tomó la delicada mano blanca.

—No es verdad —volvió a repetir mientras bajaba la cabeza angustiado.

Así se quedaron, los siete de rodillas alrededor del cuerpo sin vida, hasta que el sol comenzó a ocultarse.

Doc rompió al fin el silencio.

—Debemos enterrarla.

—¡No! ¡No la dejaremos bajo tierra! —exclamó Gruñón secándose los ojos.

—Hagamos un ataúd de cristal —sugirió Tímido—. La pondremos en el bosque, así podremos visitarla cada día.

Estuvieron todos de acuerdo y se pusieron manos a la obra esa misma noche.

Escuché un suave ronquido y miré a Adela. Estirada a mi lado dormía.

Comencé a cerrar el libro, y ella abrió los ojos.

—Sigue un poco más —dijo acomodando las almohadas.

—Es muy tarde, lo terminaremos mañana...

—No... —protestó.

—Si —dije—. Mañana te enterarás que pasa con Blanca Nieves.

Sonrió ampliamente.

—Ya sé que no está muerta. Se hace la muerta.

—¿Si?

Ella hizo una graciosa mueca.

—Está jugando, como hace a veces papi.

La miré. ¡Había crecido tan de prisa!

—Bueno, ya veremos —dije, y acomodando las mantas me puse de pie—. Nos enteraremos mañana.

Protestó un poco más, pero al fin, después que le di sus cuatro peluches preferidos, se acomodó con todos ellos alrededor y se dispuso a dormir.

—Te quiero —dije besándola—. Que duermas bien —y volví a besarla.

Apagué las luces y me acerqué a la puerta.

—¿La dejo abierta?

Negó con la cabeza.

—No, mami siempre cierra —y se volvió dándome la espalda.

Cerré la puerta, y caminé por la oscuridad del largo pasillo.

Me volví una vez a mirar hacia atrás, no entendía como mi hermana era capaz de dejar a esa pequeñita allí sola, y con la puerta cerrada.

Al llegar a la escalera, encendí la luz y comencé a bajar. Recorrí el enorme salón, sorteando los sillones, mesitas, butacas y sillas y entré en la cocina.

—¡Uffff, hago más ejercicio en esta casa que en el gimnasio! —dije, sentándome junto a Lucía.

—¿Se durmió? —preguntó.

—Sí. ¿No tienes miedo de dejarla allí sola? Si le pasa algo está tan lejos.

—¿Qué le puede pasar?

—No sé, esta casa es enorme, y tan tenebrosa... Todo tan oscuro.

Mi hermana se rió mientras se levantaba y ponía a funcionar la cafetera.

—Llevamos viviendo aquí seis años, ella nació aquí, es su casa.

La miré no muy convencida.

—Un día se perderá y no podrás encontrarla.

—Deja de decir tonterías. ¿Cómo va a perderse?

—¿Y si se mete en algún pasadizo secreto? Seguro que hay alguno...

—Hay más de uno, los hemos recorrido juntas muchas veces.

La miré boquiabierta.

—¿Es una broma?

Lucía comenzó a reír. En ese momento entró mi cuñado, se estiró y luego se apoyó en la antigua bancada de mármol.

—Además es el lugar perfecto para un talentoso escritor. ¿Verdad, cielo? —añadió mirando a su marido.

Él asintió bostezando.

—Sí, de hecho hoy he tenido un día muy productivo.

Lucía le alcanzó una taza de café y otra a mí.

Los observé mientras se besaban. Sin duda quería a ese hombretón, él también era como un hermano para mí, y ellos tres mi única familia. Debo confesar que me encantaba estar en su casa, aunque hubiera preferido que vivieran en un sencillo apartamento en la ciudad en vez de en ese inmenso caserón en medio del bosque. Pero ellos eran felices allí.

Samuel había recibido esa casa como parte de su herencia, siendo todavía soltero, y por años la casa había permanecido cerrada, casi abandonada.

Cuando decidieron casarse y empezaron a buscar un lugar donde vivir, él mencionó la casa. Lucía quiso conocerla, y ya desde el primer momento en que traspasó aquellas puertas se enamoró de la vieja mansión y como si no hubiera visto los pisos llenos de hojas y suciedad, y las paredes polvorientas, decidió que ese era el lugar ideal para vivir. Samuel, por supuesto, no se atrevió a contradecirla.

De manera que con mucho esfuerzo empezaron a acondicionarla invirtiendo casi todos los ahorros de él y el tiempo de ella, y al final, después de un año, pudieron mudarse y comenzar su vida juntos.

La casa era en realidad una antigüedad del siglo XIX con altas ventanas con persianas de madera, techo de terrazo negro y musgosas paredes de un color indefinido. Tenía esa belleza tenebrosa de las películas de suspenso y creo que realmente era el escenario perfecto para un escritor como Samuel, que se dedicaba a escribir novelas de terror.

Su trilogía, "Las tres Damas" lo había sacado del anonimato y desde ese momento había logrado vivir de lo que más amaba. Tenía publicados quince libros, lo cual no era poco. Yo, por supuesto, los había leído todos ya que no siempre se tiene el privilegio de contar con un escritor en la familia, y aunque las novelas de terror no eran mis favoritas, me gustaba su estilo ya que tenía la capacidad de volver muy reales hasta las situaciones más inverosímiles.

—¿Cuándo vendrás a vivir aquí? —preguntó Samuel después de dar un sorbo a su café.

—Nunca.

—A Julia le da miedo la casa...

—¿De verdad? —preguntó él sonriendo.

Los dos comenzaron a reír.

—¡Qué tonta eres! —dije levantándome a dejar la taza en el fregadero—. No tengo miedo, solo que me parece... —hice una mueca buscando la palabra adecuada— ...tétrica.

Samuel asintió.

—Es tétrica, es parte de su belleza.

—Y húmeda y fría y oscura —agregué.

Se acercó a la mesa con su taza y se sentó frente a mí, Lucía se acomodó a su lado.

—Entiendo, y esa es la excusa perfecta para no mudarte con nosotros.

Negué con la cabeza.

—No, no es una excusa. No puedo dejar mi trabajo....

—Nadie habló de dejar el trabajo. Por la autovía llegarías a tu consulta en apenas veinte minutos. ¡Vamos, Julia! Solo trabajas tres días a la semana — Me miró sonriendo—. Ya sabes que a las chicas les encantaría.

Sonreí. Se refería, por supuesto, a Lucía y Adela.

—Trabajo tres días, pero tengo una vida en la ciudad. ¡Ni loca viviría en este paraje tan solitario! ¿Qué haría los fines de semana? ¿Estar todo el día metida aquí dentro?

Lucía hizo una mueca mientras me miraba.

—Cierto, nos habíamos olvidado de tu excitante vida social... ¿Por qué será que sigues soltera?

La miré con odio mientras ella sonreía.

Yo era la mayor de las dos, y con mis 28 años no tenía novio ni pareja ni planes de casamiento.

Pero eso no significaba que no tuviera amigos, y que no disfrutara con ellos los fines de semana. Me encantaba todo lo que me ofrecía la gran ciudad: conciertos, charlas, arte, cine. Buenos restaurantes y, (y esto era mi mayor debilidad) buenas tiendas de moda.

—Sigo soltera porque he sido lo suficientemente madura como para no engancharme con el primer idiota que se me acercaba —lo miré a Samuel—. Sin ofender—dije.

—Tranquila —contestó él apurando su café.

Lucía se puso de pie y abrió la nevera. Sacó un plato con el postre que había sobrado de la cena y se volvió a sentar.

—No te preocupes, amor, ella quiere ofenderme a mí —dijo alcanzándome una cuchara.

—No hablaba de ti, hablaba de mí —expliqué.

Samuel carraspeó.

—Chicas, siempre terminan discutiendo, pero nunca llegamos a nada concreto.

Apoyó los codos en la mesa y juntó las manos.

—Julia, mírame —lo miré—. Dime sinceramente por qué no quieres venir a vivir con nosotros.

Como él decía habíamos hablado en muchas ocasiones del mismo tema, ellos me lo venían pidiendo desde que había nacido Adela, y yo siempre me negaba, ya fuera entre bromas o dando excusas.

Saboree el bocado de tarta de chocolate con nata y caramelo, mientras pensaba que contestar.

—Con sinceridad —volvió a decir.

—No quiero ser una carga —solté al fin. Samuel frunció el ceño confundido y Lucía se enderezó en su silla.

—¿Una carga?

—Sí, una carga emocional —aclaré.

Ellos se miraron.

—¿Y eso que significa?

—A ver... Ustedes tienen su familia, una hermosa familia, responsabilidades, una hija que criar. Tienen que hacerlo solos, tranquilos, no con alguien extra que les complique la vida.

—No eres "alguien extra", eres nuestra hermana—dijo Lucía poniéndose muy seria. Sabía que eso no le estaba gustando.

—Julia, nuestra bebé está creciendo, y te estás perdiendo los mejores momentos...

—Vengo a verla casi todas las semanas.

—No es verdad. Hacía más de un mes que no venías. Pero ese no es el punto. Deseamos que vivas con nosotros porque tú y Lucía estuvieron solas por mucho tiempo, ahora ya somos cuatro, lo cual no es tanto, pero debemos estar juntos —Samuel tomó mi mano entre las suyas—. Queremos que vivas aquí porque te queremos.

Bajé la vista y volví a hundir la cuchara en la tarta, para ocultar mis ojos húmedos.

—De acuerdo —dije—. Lo pensaré.

Me preparé para dormir aunque no tenía sueño. Eran más de las doce de la noche, nos habíamos quedado charlando de todo un poco y se había hecho tarde.

Ellos solían acostarse temprano porque a Samuel le gustaba madrugar, decía que en las mañanas sus "neuronas creativas" realizaban las mejores conexiones. Pero esa noche él se había entusiasmado leyéndonos una escena del libro que estaba escribiendo y nosotras habíamos comenzado a darle ideas y sugerencias. Por supuesto él nunca nos hacía caso, pero nosotras sentíamos que también éramos parte de sus éxitos.

Ya con el pijama puesto me acerqué a la ventana. Podía ver parte del parque y los frondosos árboles dando comienzo al bosque. La lluvia caía lentamente, era una lluvia benigna que limpiaba y sanaba la tierra y las plantas. Las luces de las antiguas farolas que delimitaban los jardines de la casa aparecían desdibujadas y pálidas.

Volví a la cama y, mientras me acostaba, escuché crujir las maderas encima de mi cabeza, como si alguien estuviera caminando en el piso superior. En la última planta estaba la biblioteca, el despacho de Samuel, un gran salón y las habitaciones de invitados, que casi nunca se usaban. Me detuve a escuchar, todo había quedado en silencio nuevamente.

Apagué la luz y me arrebujé en el grueso acolchado.

Pasos otra vez. Abrí los ojos y me senté, nerviosa. Estaba segura de que Samuel y Lucía estaban en su habitación, a unos metros de mi cuarto. Es verdad que la casa era tan vieja que siempre crujían los suelos y las paredes, pero en esta ocasión parecía que alguien estaba caminando justo encima de mi cuarto.

A pesar de que un escalofrío me recorrió al salir de la cama, avancé decidida hasta la puerta. La abrí lentamente, tratando de no hacer ruido.

Caminé de prisa por el pasillo hacia el cuarto de Adela. Me detuve a escuchar. Nada.

No había encendido ninguna luz, de modo que me costó distinguirla en la cama cuando entreabrí la puerta. Tan pequeña era y dormía hecha un ovillo en un extremo del enorme lecho.

El susurro casi junto a mi oreja me hizo dar un salto.

Me volví y vi la cara blanquecina de Lucía en la penumbra, a unos escasos centímetros.

—¿Se despertó? —preguntó y pasando a mi lado entró en la habitación.

—No, vine a ver si estaba bien.

—¿No puedes dormir? — preguntó acomodando las mantas alrededor de la niña.

No respondí. Ella besó la cabecita suavemente y volvió a acercarse a mí.

—Vamos, es tarde.

Al llegar a mi cuarto se detuvo.

—Trata de dormir. ¿Quieres una leche caliente?

—No, gracias. Buenas noches.

Abrí mi puerta y me volví.

—¿Está Samuel trabajando arriba?

—No, duerme. Cayó muerto apenas subimos—dijo sonriendo.

Abrí la boca para decir algo, pero preferí callar.

—Buenas noches.

—Que descanses —dijo ella alejándose.

Me metí entre las sábanas rápidamente, un poco por frío y otro por recelo. Decididamente no me gustaba esa casa con sus paredes húmedas, sus pasillos oscuros y sus... ruidos extraños.

Al día siguiente me levanté temprano, había amanecido nublado y fresco. Al mirar por la ventana de la cocina, mientras tomaba mi café, vi a Pedro, el jardinero, trabajando en unos macizos de flores que se encontraban en uno de los extremos del parque, cerca de la antigua glorieta.
Sin pensarlo demasiado salí afuera con la taza en mis manos. Caminé sobre el césped hasta llegar a la edificación que era realmente una obra de arte. Cada una de las columnas estaba bellamente decorada con grupos de hojas y rosas talladas en la piedra. El techo era simplemente un conjunto de vigas, unidas en el centro por una especie de bola con una cubierta baja de cristal. Pasé junto a Pedro que me miró sorprendido y me senté en el extremo de uno de los dos bancos de piedra que se encontraban dentro de la glorieta.
—¡Qué lugar más bonito! ¿Puedes creer que es la primera vez que entro aquí? —dije dando un sorbo a mi café.
Él había vuelto a su trabajo, estaba replantando algunas prímulas.
—Sí, lo creo —dijo.
—Que bien cuidado que tienes esto—exclamé tocando el banco con la mano libre—. Parece mucho más nuevo que la casa.
Efectivamente, la casa tenía las paredes ennegrecidas por la humedad, mientras que la glorieta se encontraba completamente limpia, como si fuera una construcción reciente.
Se enderezó lentamente y se pasó el dorso de la mano por la frente.
—Es nueva —aclaró—. Tendrá apenas unos seis años.
Lo miré asombrada.
—¿En serio?
Asintió y se alejó hacia la carretilla tomando varias macetitas en sus manos.
Me puse de pie y caminé alrededor de la glorieta: tendría unos cuatro metros de diámetro, y por fuera estaba rodeada de

narcisos de distintos colores. Había dos arcadas con tres escalones cada una que llevaban al interior y dos bancos semicirculares, uno de cada lado. Al subir por la entrada del fondo, la que daba al bosque, me sorprendió observar una inscripción en una de las losas del suelo. Era solo una fecha: 1805-1835.

Me incliné para ver mejor, y di un paso atrás al darme cuenta que aquello era una lápida.

—¿Hay alguien enterrado aquí? —pregunté volviendo la cabeza.

Pedro ni siquiera me miró.

—Eso parece.

—¿Quién?

Se encogió de hombros. Creí que no iba a agregar nada más, ya que si había un hombre parco, ese era Pedro.

—Descubrimos la tumba al poco tiempo de llegar su familia aquí, cuando estaban arreglando la casita de invitados.

—No tiene nombre...—empecé a decir.

Negó con la cabeza.

—¿Hay más tumbas? Quizás sea de alguno de los antepasados de Samuel...

—No, ellos están enterrados en el viejo cementerio de la iglesia.

Fruncí el ceño mirando la inscripción.

—¿Por qué crees que no lo enterraron allí?

Pedro movió la cabeza mientras apisonaba con las manos una de las plantas.

—Solo se le negaba la sepultura cristiana a unos pocos...

Lo miré.

—Suicidas—dije.

—Y asesinos —agregó él—. Pero eso a su cuñado no le importó.

—¿Samuel mandó hacer esto? —dije empezando a entender.

Volvió a asentir sin dejar de trabajar.

Pensativa observé una vez más la fina construcción. No podía creer que Samuel hubiera mandado hacer eso en homenaje a un muerto desconocido.

—¿Por eso tantas flores? —pregunté— ¿Porque es una tumba?

Él se encogió de hombros.

Sonreí, se veía a las claras que no estaba de acuerdo con las excentricidades de mi cuñado.

—Supongo que a Samuel le atrae el hecho de que se trate de un proscrito, un paria...Ya sabes cómo es él.

—Yo solo digo que si la iglesia no lo quería allí, por algo será. Mejor habría sido dejar la tumba como estaba.

—¿Y cómo estaba?

—Había ahí mismo una cruz de piedra con las fechas, pero hubo que sacar la cruz para poner la glorieta —Y señaló hacia el techo—. Un día se va a caer de allá arriba y mata a alguien, y después el muerto nos maldice para siempre.

Lo miré riendo, creyendo que bromeaba, pero estaba muy serio. Mientras me alejaba hacia la casa observé la glorieta y miré el capitel. Efectivamente estaba formado por una cruz de piedra estilo gótico de unos ochenta o noventa centímetros de alto, que colocada allí arriba se veía imponente.

Me detuve y la miré con preocupación, tal como decía Pedro si se caía sobre la cabeza de alguien podría matarlo. En cuanto a la posibilidad de que el muerto echara una maldición a toda la familia, no tenía dudas que eso también podía pasar.

El domingo a la noche ya estaba en casa otra vez, en mi moderno apartamento lleno de luz y buena calefacción.

Había pasado tres hermosos días, me había divertido de verdad y había disfrutado de mi sobrina. Esa mañana ella solita me había llevado al bosque y me había mostrado algunos de sus escondites. El lugar era en verdad asombroso, y lo más increíble era que sus padres la dejaran explorar libremente los parques de la casa con ese tupido bosque lindando con la propiedad.

Debo reconocer que yo llevaba metido en el cuerpo el miedo que crece después de vivir años en una ciudad enorme y peligrosa, donde ni en sueños los niños andan solos por la calle, y donde los padres los llevan en coche a todos lados, aun siendo adolescentes. Samuel y Lucia visitaban el bosque con Adela casi todos los días, a veces aún bajo la lluvia. Ella conocía perfectamente todo el paraje y nunca se alejaba de los jardines más que unos pocos metros, pero no tenía todavía cuatro años y a veces eso me preocupaba un poco.

Esa semana trabajé como siempre, disfrutando de mis pacientes. Me sentía agradecida de estar dentro de ese grupo de privilegiados que aman su trabajo. Hacía años que había dejado de tratar a niños con traumas serios, y ahora me dedicaba a casos menos complejos. Había sido un tiempo muy estresante en mi vida, al que sin dudas no quería volver.

También había limitado la consulta a tres veces por semana, lo que me daba tiempo para mí misma, para visitar a mi familia y salir con mis amigos. En fin, que mi vida era casi perfecta.

Casi.

Estaba guardando todo en mi maletín cuando Marisa, mi secretaria, abrió la puerta después de golpear suavemente.

—¿Todavía aquí? —pregunté asombrada.

—Ya me iba, y casi olvidé dejarte esto. Es el número de... —miró el papel antes de entregármelo— Lucas Borghi, te llamó dos veces, y me pidió que lo llamaras lo antes posible.

Extendí la mano para tomar la nota.

—¿Dijo qué necesitaba? —pregunté, y noté que me temblaba la voz.

—No, nada —respondió ella, sin darse cuenta de mi turbación.

Dejé el post-it sobre el escritorio y ella, despidiéndose, se marchó. El nombre destacaba en mayúscula en la parte superior del pequeño papel, pareció agrandarse y expandirse mientras yo lo miraba.

Me senté y traté de controlar mis emociones.

¿Por qué ahora?

Años obligándome a olvidar, a no sentir, años sin siquiera repetir su nombre en mi mente ni una vez...

Un flash de los tres riendo me cegó momentáneamente.

"¡Basta!" dije.

Me levanté y tomé mi bolso y el teléfono móvil.

"Los tres mosqueteros" decía Lucas mientras Damian reía. "Los tres mosqueteros eran en realidad cuatro... Nos falta uno..."

Me incliné sobre el escritorio para apagar la lámpara.

"¡Una novia para Lucas!" indicaba yo riendo, "¡Eso es lo que nos falta!"

Apoyé las manos en el escritorio, mientras mis ojos se inundaban por las lágrimas.

"¡Basta!" repetí.

"¡No!... Con dos tontos enamorados es suficiente" y mientras Lucas se burlaba, Damian me tomaba en sus brazos para besarme.

"¡Basta! ¡Basta, por favor!"

Suspiré y abrí los ojos, una lágrima resbaló lentamente hasta caer sobre el escritorio. Se quedó inmóvil como una lupa diminuta sobre la madera oscura.

Y ya no pude resistirme más, sus ojos me miraron a través de la nebulosa de los recuerdos, y su risa inundó de pronto la habitación.

—¿Cómo es posible que siempre llegues primero?
Lo miré mientras extendía su mano para tomarse del peñasco, y riendo me senté en una roca frente a él.
Estaba agitada y con el corazón latiendo a prisa, respiré profundamente dos veces mientras él se acercaba.
Me empujó para compartir la roca.
—Es porque estoy más entrenada que tú– respondí.
—¡Ja! ¡Seguramente!
Lo miré con malicia.
—O porque estás engordando... —agregué tratando de pellizcar su abdomen.
Se alejó riendo.
—¿Engordando? ¡¿Engordando?! —preguntó mientras levantaba su camisa.
Dejó un minuto su estómago a la vista, mirándome desafiante.
—Muchos matarían por tener estos abdominales —agregó.
Reí mientras me ponía de pie.
—Eres demasiado engreído, no hay nada peor que un hombre que se cree atractivo.
—Soy atractivo —aclaró levantando una ceja.
Caminé hacia el borde del acantilado mientras reía, miré hacia abajo donde las copas de los pinos se veían tan lejanas.

—Ten cuidado —dijo, y me tomó de la cintura.

Nos quedamos abrazados, mirando el increíble paisaje que se extendía, majestuoso, ante nuestros ojos.

—Me encantaría venir aquí todos los días, poder ver la puesta del sol desde este monte. ¡Es maravilloso!

Me soltó y fue hasta su mochila para buscar la cámara de fotos.

—Tengo mil fotografías tomadas desde aquí, todas son diferentes. Los colores cambian según la hora, según la época del año, la posición del sol, si hay alguna nube...

Se volvió hacia mí mirándome a través de la lente.

—Igual que tú —añadió.

Yo estaba recogiendo mi cabello en una coleta.

—¿Sí? ¿Cambio según la época del año?

—Por supuesto.

—¿Y cuándo estoy mejor? —pregunté coqueta.

—En verano.

—¿Por qué?

—Porque se puede apreciar el color de tu piel —dijo bajando la cámara y mirándome a los ojos.

Reí.

—Qué típico...

Me volví y caminé hacia nuestro improvisado asiento otra vez.

—¿Típico?

—Los hombres tienen un arte inigualable para matar el romanticismo.

Trató de tomarme en sus brazos y me escapé.

—O sea que según tú ¿no es romántico hablar del color de tu piel?

Negué con la cabeza.

—Y si menciono tu lunar...

—¿Qué lunar? Yo no tengo lunares.

—Tienes uno.

—No...

—Sí.

—¿Dónde?

—En la espalda.

Traté de mirar a donde él señalaba.

—No es verdad.

—Sí, está justo aquí —dijo apoyando su dedo en la base de mi espalda—, perdiéndose en el borde del pantalón.

Y volvió a abrazarme. No me resistí, y él aprovechó para enlazar sus manos sobre mi cintura.

Me acerqué más a su pecho.

—Damian...

—¿Qué?

—¿Me amas?

Echó la cabeza hacia atrás mientras decía, con tono dramático:

—¡Amor! ¿Qué es la mera palabra frente al sentimiento? ¿Cómo describir la más sublime de las emociones con un término tan gastado y deslucido...?

Golpeé su pecho para hacerlo callar.

—¡Eres odioso! ¡Mira lo que haces para no comprometerte!

—¡Compromiso! ¿Cuántos entienden realmente lo que el compromiso significa? ¿Obligación y responsabilidad? ¿O placer y entrega? ¿Sacrificio o...?

Me aparté riendo.

—¡No te soporto!

—¡Está bien, basta de tonterías! —dijo y tomó mis manos—. Te amo, te amo más allá de este mundo...

Miré sus ojos, ya no sonreía.

—...y más allá de la muerte —agregó.

Comenzó a acercarse a mi boca y me apretó contra su cuerpo.

—¿O sea que crees en el "más allá"? —pregunté.

Enarcó una ceja.

—Estaba hablando en serio... —dijo en tono de reproche.

—Contéstame, ¿crees en el más allá?

—Sí, ¿tú no?

Hice una mueca de duda.

—Me encantaría creer, pero en realidad no lo sé.

—Bueno, muchos han demostrado que hay vida después de la muerte.

Negué con la cabeza.

—¿Demostrado? Yo solo he oído de gente que dice haber vuelto, pero no es que hayan muerto en realidad...

—Si estás hablando de alguien que estuvo muerto y enterrado por meses y se apareció luego a sus familiares... bueno hay historias sobre eso también. Pero me refería a otra cosa.

Me miró unos instantes.

—Y ahora... ¿puedo hacer lo que iba a hacer? —dijo, y acercó su boca a la mía.

Después, cuando pudimos dar cabida a algo más que nosotros dos, dije, aún entre sus brazos.

—Me gustaría creer que no todo termina aquí...

Posó sus ojos en los míos por un instante.

—Hagamos un pacto —dijo—. El primero que muera volverá para decirle al otro si existe o no el "más allá".

Sonreí.

—De acuerdo. ¿Lo prometes?

Asintió.

—Lo prometo. ¿Y tú?

—Lo prometo —Luego añadí, dudando—. ¿Y si no se puede volver?

—Te aseguro que encontraré la manera.

—¿Y si no hay otra vida?

—Igual volveré a avisarte, para que no guardes esperanzas.

—¿Y si no te dejan volver?

—Nada me impedirá volver. Haré lo que sea para estar a tu lado otra vez.

Y aquel día creí que decía la verdad.

"Pero no volviste, Damian.
Fuiste el primero en irte."
Y no volviste"

Los gritos de la mujer hacía que se erizaran los pelos de la nuca, sin embargo la mayoría de los presentes no le quitaba la vista de encima. Las llamas crecían a su lado, lamiendo de vez en cuando su piel y arrancando aullidos desesperados de sus labios.

La noche era fría y el cielo estaba limpio. Diminutas astillas ascendían hacia las estrellas convertidas en motas ardientes perdiéndose en la inmensidad de las sombras.

Al fin dejó de retorcerse, como si se hubiera dado por vencida. Sus ojos se posaron una vez más en el pequeño que la miraba horrorizado, luego su cabeza cayó hacia adelante y las lenguas de fuego se abocaron a su trabajo de destrucción, engulléndola y transformándola.

Un olor intenso invadió al gentío y empezó a penetrar no solo por las fosas nasales, sino también por la garganta y los ojos. Era una mezcla extraña: además del desagradable hedor del pelo quemado se percibía el aroma mentolado de la madera de los pinos y debajo, una nota caliente, dulce y picante a la vez, un olor nuevo, desconocido, pero que todos sabían a qué pertenecía.

Un silencio casi tan profundo como los gritos de unos minutos atrás cayó sobre los hombres y las mujeres del pueblo. Y aunque la escena era más que escalofriante, nadie podía apartar los ojos ni alejarse.

La risa fue subiendo poco a poco de tono, tan lentamente que la mayoría no entendió de qué se trataba. Algunos se volvieron, buscando una explicación lógica a ese sonido tan fuera de lugar y entonces la vieron. De pie, detrás de la multitud, reía mientras la gente se alejaba de ella.

Destacaba entre el grupo de humildes ciudadanos, todos vestidos de harapos descoloridos que iban del gris al marrón, pasando por el negro desgastado. Ella, sin embargo, vestía de rojo, un rojo oscuro y refinado: rojo el vestido, roja la capa, rojo el cabello que asomaba de la caperuza. Caminó lentamente hacia la hoguera, deslizándose con elegancia entre los aterrados aldeanos que la miraban enmudecidos de pavor.

Echó hacia atrás su capa, dejando a la vista un rostro pálido y hermoso. Sus ojos de un azul acerado, brillaban reflejando el fuego.

—¡Qué fácil ha sido matarla! —dijo, y miró el cuerpo desfigurado—. ¡Qué fácil atrapar y matar a una bruja!

La gente la observaba en silencio, con los ojos agrandados por el miedo y la fascinación.

—Ahora si podréis dormir tranquilos, vuestras crías estarán a salvo.

Caminó dos pasos y recorrió con la mirada a la muchedumbre. Luego, volviendo su cabeza hacia la condenada, alargó la mano a través de las llamas y deslizó un dedo sobre el cráneo humeante.

—¿No os habéis preguntado por qué ella no utilizó sus hechizos aquí, en la hoguera? ¿O es que creéis que estas simples cuerdas fueron capaces de detener tan magnífico poder?—y mientras jugueteaba con los hilos chamuscados comenzó a reír otra vez, pero ahora si se escucharon murmullos de espanto.

La roja cabellera se movió con la brisa, como si tuviera vida propia. El humo ascendió y dio un giro envolviendo a la multitud. Ni uno solo de los presentes se movió ni articuló palabra, parecían estar hipnotizados. Podían notar el terror que los rodeaba, la certeza que había en sus almas del poder sobrenatural que emanaba de ella.

La frase quedó flotando en el aire. Mientras se alejaba, todos la siguieron con la mirada. En los linderos del bosque se encontraban dos mujeres más, igual de majestuosas, con sus capas flotando en el viento. Se unió a ellas y las tres se internaron entre los árboles, desapareciendo en la oscuridad.

El sábado me levanté temprano, con los ojos y el alma cansados.

Y tuve miedo, pánico de que todo comenzara otra vez.

Me había llevado casi dos años superar la muerte de Damian. Dos años terribles, en los que ni siquiera podía pensar.

Y ahora Lucas aparecía de la nada, después de todo este tiempo sin haber dado señales de vida. Cuando más lo necesitaba había desaparecido dejándome sola, justamente él que era su mejor amigo. ¿Qué quería ahora?

Todavía no habíamos hablado y ya me sentía devastada...

Cuando el teléfono empezó a sonar di un salto en la cama.

—¿Si?

—¡Hola, Julita! ¿Cómo estás? —reconocí la voz de Janet y me sentí un poquito mejor.

—Más o menos...

—¿Por qué? ¿Qué pasó?

—Nada, solo estoy cansada —mentí.

—¿En serio? Entonces tengo la solución —dijo entusiasta.

Hice una mueca de fastidio, y me preparé para lo que venía.

—Llamó Marilyn —dijo—, y necesita vernos a las dos hoy mismo.

—¿Para qué? —pregunté.

—No lo sé, no quiso decírmelo. Es algo que quiere contarnos...

—¿Tiene que ser hoy? Preferiría no salir...

—Entonces, justamente por eso debes venir. Haré reservas en Martinos para cenar juntas. ¿A las 7 te parece bien?

—No... —empecé a decir, pero ella me ignoró.

—De acuerdo, nos vemos allá a las 7. ¡No llegues tarde!

Janet y Marilyn eran mis mejores amigas.

Tenía muchas otras buenas amigas a las que adoraba, pero ellas eran casi casi como otras hermanas.

Nos habíamos conocido un año después de la muerte de Damian, en el primer Simposio de Psicología al que yo asistía como invitada, ya que aún era estudiante. Me sentía insegura y totalmente incapacitada para estar allí, pero mi psicólogo, gran amigo y mentor, Juan, me había pedido que lo acompañara. Por supuesto que él no me necesitaba, pero sabía que yo sí necesitaba aquello.

Dio la casualidad (¿existen las casualidades?), que en la misma ciudad se estaba realizando un Congreso de Pediatría, y había cientos de doctores alojados en nuestro Hotel. Durante la cena, la primera noche, Juan quedó deslumbrado por una rubia de frondosa melena que reía con su grupo de amigos en una mesa cercana. Resultó ser en realidad un grupo de Pediatras, y la rubia, nada menos que Marilyn. La atracción fue mutua e instantánea. La noche siguiente ya estábamos nosotros dos sentados en la misma mesa con todos los pediatras, y el último día del Congreso, Juan y Marilyn nos abandonaron en mitad de la cena.

Una de las doctoras había resultado ser Janet, y con ella casi al instante me había sentido a mis anchas. La amistad surgió en unos pocos meses, y como el romance de los chicos terminó en matrimonio, la unión se intensificó y nos convertimos en íntimas amigas.

Aunque ellas quizás no lo sabían, su amistad y amor habían curado mi corazón lacerado. Me habían ayudado a olvidar y a seguir adelante, y por esa razón los lazos que me unían a estas dos mujeres eran irrompibles.

Aunque ellas conocían bien por todo lo que yo había pasado, no podían aceptar que aún estuviese sola y siempre encontraban un nuevo candidato para presentarme, lo cual solía ser motivo de discusión. Cada vez que nos veíamos mi soltería salía a relucir, solo mi soltería lo que no era justo ya que Janet también estaba sola. Supongo que yo, al contrario de ella, daba una imagen de fragilidad que las impulsaba a querer buscar a alguien que cuidara de mí, una imagen totalmente equivocada según mi criterio pero que en todos nuestros años de amistad no había logrado disipar.

—Ayer llegó un nuevo pediatra al hospital —comentó Marilyn, como al pasar.

Noté que Janet la miraba inquisitiva.

—No se imaginan, un hombretón que pasa el metro ochenta, puro músculo...

Yo seguía concentrada en mi comida.

—¿Cómo se llama? ¿Edad? —preguntó Janet.

—Joaquín, y... —hizo una pausa mirándonos.

Levanté la vista.

—¡¡Está soltero!! —dijeron las dos a la vez, y yo, claro, no pude evitar echarme a reír con ellas.

Estábamos aun riendo cuando noté que alguien se detenía junto a mí.

—¡Julia!

Levanté la cabeza y la sorpresa fue tal que no supe que decir. Él se inclinó y me besó en la mejilla.

"Lucas"

Se enderezó y me observó, aún sonriendo. Sus ojos escudriñaron mi semblante, buscando sin duda lo que quedaba de aquella jovencita de ocho años atrás. Aún me sentía furiosa con él, sin embargo no pude apartar la vista, sus ojos azules me tenían atrapada. Era lo único en él que no había cambiado, eso y su voz. Todo lo demás pertenecía ahora a un hombre, de firme mandíbula y finas arrugas alrededor de los ojos. Entonces vi los hoyuelos, perdiéndose en los pliegues de su sonrisa, y un sentimiento de calidez empezó a forjarse, pero lo resistí apartando la vista.

—¡Qué casualidad encontrarnos aquí! —dijo afablemente.

Miró a las chicas, que obviamente lo miraban con curiosidad.

—Lo siento —dijo—, no quería interrumpirlas.
Hice las presentaciones, un poco torpemente
—Marilyn, Janet... Lucas.
Todos sonrieron, y él se volvió hacia mí.
—Ayer llamé a tu oficina, dejé un mensaje...
—¿Sí?
—¿No te dijo tu secretaria...?
Noté la mirada de Marilyn sobre mí.
—No —respondí, y no agregué nada más.
—Bueno, es que... —dijo algo incómodo—, necesitaba hablar
contigo. Por trabajo, nada personal —agregó, como
justificándose.
—Te llamaré el lunes a primera hora —dije.
Sonrió otra vez.
—Perfecto, ya hablamos entonces —y me miró como si no
quisiera despedirse todavía.
Bajé la vista al plato.
Él entonces, dio un paso atrás y luego siguió su camino.
Lo observé mientras se alejaba y se unía a una joven que se había
detenido más adelante, esperándolo. La tomó de la cintura
guiándola hacia el fondo del salón.
La chica me miró, y yo desvié la vista justo cuando él se volvía.
Seguramente estaba dándole explicaciones.
"¿Quién es esa, querido?" "¿Esa? Nadie, solo una amiga de mi
juventud"
—¿Quién es? —preguntó Janet bajando la voz, como si él pudiera
escucharla.
—Lucas Borghi, un amigo de Damian...—dije volviendo a lo que
quedaba de mi cena.
Ninguna de las dos hizo ningún comentario.
—En realidad el mejor amigo de Damian... y mi mejor amigo
también.
Unos segundos de silencio.
—Nunca habías hablado de él... —empezó a decir Janet.
—Seguro que sí, él fue quien me ayudó a buscar a Damian cuando
desapareció, era su compañero de piso.

—¿Hacía mucho que no lo veías?

Asentí lentamente.

—Casi 8 años.

Levanté la vista. Las dos me miraban sin saber qué decir.

Marilyn fue la primera en reaccionar.

—Cielo, quizás sea bueno volver a encontrarse...

—¿Bueno? Dime, por favor, cómo podría ser bueno. Él desapareció después del funeral, no se despidió, nunca me escribió, ni me llamó. Ni siquiera sabía si estaba vivo o muerto. Para lo único que volvió es para revivir algo en lo que no quiero pensar.

—Si él era su mejor amigo las cosas tampoco deben haber sido fáciles para él.

—Lo sé —dije—, puedo imaginarlo. Pero no pienso hablar con él. No me interesa lo que tenga que decirme.

—Deberías —insistió Marilyn.

—No voy a volver a aquello, no quiero.

Seguimos comiendo en silencio. Pero a mí se me había quitado el apetito, así que dejé los cubiertos sobre el plato.

—Sabes Julia, la psicóloga eres tú, pero creo que esconderte de la realidad no ayuda a superar el dolor.

—Ya superé el dolor, Marilyn, me llevó ocho años de mi vida y meses de terapia con tu esposo.

Ella bajó la cabeza, y yo suspiré.

—Lo siento —dije y tomé su mano—. Lo siento chicas, no quiero hablar de esto. No quiero amargarles la noche.

Ambas sonrieron.

—Es verdad, nos reunimos porque ibas a decirnos algo importante —dijo Janet mirando a nuestra amiga.

Una sonrisa apareció en su cara.

—Sí, y por supuesto, la noticia merece un brindis—dijo mientras llenaba las copas.

Levantó la suya y nosotras la imitamos, expectantes.

—Ohhhh, chicas... —dijo y después, casi en un grito agregó—. ¡¡Estoy embarazada!!

La noticia del embarazo de Marilyn había logrado alegrar la noche y alejar definitivamente todos los fantasmas de mi pasado. Ella se veía radiante, llena de planes y con todo el instinto maternal a flor de piel. No sabíamos cómo había podido guardar el secreto durante estas dos últimas semanas desde que había recibido los resultados.

De manera que brindamos repetidas veces (y entendimos porque ella había tomado solo agua en la cena), hablamos de nombres para el bebé, ropa de embarazada y clases de gimnasia preparto.

Sobre las 10 de la noche, decidimos despedirnos, ya que la futura mamá debía empezar a acostarse temprano.

Salimos juntas del restaurante y después de abrazarlas me dirigí al coche.

Llegué al auto tiritando, ese breve trayecto me había dejado helada. Apenas cerré la portezuela comenzó a llover, como si el aguacero se hubiera compadecido de mí esperando a que estuviera al reparo.

Puse el automóvil en marcha, activé el limpiaparabrisas y justo en el instante en que iba a presionar el acelerador escuché el golpe en la puerta de la izquierda.

El susto fue tal que solté todos los pedales y el coche se apagó con un movimiento brusco. Miré hacia la ventanilla, con temor. Una mujer estaba apoyando sus manos en el cristal y me miraba a los ojos con los suyos llenos de terror.

—Por favor —dijo, y miró hacia sus espaldas—. ¡Por favor! —repitió golpeando el vidrio con desesperación.

Dudando acerqué mi mano al botón para bajar el cristal, pero entonces ella se apartó de la puerta y mirando una vez más hacia atrás, comenzó a correr. Al pasar frente a mi coche posó sus ojos en los míos un instante, luego atravesó la carretera y se internó en un callejón oscuro.

Con las manos apretando el volante miré hacia la izquierda, buscando aquello que la había asustado, pero no había nada ni nadie. No solo la calle estaba desierta, también las aceras.

Pasaron varios minutos antes de que mi respiración se normalizara y pudiera encender el coche otra vez.

Miré la hora: 22:22.

Sin pensarlo demasiado giré en la esquina rumbo a la autovía, no pensaba dormir sola en mi apartamento esa noche.

Llegué a casa de Lucía y Samuel en 15 minutos. Supongo que él me vio desde las ventanas de su estudio, ya que apenas me detuve abrió la puerta.

Lucía, con Adela pegada a sus talones salió a recibirme a pesar de la lluvia.

—¿Qué pasó? —dijo ella abrazándome—. ¿Estás bien?

Asentí y mientras entrábamos en la casa les relaté el extraño suceso de pocos minutos atrás.

—Deberías haber llamado a la policía.

—No hubieran ido —dijo Samuel mientras me alcanzaba una taza de café—, no hacen caso si no hay un muerto de por medio.

Adela jugaba con mi teléfono móvil, sentada sobre mis rodillas. El fuego ardía alegremente en la chimenea del salón donde estábamos reunidos, el olor a pino y a café conferían al ambiente una perfecta sensación de hogar y refugio.

Suspiré y me di cuenta que ya me sentía más tranquila. Allí estaba protegida, rodeada de la gente que más amaba en el mundo.

"Debo venir a vivir con ellos" pensé.

—¿Cenaste? —preguntó Lucía.

—Sí, cenamos en el centro con las chicas. Todo esto pasó al salir del restaurante.

—Ma, quiero más tarta de chocolate —pidió Adela con su vocecita chillona.

—No —respondió su madre.

—Un trocito para la tía y otro para mí. ¿Quieres, Julie?

Era una zalamera, sabía que así conseguía todo lo que quería.

—Mucho chocolate no te va a dejar dormir... —empecé a decir.

—Así de chiquitito —insistió mostrándome sus deditos casi unidos.

Samuel la miraba sonriendo, y Lucía trataba de mantenerse seria.

—Hablando de dormir... —empezó a decir Lucía—. Besitos a papi y vamos, Deli.

—No... Un ratito más...

—Me quedo a dormir, chicos. La verdad que ahora estoy mucho mejor, pero pasé un susto de muerte. No quiero ir sola a casa.

—Ni yo te iba a dejar —respondió Lucía levantándose del sofá—. Vamos a ver si está todo bien en tu cuarto.

—¡Ma, la tarta! —reclamó Adela, Lucía sin hacerle caso, siguió su camino rumbo a la escalera conmigo detrás.

—Papi... —iba a intentarlo con su padre, y seguro que con él tendría éxito.

Llegamos a la habitación, me tiré en la cama y mi hermana se sentó en el pequeño sofá.

Mientras me sacaba la ropa le conté del embarazo de Marilyn y de las novedades de la semana. Entonces, casi con asombro, recordé el encuentro con Lucas.

—Ayer llamó Lucas a mi oficina.

—¿Qué Lucas?

—Lucas Borghi.

Frunció el entrecejo y me miró.

—¿Volvió a la ciudad? ¿Qué quería?

Hice un gesto de incredulidad.

—Una consulta profesional, según me dijo hoy. Me lo encontré en el restaurante, ¿puedes creerlo? ¡Qué mala suerte!

—¿Por qué mala suerte?

—¿Por qué? Porque no quiero verlo, obviamente.

Se puso de pie y empezó a quitar los cojines de la cama.

—¿De qué lo culpas, Julia?

—De haberme abandonado, ¿te parece poco?

Ella comenzó a mover la cabeza, con desaprobación.

—No te abandonó, tenía que pasar su duelo, él también lo quería.

No dije nada, no quería discutir con ella, ni revolver el asunto. Mientras yo buscaba ropa interior limpia en los cajones y un pijama, ella apartó el acolchado dejando la cama preparada para dormir.

Me daba ternura como cuidaba de mí, mantenía esa habitación siempre lista: las sábanas limpias, la cama arreglada, mi ropa en los armarios, todo preparado por si yo llegaba de improviso como aquella noche.

—¿Bueno, crees que estarás bien? ¿Te preparo leche caliente? No fue buena idea tomar café tan tarde.

—No, no importa, mañana es domingo, no hay que madrugar. Me quedaré leyendo hasta que me de sueño.

Ella se dirigió hacia la puerta.

—Ven, vamos a comer un trozo de tarta.

Sonreí.

—No, voy a darme una ducha y me acuesto. La pruebo mañana. ¿La hiciste tú?

Negó con la cabeza.

—Samuel, con ayuda de Adela. Ya se comió más de un cuarto ella sola, es una adicta al chocolate, es lo único que le gusta de verdad. Hoy casi no cenó, por eso no voy a darle tarta, es una caprichosa.

Reí mientras ella me besaba, despidiéndose.

—Después ve a darle un besito cuando esté en la cama. Que descanses, cielo.

—Tú también —dije—, y gracias por recibirme —agregué.

—Esta es tu casa —dijo ella mirándome a los ojos—, no lo olvides.

Llené la bañera con agua bien caliente y puse sales para ayudar a relajarme. ¡Necesitaba relajarme! Necesitaba no pensar.

Lucía había encendido la calefacción del cuarto de baño, así que con placer me metí en el agua. Mirando a mi alrededor hube de reconocer que el lugar era realmente hermoso, con sus altas ventanas, y la bañera de porcelana en el medio de la amplia habitación. Las paredes estaban cubiertas de pequeños azulejos en tonos azules y turquesas a juego con el suelo, y los grifos dorados le daban un aire distinguido y señorial. La iluminación, que imitaba candiles con velas, también ayudaba a crear un ambiente cálido y elegante.

Cerré los ojos y por unos preciosos minutos traté de olvidar todo lo que tanto me había angustiado la noche anterior. Pero era imposible, imágenes de Damian y Lucas venían constantemente a mi mente. La mayoría eran recuerdos felices de esa época en que éramos inseparables, sin embargo, o quizás justamente por eso, solo provocaban tristeza en mí.

Después de contarle un cuento a Adela, me fui a la cama. Busqué el libro que estaba leyendo en mi teléfono móvil y me dispuse a leer hasta quedarme dormida. Estaba tan cómoda y abrigada, que a los pocos minutos empecé a dormitar.

Un ruido, parecido a una silla que se arrastraba, me hizo abrir los ojos. Miré la hora, más de las 2.

Esperé unos segundos pensando que quizás había sido parte de un sueño, pero al instante el sonido se repitió. Era suave, y venía de la habitación que estaba en el piso superior, justo encima de la mía, es decir, la biblioteca.

En esa habitación había, efectivamente, un escritorio y una butaca, y un sillón de alto respaldo cerca de una de las ventanas. Pero nadie usaba ese cuarto, era casi un santuario con libros del 1800 a los que Samuel había añadido su propia colección. Él solía pasarse por allí de vez en cuando, pero generalmente estaba cerrada.

El techo crujió muy suavemente, una, dos, tres veces. Tres pasos, que se detuvieron sobre mi cabeza.

¿Estaba Samuel en la biblioteca, o eran solamente ruidos de la casa?

En respuesta a mi silenciosa pregunta, los pasos volvieron hacia la ventana, y algo se deslizó suavemente. El sillón.

Mi corazón se aceleró cuando me senté en la cama.

Esperé unos segundos y después, sin pensarlo, aparté las mantas y me puse de pie.

Caminé por el corredor hasta la habitación de Lucía, la puerta entreabierta me permitió ver la cama con claridad, allí estaban los dos. Casi instintivamente miré hacia arriba.

El silencio era total, como si toda la casa me estuviera observando pendiente de mis movimientos.

Al final del pasillo podía ver la escalera que se elevaba en anchos peldaños. Subí despacio, tratando de agudizar los oídos y apoyando mis pies con cuidado para que los escalones no crujieran. Al llegar a la tercera planta observé la oscuridad del corredor y con el corazón latiendo precipitadamente caminé hasta llegar al despacho de Samuel. La puerta estaba abierta, y las cortinas descorridas permitían que la lejana luz de las farolas del parque iluminara la habitación con un ligero reflejo amarillento.

Miré hacia adelante, a la siguiente puerta, sabía que era la biblioteca y la puerta estaba cerrada.

Me detuve con la mano en la manivela y apoyé la oreja para escuchar, al bajar la vista vi mis pies desnudos y pude observar sobre ellos una tenue claridad que salía por debajo de la puerta. Con un "¡Ohhhh!" retrocedí un paso y la luz se apagó.

Entonces, decidida, abrí la puerta y pude ver como una sombra se alejaba del enorme escritorio. El sillón de alto respaldo se veía levemente torcido, como si alguien lo hubiera movido al levantarse.

Aunque estaba muerta de miedo necesitaba saber quién estaba allí, quién había estado sentado en ese sillón segundos antes.

En un rincón de la mesa una vela despedía una fina estela de humo, me acerqué y toqué el pequeño trozo de pabilo quemado, que aún estaba caliente.

Escuché un movimiento a mis espaldas y me volví asustada.

—¿Quién es? —murmuré.

Y juro que escuché una risa, una risa profunda y burlona.

Y sin poder evitarlo, la pregunta salió de mis labios casi sin darme cuenta:

—¿Damian?

Dos pasos hicieron gemir las maderas del suelo.

Una sombra, envuelta en un extraño halo de luz se separó del oscuro rincón y la emoción me embargó completamente. Ahí estaba él, después de tantos años había vuelto para cumplir su promesa.

Mis ojos, nublados por las lágrimas me impedían ver con claridad, solo podía distinguir el contorno de sus hombros y sus manos blancas acercándose a las mías.

—¿Eres tú? —pregunté, sollozando.

Pero no llegó a tocarme, se alejó otra vez hacia las sombras.

—Damian... —rogué.

Y escuché, en el mismo tono burlón de segundos antes:

—Damian está muerto.

Me apoyé temblando sobre el escritorio, y entonces la puerta se cerró de golpe. Una ráfaga de aire helado atravesó las paredes y la habitación se volvió oscura como una tumba.

Y allí se terminó el poco valor que me quedaba, corrí hacia la puerta y traté de abrirla. Pero era imposible, parecía que estaba sellada.

Mientras forcejeaba desesperada, escuché junto a mi oído:

—Mírame...

Fue apenas un susurro y el aliento frío acariciando mi cuello.

La sangre se me heló en las venas y me paralicé completamente.

Volví lentamente la cabeza, temblando, y pude ver unos ojos negros mirándome a través de la oscuridad.

Grité, aterrorizada, y la puerta se abrió.

Me alejé corriendo, y corriendo bajé las escaleras, al doblar en el último tramo me encontré cara a cara con Samuel que venía subiendo.

Mi grito de espanto pareció retumbar en toda la casa.

—¡Julia! ¡¿Qué pasa, por Dios?!

—¡Samuel! ¡Hay alguien arriba! —grité, casi histérica.

—¿Qué?

—¡¡Hay alguien arriba!! —repetí—. ¡En la Biblioteca!

—No grites, vas a despertar a las chicas —replicó bajando la voz.

Me tomó de un brazo y me llevó hacia mi habitación.

Hizo que me sentara en la cama y cerró la puerta.

—¿Puedes tranquilizarte, por favor? Debes haber tenido una pesadilla...

Lo miré sin entender.

—¡No fue una pesadilla!, ¿no vas a hacer nada?

—Has tenido un día muy estresante, Julia...

Me puse de pie, indignada.

—¡Samuel, por favor, ve a comprobarlo, no te quedes ahí!

Me miró, dudando.

—De acuerdo, no salgas de tu habitación. Volveré en un minuto.

Cuando él salió encendí la luz de la mesita de noche y me senté en el sofá.

Al instante me puse de pie, y empecé a caminar por el cuarto.

Samuel volvió a los pocos minutos.

—¿Y?

—¿Y qué?

—¿Qué viste?

—Nada, una ventana se abrió en la biblioteca, habrá sido eso que te asustó. ¿Qué hacías allá arriba?

Lo miré.

—Escuché pasos...

—Son las paredes, es una casa vieja, llena de ruidos.

—Y voces —dije—. Alguien me habló allá arriba.

Su mirada era indescifrable.

—Vuelve a dormir, no hay nadie arriba.

—Samuel, debes creerme, había alguien y me habló.

Me miró con fastidio.

—¿Alguien? ¿Quién? ¿Un fantasma?

Abrí la boca para responder, pero no supe que decir.

— Vuelve a dormir, mañana te sentirás mejor.

Tardé una eternidad en dormirme.

Primero mantuve la luz encendida por varias horas, no podía apagarla, las sombras parecían tener vida propia y se convertían en espeluznantes espectros cuanto más las miraba.

Mis oídos, atentos, trataban de percibir cualquier sonido que llegara de arriba, pero todo había quedado en silencio.

Luego, cuando comenzó a amanecer, estaba tan asustada que no fue hasta que vi la claridad del sol asomar entre los pinos que recién pude relajarme y al fin, dormir.

Y dormí hasta más allá de las diez de la mañana, así que cuando me levanté ya toda la familia estaba disfrutando del día de descanso.

No tuve oportunidad de estar a solas con Samuel para hablar del asunto de la noche anterior, aunque en realidad no sabía que podía decirle, o preguntarle. Él había dejado poco margen para comentar el suceso, ya que para él, no había existido tal suceso: nada había pasado... ¿¡Solo una ventana que se había abierto!?

¡Por supuesto que no! Yo había estado allí y más allá de la conmoción del momento, estaba segura de lo que había visto y oído.

También estaba segura de lo que había creído ver: a Damian.

¿Qué estúpido impulso me había llevado a pronunciar su nombre?

¿Y quién había destruido mi ilusión diciendo "Damian está muerto"

Un escalofrío me recorrió al recordar el miedo que había sentido en su presencia.

Volví a casa el domingo por la noche, y cuando estaba ya en la cama, lista para dormir, fue que decidí que al día siguiente llamaría a Lucas y hablaría con él. No podía ignorar todo lo que había pasado ni todos los recuerdos que habían llegado.

Así que el lunes lo primero que hice después de recoger mi café descafeinado con leche de almendras fue llamarlo.

Esperaba escuchar la voz de su secretaria, lo que me daría algo más de tiempo, pero no fue así.

—Consulta del doctor Borghi —era su voz—. ¿En qué puedo ayudarle?

Carraspeé antes de contestar.

—¿Lucas? Soy Julia —y mi voz sonó demasiado aguda y con un gallo al final. Furiosa por sentirme así de nerviosa agregué—. Julia Vivanko...

—¡Julia! Si, reconocí tu voz, solo que pasé la llamada al otro teléfono, lo siento. ¿Cómo estás?

—Muy bien, gracias. ¿Y tú?

—Maravillosamente —dijo, y sentí que mentía.

—Me alegro. Bueno, dime que necesitas.

Escuché un suspiro.

—Para serte sincero, es la primera vez que hago algo así, pero realmente necesito una segunda opinión en uno de mis casos, y no hay muchas personas en las que confíe.

Dudé un instante. Estaba casi desilusionada, esperaba que todo fuera una excusa, que en realidad él quisiera hablar conmigo, hablar de Damian...

—Cuéntame un poco de qué se trata, no sé si podré ayudarte...

—Si hay alguien que pueda ayudarme, eres tú—dijo, y como no sabía qué contestarle me quedé en silencio.

Esperó un instante, y luego continuó.

—Estoy tratando a una niña de seis años con TEPT [1]. No logro avanzar, he comenzado con hipnosis hace tres sesiones pero...

—¿Hipnosis? ¿Tan pequeña?

Volvió a suspirar.

—Creí que era la única manera de hacerla hablar. No quiere comer, tienen que darle la comida en la boca, no habla, no mira la tele, ni juega, ni se relaciona con nadie.

—¿Se conoce el suceso?

—Desapareció de la casa, estuvo dos días perdida y la encontró el padre en el garaje, metida en una caja en el fondo de un armario. No saben si se escondió sola, o si alguien la metió ahí, pero desde ese día es como si estuviera en estado catatónico.

Me puse de pie y me acerqué a la ventana.

—¿Qué dicen los médicos?

—Como habían hecho la denuncia de desaparición, intervino la policía, y le hicieron una revisión completa. Pero no encontraron nada extraño. No se había alimentado por esos dos días, y estaba algo deshidratada, pero nada más.

Ahora suspiré yo.

—¿Y cómo puedo ayudarte? Hace más de dos años que no trato niños con problemas así...

—Lo sé. Solo quiero mostrarte las grabaciones de las sesiones de hipnosis, y que me digas qué piensas. Solo eso.

Aunque mi natural curiosidad y la posibilidad de ayudar a esa pequeña estaban inclinando la balanza, no quise comprometerme.

Él percibió mis dudas.

—Solo te pido que me des unas horas de tu tiempo —dijo, y no sé por qué su tono me conmovió—, si después de ver las grabaciones no quieres ayudarme, lo entenderé.

Me sentía acorralada, no podía negarme sin parecer descortés, pero tampoco estaba segura de querer verme involucrada en un caso que él estaba tratando.

—De acuerdo. Tengo una semana muy ocupada —mentí—, pero puedo reservar dos horas el jueves, luego de la consulta.

1 Trastorno por Estrés Postraumático

—¡Perfecto! Gracias, Julia. Valoro mucho que hayas aceptado.
No me gustaba su tono de humildad, así que comencé a
despedirme.

—No tienes que agradecerme, aún no he hecho nada. Nos vemos
el jueves.

—¿A las siete? ¿Sabes dónde tengo ahora la consulta?

—No, mandame la dirección en un mensaje, por favor —dije—.
Adiós.

Me quedé observando la ventana, con el teléfono aun en mi oreja.
Puede que él hubiera actuado mal, pero sabía que era una buena
persona, y que no estaba mintiendo. Lo que no entendía era
porqué había recurrido a mí después de tantos años, cuando los
dos sabíamos que había psicólogos con más prestigio y
experiencia que yo. Él había dicho que solo confiaba en unos
pocos, y por lo visto yo estaba en esa corta lista.

Decidí no darle más vueltas al asunto. Iría a su consulta y me
limitaría a hacer lo que él me estaba pidiendo. Si todo iba bien
nuestra relación terminaría muy pronto, y sin duda eso era lo
mejor para mí.

La semana transcurrió sin novedades, y el jueves llegó. Sobre las
7:00 de la tarde, después de un largo día de trabajo, subí a mi
coche para dirigirme a su consultorio.

Las oficinas estaban en un edificio tradicional del centro de la
ciudad. Mientras esperaba observé la sala con atención: dos
grandes ventanales mostraban las luces de las carreteras, que
desde esa altura se veían pequeñas y brillantes. Varios sillones de
piel en color mostaza combinaban deliciosamente con butacas
tapizadas en cuadros de color ocre, en el centro una mesa baja de
grandes dimensiones se encontraba cubierta de libros
cuidadosamente apilados junto a revistas de moda.

Una puerta a la izquierda daba paso a otra salita donde se veían
dos mesas pequeñas con sillitas a juego; algunos juguetes y libros
para niños estaban distribuidos "descuidadamente" sobre la
espesa alfombra color crema como para tentar a los pequeños
pacientes y hacer más llevadera la espera.

—Ya puede pasar, doctora —dijo la secretaria apareciendo por otra puerta—. Lucas se ha desocupado.

Al entrar en su consultorio me asombró el tamaño de la habitación. Parecía tan grande como la sala de espera.

Lo más curioso era que estaba casi vacía, solo un enorme escritorio de caoba de espaldas a la ventana y un par de sillones oscuros sobre la pared opuesta. En el centro nada más que la tupida alfombra y una mesa baja. Las paredes laterales estaban cubiertas por estanterías de la misma madera rojiza, llenas hasta el techo con libros de elegante diseño.

—Lo siento —dijo acercándose a saludarme—, casi nunca me atraso en las consultas, pero hoy fue un día algo complicado.

Lo miré mientras sonreía. Se veía cansado, con suaves marcas oscuras debajo de sus ojos.

—No te disculpes, te entiendo perfectamente —dije restándole importancia al asunto.

Me invitó a sentarme en uno de los sofás y acercó una butaca. Mientras hablábamos puso sobre la mesa de centro un ordenador portátil y comenzó a buscar los archivos que le interesaba mostrarme.

—Sé que te habrá parecido raro que te llamara, después de tanto tiempo sin vernos —dijo sin mirarme.

—Sí, un poco —admití.

Sonrió y no agregó nada más. Aparentemente no iba a explicarme porqué había recurrido a mí, y yo no quería preguntárselo. De pronto me di cuenta que no quería estar allí, me sentía incómoda y cansada.

—Aquí está —dijo después de unos segundos—. Esta es la tercera sesión.

Me senté erguida para ver mejor.

La sesión había sido grabada desde el escritorio, mostrando el mismo sofá donde yo estaba, donde una niña pequeñita se encontraba recostada. A su lado, sentada y sosteniéndole la mano se veía a una mujer de unos cuarenta años que, imaginé, sería su madre.

—A pesar de lo pequeña que es, ha respondido muy bien a la hipnosis. Fíjate como en seguida comienza a hablar.

Efectivamente, la niña respondía a las preguntas de Lucas como si estuviera despierta.

—Pero... dijiste que no hablaba...

—No, cuando está despierta ni siquiera da señales de entender lo que se le dice, solo habla en estado de hipnosis —respondió mirándome a los ojos.

Asentí y continué observando la escena.

—*Amanda, quiero que vuelvas al día en que te escondiste en la caja. ¿Recuerdas ese día?*

—*No quiero.*

—*¿Por qué no quieres?*

—*Quiero quedarme aquí, con mamá.*

Vi como la mujer hacía una mueca de dolor.

—*Mamá te acompañará, ella está ahora contigo. Solo vamos a volver a ese día en tu mente. Mamá te sostendrá de la mano. ¿Puedes sentir su mano?*

La niña asentía suspirando.

—*Aprieta la mano de mamá y volvamos a ese día. Cuéntame qué estabas haciendo antes de ir hasta el garaje.*

—*Estaba jugando.*

—*¿Dónde?*

—*En el salón*

—*¿Hay alguien más contigo?*

—*Tía Lili.*

—*¿Dónde está Tía Lili?*

—*Está en la cocina.*

—*¿Hay alguien más en la casa?*

—*Sí.*

En ese momento la pequeña comenzó a moverse, como si quisiera levantarse del sofá.

—*¿Quién? ¿Papá?*

—*No, papá está trabajando.*

—*¿Quién está en la casa, Amanda?*

—*No lo sé.*

—*Puedes verlo, dime quién es.*

—*No, no lo sé.*

Su voz sonaba asustada.

—*Mamá está contigo, no tengas miedo. ¿Sientes su mano?*
Aprieta su mano.

La niña comenzó a sollozar.

—*Míralo y dime quién es. ¿Qué está haciendo?*

—*Me miran.*

Los suspiros se iban convirtiendo en sollozos.

—*¿Te miran? ¿Quiénes son?*

—*¡No lo sé!*

—*¿Qué hacen? ¿Se acercan a ti?*

—*¡No lo sé!¡No quiero!¡No quiero!*

Y aquí la pequeña empezó a retorcerse mientras continuaba gritando: "¡No quiero, no quiero!"

Lucas detuvo la grabación y me miró.

Me quedé unos segundos con los ojos fijos en la niña. Su madre había empezado a acercarse para tomarla en sus brazos.

—Entonces alguien entró en la casa —dije.

—Es lo que parece.

—Más de una persona...

Lucas asintió.

—¿La policía no encontró nada, ni huellas ni señales de lucha, violación...?

—Nada.

—¿Hubo algún suceso extraño antes?

Se encogió de hombros.

—Su madre murió hace un año, y hasta ahora parecía que lo estaba superando...

—¿Su madre murió? ¿Quién es ella?

—La tía.

—Tía Lili —dije comprendiendo —. Cuándo la hipnotizas le hablas de su madre...

—Ella lo mencionó la primera vez, dijo algo como "Quiero que venga mami", y Lili tomó su mano, y se tranquilizó...

Se puso de pie y fue a dejar el portátil sobre el escritorio.

—¿Qué es lo que buscas con la hipnosis? —pregunté.

Hizo una mueca indescifrable.

—Algo que me ayude a hacerla volver.

Me acerqué al escritorio y me senté en la butaca, él se había apoyado en el borde y me miraba.

—Quizás no necesite recordar. Tal vez es mejor que no recuerde... —dije, y ante su mirada bajé la vista a mis manos—. Ya lo sé, suena raro pero...

—No suena a opinión de un psicólogo —dijo.

Me miraba.

—Lo sé, es que simplemente creo que no siempre recordar es lo mejor.

—Sí, entiendo lo que quieres decir. Pero en este caso...

—¿Cómo sabes que recordando saldrá de su estado? Quizás para ella sea mejor olvidar... ¿Qué garantía tienes de que no se meterá más y más adentro?

Nos quedamos en silencio, mirándonos por un instante.

—No lo sé, pero es lo único que puedo hacer.

—No sé si estoy totalmente de acuerdo contigo.

—Nunca estuvimos totalmente de acuerdo —dijo, y algo en sus ojos me obligó a desviar la mirada.

—¿Para qué me has pedido que venga? ¿Qué es lo que realmente quieres que haga?

Dio la vuelta al escritorio y se sentó de espaldas a la ventana. Alguien había corrido las cortinas y la habitación estaba solo iluminada por la lámpara.

—Dirige una sesión de hipnosis, solo una. Tú tienes muchísima experiencia, más que yo...

—No —dije—. Si es eso lo que quieres estamos perdiendo el tiempo.

—Has tenido mucho éxito antes, lo sé, me comentaron que...

Me puse de pie.

—¿Qué logré sacar del autismo a algunos niños? Esto es diferente.

—Que ayudaste a muchos niños.

—Y a muchos otros no logré ayudarlos. No puedo hacerlo, hace más de dos años que no trabajo con hipnosis. Lo siento —dije y fui hasta el sofá a recoger mi bolso.

—No te lo pediría si tuviera otras opciones, sabía que no querrías hacerlo, pero realmente te necesito, Julia.

—Si sabías que no querría hacerlo no deberías habérmelo pedido—Y me acerqué a la puerta—. Lo lamento de verdad.

—Solo te estoy pidiendo una sesión...

Suspiré y lo miré, impaciente.

—No insistas, por favor —Y agregué, casi para mí—. No debería haber venido...

Escuché un suspiro a mis espaldas.

—No, supongo que no fue una buena idea. Evidentemente todo ha cambiado entre nosotros.

Me volví.

—Por supuesto que todo ha cambiado, ¿qué esperabas?

—Volver a encontrar a mi amiga —dijo.

—¿Qué amiga? ¿Te refieres a mí?

Una mueca de reproche asomó a sus ojos.

—Yo no tuve la culpa...

—¿Yo sí?

Se acercó cómo para tocarme, pero me alejé instintivamente.

—¿Crees que en algún momento te culpé por algo...?

—¿No? ¿Entonces por qué me abandonaste?

Frunció el ceño, sin comprender del todo lo que yo estaba diciendo.

—Te fuiste cuando más te necesitaba, nunca una carta, ni una llamada...

Suspiró y vi un destello de dolor en sus ojos.

—Necesitaba estar solo, sufrir solo, yo tampoco podía entenderlo...

Asentí y me volví hacia la puerta.

—Lo sé. Solo que fue muy difícil perder a dos de las personas que más amaba, casi en el mismo día.

Sus ojos se encontraron con los míos.

Me miró en silencio por unos segundos. Luego abrió la boca, como para decir algo, pero volvió a cerrarla.

—Buenas noches —dije, y sin volver a mirarlo abrí la puerta.

De camino a casa me di cuenta que el enojo se iba desvaneciendo y empezaba a reemplazarlo un sentimiento de abatimiento que conocía muy bien.

"Ayudaste a muchos niños" había dicho Lucas, tan seguro de sí mismo, otorgando un crédito inmerecido a mi lejana labor como terapista infantil.

Él no lo sabía. ¿Cómo podía saberlo? Yo me había cuidado de ocultarlo muy bien, sin embargo nunca había podido esconder del todo la inmensa culpa y los desgarradores recuerdos.

Había ayudado a muchos niños, menos a uno.

Andrew había llegado a mi consulta acompañado de su padre. Tenía ya 14 años, lo cual debería haber sido una razón más que valedera para no aceptarlo como paciente, pero en esa época de mi vida yo todavía creía ser capaz de resolver cualquier problema, por más desesperada que pareciera la situación, de modo que eso no me había amedrentado, tampoco su historia ni sus fantasmas, ni su mirada perdida.

Comencé a verlo dos veces por semana. Al principio él se mantenía recluido en su mundo, aparentemente ajeno a todo lo que yo decía, pero un día levantó la vista de sus manos y fijó sus ojos en los míos.

—¿Por qué elegiste ser psicóloga? —preguntó.

Sin demostrar mi desconcierto ni mi alegría al verlo establecer contacto por primera vez después de casi dos meses, respondí:

—Para ayudar a la gente.

Sostuvo su mirada por unos segundos y volvió a concentrarse en sus manos.

—¿Crees que puedo ayudarte, Andrew?

—¿Crees que necesito ayuda? —dijo él.

—Tal vez, o quizás solo necesitas sacar afuera lo que te está haciendo sufrir. Quizás eso alcance—respondí.

Echó la cabeza hacia atrás y suspiró.

—No creo que quieras que haga eso—dijo con tristeza.

Esperé. Según mi experiencia, presionar no ayudaba. Sabía que estaba a un paso de comenzar a hablar y cuando lo hiciera, y yo supiera qué era lo que tanto le angustiaba, entonces podría comenzar a ayudarlo.

Cuando creía que toda nuestra conversación terminaría allí, él empezó a hablar, y sacó todo afuera, como yo le había pedido.

No era una historia muy diferente a otras que había escuchado aunque igual me impresionó, especialmente porque él la relató con una indiferencia asombrosa.

Cuando terminó le hice un par de preguntas, a las que respondió sin mirarme.

Cuando él se retiró y yo quedé a solas, entendí que aún no sabía qué era lo que él sentía. Conocía su historia, pero no sus sentimientos, de eso no había hablado.

Debía darle tiempo, él ya había dado el primer paso que era hablar de lo que había pasado. Estaba segura de que era el primer paso hacia su recuperación.

¡Qué ilusa! ¡Qué estúpida orgullosa era al creer que yo podía hacer algo por ese chiquillo de ojos tristes!

A la mañana siguiente recibí una llamada, era de la policía.

Andrew se había tirado desde la terraza del edificio donde vivía con sus padres. Esa misma noche, pocas horas después de hablar conmigo había subido a la azotea mientras sus padres dormían y había saltado al vacío.

Al día siguiente traté de sumergirme en mi rutina de trabajo para no pensar.

No quería pensar en Lucas, ni en Damian... ni en ese nuevo personaje que había conocido en la biblioteca de la casa de Lucía que tanto se esforzaba en recordarme que Damian estaba muerto.

Los tres habían aparecido casi al mismo tiempo, como si se hubieran puesto de acuerdo para irrumpir en la paz de mi existir, turbando mis pensamientos e inquietando mi corazón.

Una de las prácticas que más me había ayudado durante la terapia después de la muerte de Damian había sido la de "tomar un día a la vez", y eso fue lo que decidí hacer.

"Solo debo sobrevivir hoy, mañana ya veré qué hago".

Los días comenzaron a pasar lentamente, algo grises, pero soportables.

Un lunes Lucía me llamó a la oficina.

—¡Le otorgaron a Samuel el Premio Nacional de Literatura Fantástica! — gritó sin siquiera saludar.

Me puse de pie de un salto.

—¡¿Qué?! ¡¿En serio?!

—¡Sí! ¡Estamos tan emocionados! Y sorprendidos, claro. No es que no lo mereciera, pero...

—Lo sé. ¡Qué alegría, Lucía! ¡Estoy tan feliz por ustedes!

—El viernes que viene tenemos que viajar a la capital para recibirlo, ¿vendrás, verdad?

—Por supuesto — dije sin pensarlo—, no me lo perdería por nada del mundo.

Ella comenzó a explicarme todos los detalles y yo empecé a revisar mi agenda para ver cuán ocupado tenía ese fin de semana.

—Tengo citas el viernes, pero puedo tomar el vuelo de las cinco, llegaría a eso de las siete —dije.

—Sí, está bien. Nosotros viajaremos a la mañana, para que la nena descanse, sino a la noche va a estar insoportable.

Sonreí.

—Esto no es solo para Samuel, es para ti también.

—Él dice lo mismo, pero no es verdad, es todo mérito suyo. Él es el genio —dijo orgullosa.

—Reserva una habitación para mí —le recordé.

—Ya lo hice —respondió riendo—. Bueno, te dejo que me llama Emilia. ¡Está casi más contenta que yo! Adiós, te quiero.

Emilia era el ama de llaves, la esposa de Pedro, el jardinero, ambos vivían en la casita de invitados, a unos pocos metros de la propiedad principal. La vivienda había sido acondicionada cuando Samuel hizo todas las reformas en la casa, de manera que cuando Lucía contrató a los caseros, el lugar les vino de perlas. El matrimonio no solo era de confianza sino que a veces parecían parte de la familia, de hecho Emilia era demasiado mandona para mi gusto, pero Lucía se llevaba muy bien con ella y los dos eran buena compañía cuando Samuel tenía que viajar.

Corté la llamada y me quedé mirando pensativa por la ventana con una sonrisa en los labios.

"¿Cómo es posible que los éxitos de las personas que amamos nos hagan más felices que los propios?" pensé.

Y con el corazón alegre, fui a recibir a mi próximo paciente.

Con la perspectiva de la entrega del premio en mente, los días volaron. Debía comprarme un vestido de fiesta adecuado, y arreglarme el cabello, acomodar mis citas de la semana siguiente para no tener que viajar con prisas, en fin, mil cosas por hacer.

El jueves Marilyn me había invitado a cenar a su casa, supuestamente sería una cena informal solo nosotros tres, pero al llegar me encontré con que no era la única invitada.

Ya desde la puerta escuché las risas y tuve ganas de dar la vuelta y volver por donde había venido, pero ya había tocado el timbre, de modo que esperé a que abrieran.

Juan salió a recibirme, sonriente.

—No te enojes —dijo en mi oído mientras tomaba mi abrigo—, llegaron de sorpresa.

Lo miré enarcando una ceja. Por supuesto que no le creía, él siempre organizaba esas cenas-trampas con algún invitado masculino.

—¿Quiénes son?

—Amigos de Marilyn.

No dije nada y lo seguí hasta el salón.

Todos me miraron al entrar y me sonrieron, saludando. Juan los presentó: Nora y Robert, Tricia y Ángel, y, por supuesto "el candidato": Joaquín, alto, moreno y gallardo. El cliché romántico vino a mi mente con tanta fuerza que decidí que iba a detestarlo antes de que comenzara a hablar.

—Julia es psicóloga —aclaró Marilyn, como poniendo a todos sobre aviso.

—¿Trabajas con Juan? —preguntó Joaquín, mirándome.

—No, tengo mi propio consultorio.

—¿Ya? ¿Cuánto hace que terminaste la carrera?

Sonreí socarrona, obviamente estaba tratando de elogiar mi juventud, pero no le creí.

—Más de lo que parece —dije sonriendo—. Imagino que me encuentro entre una manada de pediatras, o algo parecido, ¿verdad?

Todos rieron.

—Pues no, yo soy maestra —aclaró Nora—, no pertenezco a la manada.

—Muy graciosas —dijo Marilyn poniéndose de pie—. Vamos a la mesa. Estábamos con Tricia y Robert en una Junta médica bastante complicada, así que al salir decidimos comer juntos para olvidar las penas y llenar los estómagos.

—¿Tampoco perteneces a la manada, entonces? —pregunté mirando a Ángel.

—Si —dijo—pero no estaba en la junta. Aunque he tenido el honor de ser invitado a la cena.

—Yo también —aclaró Joaquín sentándose a mi lado.

Supongo que esperaba comenzar una conversación pero Juan empezó a hablar así que desvié la vista hacia él.

—Julia cuéntanos del premio de Samuel, por favor. Me enteré ayer, me dijo Marilyn.

Sonreí.

—Sí, estamos muy emocionados. Todavía no me acostumbro a tener a alguien tan famoso en la familia—dije tomando un sorbo de mi copa.

—Samuel es escritor, seguro que han escuchado hablar de su trilogía "Las tres damas"...

—¿Samuel Stone? ¿Lo conoces? —preguntó Tricia mirándome asombrada.

—Es mi cuñado.

—¡¿No me digas?! Me encantan sus novelas, las he leído casi todas. ¿Qué premio ha recibido?

Comenzamos a hablar de Samuel y el premio, y luego sus obras, y pronto la conversación empezó a transitar el terreno de la novela fantástica.

—No soy mucho de las obras de terror, ni libros ni películas —dijo Joaquín—. Pero si dicen que es tan bueno, tendré que leerlo.

—Creo que es diferente, y eso lo hace tan bueno—aclaré.

—No me gustan los libros de terror, me asustan demasiado —dijo Nora hundiendo la cuchara en la copa de helado—, aún más que las películas.

—Supongo que es porque actúa la imaginación, que es más poderosa que cualquiera de los sentidos.

—¡Cierto! —indicó Marilyn—. Y esa es la ventaja de los libros sobre el cine.

66

—Dicen que todo escritor fantástico se basa en algo de verdad y algo de fantasía, ¿es así en el caso de "Las tres damas"?
—Las brujas no existen... pero que las hay, las hay...
Todos reímos.
—Antes de escribir la trilogía Samuel había escrito varios libros —comencé a explicar—, siempre fantásticos pero con otros enfoques. Pero hace unos cinco o seis años atrás... Si, cinco, antes de que naciera Adela —dije pensativa—, bueno en ese entonces encontró en la biblioteca de la casa una recopilación de leyendas de la zona, y una hablaba de tres brujas, que según cuentan fueron muy temidas y perseguidas, allá por el 1700. Aparentemente las atraparon y las mataron cerca de la casa, en un paraje que se llama, casualmente, el Erial de las Brujas... —todos me miraban con curiosidad—. Fueron ahogadas en un río que rodea el monte, ya que según creían en esa época, esa era la única manera de matar a una bruja.
—¿No la hoguera? —preguntó Nora.
Negué con la cabeza.
—Creo que la hoguera era anterior. De todos modos, están los que creen que nunca las atraparon. Pero no te preocupes, Nora, son solo leyendas —dije riendo.
La velada continuó entretenida, hablamos de todo un poco, y a eso de las diez de la noche, algunos comenzaron a despedirse.
Ayudé a Marilyn a levantar los platos de la mesa, mientras Juan y Joaquín tomaban una copa en el salón.
—¿Qué te parece? —preguntó ella sonriendo con complicidad.
—¿Qué me parece...?
—No te hagas la tonta... —dijo acercándose y bajando la voz—. ¿A qué es atractivo e interesante?
—¿Te refieres a Joaquín? Pues, ¿atractivo...? algo; ¿interesante...? poco.
Frunció el ceño.
—A ti nadie te viene bien.
—Y a ti cualquiera.
—¿Sabes a qué se dedica? ¿Te lo dijo?
Negué con la cabeza.

—Es Psicólogo Forense. ¿Interesante, no?

—Sí, sin duda. ¿De dónde lo conoces?

—Trabaja en el hospital, estaba con nosotros en la junta esta noche.

Levanté la vista del plato que estaba limpiando.

—No preguntes —dijo ella sin mirarme—. Un caso muy triste. Odio que pasen esas cosas a los niños.

La miré pensativa unos segundos, pero como ella me pedía, no hice ninguna pregunta.

Y el viernes llegó.

Increíblemente, había logrado organizarlo todo, había comprado un bonito vestido de fiesta, y tenía mi maleta preparada en la oficina. Mi última cita sería a las 3 de la tarde y después partiría rumbo al aeropuerto, con el tiempo justo para tomar el vuelo de 5:10 pm.

Recuerdo la hora de la llamada perfectamente, porque miré el reloj del teléfono móvil mientras atendía: 9:32.

—¿Si?

—¿Señorita Vivanko?

—Sí, soy yo. ¿Quién habla?

—Soy el Agente Kloster, lamentablemente debo pedirle que se acerque al Hospital Central.

Y antes que él agregara nada más, lo supe.

—Lo siento —dijo el policía lentamente—, su familia ha sufrido un accidente en la autopista hace poco más de una hora.

Mi corazón dejó de latir por una milésima de segundo, y mi respiración se detuvo. Fue como si un trozo de vida se me escapara en ese instante.

—Están... Están bien... —supliqué.

—Lo siento mucho. Su hermana y su cuñado han fallecido —aclaró.

Un sollozo emergió de mi pecho quitándome el habla.

—Su sobrina ha resultado ilesa, ella está en el Hospital.

Comencé a sollozar con el teléfono aún en mi mano.

—Señorita Vivanko, ¿hay alguien con usted ahora? ¿Alguien que pueda acompañarla al hospital?

Dejé el teléfono sobre la mesa y caminé dos pasos hacia el sofá.

Me arrodillé en el suelo y hundí la cabeza entre los almohadones para acallar mis gemidos.

—Señorita Vivanko, ¿me escucha?... Señorita Vivanko...

Janet estaba a mi lado, abrazándome.

Alguien hablaba, sentado del otro lado del escritorio, pero no podía entender sus palabras, como si se expresara en un idioma desconocido para mí. Por momentos tomaba consciencia de su presencia y trataba de prestar atención a lo que decía, pero aunque lo intentaba, no podía entenderle.

De repente la puerta se abrió y entró Marilyn, seguida de Juan. Ella se arrodilló a mi lado, mientras él hablaba con el hombre del escritorio.

Me hicieron poner de pie y me llevaron a otra sala. Janet comenzó a frotar mis manos.

—Mi cielo, estás helada.

—Traeré café —dijo Marilyn saliendo rápidamente de la habitación.

Juan acercó una silla al sofá y se sentó frente a mí.

—Julia, ¿puedes oírme?

Asentí, mirándolo.

—¿Entiendes lo que ha pasado?

Lo miré y suspiré.

—Por supuesto que entiendo, Juan. No me trates como a uno de tus pacientes.

Sonrió, y acarició mi mejilla.

—Lo siento, chiquita, lo siento mucho.

Marilyn entró con una bandeja con vasos de café. Me acercó uno.

—No, gracias —dije.

—Te hará bien algo caliente —insistió—. ¿Quieres té o chocolate?

—No, estoy bien.

Ella repartió los cafés que todos aceptaron, agradecidos.

—¿Quieres que te acompañe a ver a Adela? —preguntó Janet—. Le han dado un sedante, pero se despertará en un par de horas.

La miré.

—Déjala dormir —dije.

—Emilia y Pedro están con ella —explicó Juan.

Asentí.

—Quiero ver a Lucía —dije de pronto.

Juan y Marilyn se miraron.

—No creo que sea bueno ahora, quizás más tarde.

Me puse de pie.

—Quiero verla ahora —y me dirigí hacia la puerta.

Juan me siguió y trató de detenerme.

—Escucha, Julia, no puedes, no estás en condiciones de verla...

—Voy a ir a ver a mi hermana. ¿Vendrás conmigo? Si no iré sola.

Las lágrimas habían empezado a caer otra vez. Se deslizaban por mis mejillas como si no fueran parte de mí, simplemente resbalaban una tras otra, formando un pequeño río de tristeza, un surco brillante y profundo en mi cara.

—De acuerdo, pero déjame hablar primero con los médicos.

No recordaba el camino hacia la morgue, aunque esa era la segunda vez que lo recorría.

El mismo camino en el mismo hospital.

Los años habían pasado pero las cosas no habían cambiado mucho en el viejo hospital universitario. Pero yo no recordaba el camino.

Juan iba a mi lado, atento a mi reacción, notaba su mirada de vez en cuando sobre mí, y su brazo rodeaba mis hombros.

Los pasillos comenzaron a quedar desiertos. Lógicamente era una sala apartada, lejos de la gente, un lugar que todos deseaban ignorar y que, definitivamente, ninguno quería visitar.

Una puerta de doble hoja, con cristales opacos y un pequeño cartel cortaba el paso al final del corredor. Era la entrada al mundo de los muertos.

Juan aminoró el paso y apartando el brazo de mis hombros, tomó mis manos, obligándome a mirarlo.

—Sabes tan bien como yo que esta no es una buena idea —dijo.

—Necesito verla, necesito... —tragué saliva y busqué las palabras—. Si no veo su cuerpo sin vida, estaré siempre esperando que regrese.

Juan me miró a los ojos, pude ver un dejo de desconcierto en los suyos, pero no dijo nada.

—De acuerdo, vamos —Y dio un paso hacia la puerta.

—Espérame aquí. Quiero estar a solas con ella.

—¿Estás segura? Julia...

—Estaré bien. No te preocupes.

Solté sus manos y volví la cabeza, tratando de distinguir algo más allá de los vidrios.

—Estaré bien —repetí.

Atravesé la puerta, el pasillo continuaba por unos diez metros más. Caminé unos pasos y vi la sala a mi izquierda a través de unos amplios cristales.

Era grande y fría. Demasiado grande y casi vacía, salvo por una camilla de metal que se encontraba en el centro.

Un enfermero apareció y preguntó mi nombre, luego me invitó amablemente a sentarme en unas sillas plásticas que se encontraban de espaldas a los cristales.

Frente a mis ojos se extendía la pared del pasillo, lisa y gris, que iba a morir al final del corredor en una ventana pequeña, con los mismos cristales opacos.

—Ya puede acercarse —dijo el enfermero.

Me puse de pie para seguirlo, pero él señaló los cristales.

Sobre la camilla podía ver un cuerpo tapado por una sábana blanca, parecía tan pequeño que con alegría creí que se habían equivocado, que esa no era Lucía.

—Puede acercarse a la ventana, destaparé el cuerpo para que pueda reconocerlo.

—¿Desde aquí...?

Asintió sonriendo suavemente.

—Es mejor para usted verla desde aquí. No se preocupe, tendrá todo el tiempo que necesite.

Y sin decir nada más desapareció por la puerta de acceso a la sala.

Lo vi acercarse a la camilla. Antes de apartar la sábana echó una mirada hacia mí.

Asentí y contuve la respiración.

No sé qué esperaba ver, pero la impresión no fue buena. Y no porque el cuerpo estuviera maltrecho o me fuera difícil reconocerla, no, había algo más. El cabello húmedo caía de la camilla en apretados mechones, su cara, tan blanca, igual que sus labios, parecían de mármol. Había apartado la sábana solo hasta el pecho, dejando a la vista el cuello y parte de los hombros. Estaba desnuda, por supuesto, y su piel parecía dura y fría. Sabía que estaba fría y que la sangre ya no corría por sus venas. Sabía que la habían lavado para quitarle las manchas de sangre, que habían cerrado sus heridas y que solo me mostraban su cara porque estaba intacta, pero igual me sorprendí.

Mi hermanita pequeña estaba muerta y la tenían ahí desnuda solo cubierta con una sábana. Alguien que no la conocía y que no sabía nada de ella la había bañado, había lavado su cabello y la había puesto en esa bandeja fría como si fuera una cosa.

Un sentimiento de furia comenzó a llenar mi pecho. ¡Cómo se habían atrevido a tocarla! Ella se habría puesto furiosa si hubiese visto que la trataban así.

—Vamos, Julia —dijo Juan a mi lado.

Lo miré sin entender.

—Tenemos que irnos —volvió a decir.

—No quiero dejarla aquí.

Juan me miró con sus ojos húmedos.

—Lo sé, pero debes hacerlo.

—Está... Tiene el pelo mojado...

Juan asintió mientras me abrazaba.

—Lo sé, cariño, lo se...

—Hace tanto frío... —dije y sentí que todo lo que me rodeaba comenzaba a desmoronarse: las paredes, los cristales, y por último el suelo bajo mis pies.

Y empecé a caer al vacío, a un pozo negro y profundo.

Adela dormía abrazada a su mantita rosada.

Me sorprendió que hubiera dejado a sus peluches de lado para volver a la vieja mantita, pero era lógico, esa manta la había acompañado desde que era bebé y había sido por los últimos años un refugio seguro cada vez que se separaba de mamá.

Era natural que volviera a ella en momentos como éstos.

Pero igual me partió el corazón verla así, era la viva imagen del desamparo: pequeñita, hecha un ovillo en un rincón de la fría cama de hospital, abrazada a esa manta rosada, con el cabello alborotado sobre las mejillas pálidas.

Sentí un nudo en la garganta, y me pregunté con horror si ya se lo habían dicho. Miré a Emilia que la observaba con la vista perdida, y a Pedro que dormitaba en una silla.

Ellos amaban a Lucía y Samuel casi como si fueran sus propios hijos. Ella aparentaba estar entera, era una mujer fuerte, decidida, aunque imaginé que estaría en realidad destrozada, igual que yo.

Di dos pasos hacia la cama, y me vio. Se puso de pie al instante y se acercó a abrazarme. Acarició mi espalda por unos minutos sin decir nada.

—¿Cómo está? —pregunté sentándome en una silla a su lado.

Hizo un gesto indescifrable.

—Ha dormido desde que los trajeron. No saben cuánto vio, o cuanto puede recordar, pero prefieren tenerla sedada por unas horas.

—¿Horas? —pregunté.

Asintió.

—¿No podré llevarla esta noche a casa, entonces?

—No creo. Pero ve a dormir, nosotros nos quedaremos con ella.

"¿Dormir?" pensé, "No quiero dormir, quisiera..." pero ni siquiera en mis pensamientos me atreví a decirlo.

—Creo que me quedaré aquí esta noche.

Emilia me miró y empezó a negar con la cabeza. Me di cuenta que iba a protestar pero, seguramente algo que vio en mis ojos la hizo callar.

Sonrió con ternura y acarició mis manos.

—Bueno, entonces nosotros nos vamos. Si necesitas algo nos llamas.

Asentí y los miré marcharse.

Sentada en la silla junto a la cama, apagué la luz de la lámpara y cerré los ojos. Me dolía la cabeza y sentía el cuello rígido, con los músculos tensos y la columna tiesa. Los ojos estaban calientes de tanto llorar, hinchados y extrañamente secos.

Adela se movió en la cama, como si estuviera soñando. Murmuró algo ininteligible y se dio vuelta. La mantita cayó al suelo, así que me puse de pie y di la vuelta para recogerla. La coloqué con cuidado junto a sus manitos, y volví a taparla; algo resbaló hasta el piso rebotando sobre las baldosas con un sonido plástico.

Me incliné y busqué debajo de la cama, al fin lo encontré, era un pequeño juguete de colores chillones: rojo, amarillo y azul. Miré el cochecito entre asombrada y horrorizada, era parte del llavero de Samuel, faltaba la cadena de metal con la argolla y las llaves.

Mis ojos saltaron hacia la niña. ¿Dónde lo había encontrado? ¿Cuánto tiempo había estado ella consciente durante el accidente? ¿Había visto morir a sus padres?

Con mi mano sobre la boca acallé los sollozos tratando de calmarme. Suspiré y sin hacer ruido aparté las mantas acostándome a su lado y así, abrazada a su cuerpecito frágil, me quedé dormida.

Un día después pude llevarla a casa, Pedro había traído algunas de sus cosas: ropa, algunos peluches y unos pocos juguetes.

No me había hecho ninguna pregunta, salvo el primer "¿Dónde está mami?" apenas despertó.

Daba la impresión que con el accidente habían muerto también mi experiencia y conocimientos como terapeuta infantil, ni siquiera sabía qué le iba a responder cuando comenzara a preguntar de verdad. Nada de lo que había explicado antes a niñitos en situaciones similares me parecía apropiado para ayudarla a entender y superar lo que estaba viviendo. Ahora sabía por qué no se debía ser terapeuta de la propia familia, los sentimientos se mezclaban, los miedos aparecían y nos volvíamos inseguros y frágiles.

Había transferido mis pacientes a otro psicólogo de confianza, para poder quedarme en casa con ella, primero porque aún estábamos a la espera del funeral y todos los asuntos administrativos, y además porque evidentemente yo misma no estaba en condiciones de trabajar, de pensar o de ayudar a otros. Apenas podía con mi propia alma, y en el fondo sabía que si me levantaba cada mañana era porque la tenía a ella, y por ella sí que era capaz de hacer cualquier sacrificio.

Adela, sin embargo, se veía feliz. Con sus 3 años aún no tenía la capacidad de comprender el concepto de muerte, o de separación. Podía echar de menos a sus padres, pero no pasaba por su mente la posibilidad de no verlos nunca más. En definitiva, ¿qué es el "nunca más" para un niño de 3 años? Ella estaba bien, feliz de estar conmigo, y de vivir la aventura de dormir en mi casa.

La miré mientras jugaba, tratando de imaginar que querría Lucía que yo hiciera, que esperaría ella de mí.

Cuando me di cuenta que la tristeza comenzaba a acecharme, aparté esos pensamientos de mi mente. No podía enfrentarme a eso ahora.

Una semana exacta después del accidente fue el sepelio. Los padres de Samuel se habían ocupado de todo, especialmente el padre, un hombre duro y frío, con un aire de eficiencia aplastante. Habían visitado a Adela un par de veces en mi casa, pero lógicamente la niña no se había acercado a ellos ya que casi no los conocía. Ellos vivían lejos y como la relación con Samuel no era muy buena, apenas si se habían visitado desde su nacimiento.

Pero a pesar de eso me dio pena ver los esfuerzos de su abuela, Lila, por allegarse a Adela. Por supuesto que amaba a la pequeña, y estaba destrozada por la muerte de su hijo, y los rechazos involuntarios de la niña no ayudaban a que se sintiera mejor. De modo que en vez de concentrarse en su nieta, empezaron a ocuparse de esos asuntos, lo cual fue un gran alivio para mí.

El día del sepelio me levanté temprano, me vestí y me maquillé discretamente para ocultar mis ojeras.

Dejé a la pequeña al cuidado de Emilia, y acompañada de Janet, Marilyn y Juan, me dirigí con el corazón oprimido hacia el lugar de la ceremonia.

Parecía que toda la ciudad había venido a hacer los honores a mis hermanos. Amigos de ella, amigos y familiares de él, gente que amaba a Samuel por sus libros, la mayoría personas que yo no conocía. Sin embargo recibí los abrazos y pésame de todos y cada uno de ellos, una interminable sucesión de rostros y nombres imposibles de recordar.

La ceremonia fue larga, casi no podía prestar atención a las palabras que se decían, solo pensaba en Adela y en las ganas que tenía de estar con ella sobre mi falda, tapadas las dos por una manta mirando una película de dibujos.

Cuando todo terminó traté de escaparme sin hablar con nadie, pero fue imposible. Otra vez escuchar las palabras de consuelo y recibir los apretones de manos de tanta gente que los quería. Me sentía inadecuada recibiendo tantas manifestaciones de cariño, pero no había nada que pudiera hacer, salvo recibirlas.

Cuando al fin la multitud comenzó a dispersarse, empecé a caminar hacia la salida con Marilyn a mi lado.

En el fondo, en una de las últimas filas, un hombre aún permanecía sentado. Dirigí la vista hacia él, y me detuve en mi camino, mirándolo.

—Creo que allí está...—comenzó a decir mi amiga.

—...Lucas —conclui.

Él tenía sus ojos clavados en los míos. Se puso de pie y se acercó unos pasos.

Su mirada estaba tan llena de angustia y dolor que me impresionó, especialmente porque sabía que él casi no conocía a Lucía, esa tristeza era solo por mí.

Me acerqué y cuando estuve a su lado apoyé mi cabeza en su pecho. Él puso sus brazos a mi alrededor descansando su mejilla sobre mi pelo. Y comencé a llorar, con una desazón que no podía controlar.

No sé cuánto estuvimos así, yo llorando y él sosteniéndome entre sus brazos sin decir nada, pero cuando pude parar, después de varios suspiros y gemidos, estábamos los dos solos en el fondo de la sala.

—Vamos, te llevo a casa —dijo.

Cuando llegamos Adela ya dormía.

Pedro y Emilia se quedaron unos minutos más y después de asegurarse que yo estaría bien, se fueron tranquilos, sabiendo que Lucas se quedaría con nosotras hasta que estuviéramos dormidas.

—No necesito que te quedes a cuidarme —dije más tarde, mientras preparaba café.

Miró la hora.

—Son apenas las 10:00, no tengo nada mejor que hacer.

Sonreí sin agregar nada más.

Me sentía bien, casi feliz de tenerlo otra vez conmigo. Sabía que nada podría haberme consolado más que él, su sonrisa y sus abrazos.

Empezamos a charlar como si nunca nos hubiéramos separado, como si esos ocho años no hubieran existido.

Hablamos, reímos, nos hicimos preguntas y nos contamos nuestras vidas.

Pero, a pesar de lo bien que estábamos, o tal vez justamente por eso, ninguno de los dos mencionó a Damian.

—¿Cuándo volviste? —pregunté, y lo tomé por sorpresa.

—Hace dos años —respondió desviando la vista.

—¿Dos años? — pero antes de que yo pudiera reclamarle algo, añadió:

—¿Te acuerdas del doctor Bold?

—El profesor de Psicología del Desarrollo, si, más o menos. Nunca me gustó demasiado.

Sonrió.

—A mí tampoco. Sin embargo, fíjate que raro, regresé por él.

—¿Por él?

Asintió.

—Hace dos años me propuso que viniera a ayudarlo en su consulta, porque necesitaba un asistente. Me ofreció un sueldo y, obviamente, aprender a su lado y tratar a sus pacientes. Dudé bastante antes de decidirme... No estaba seguro de querer volver.

Una rápida mirada antes de continuar con su relato.

—Después de un par de meses de estar trabajando juntos me confesó que se estaba muriendo, y que quería alguien que continuara con su trabajo. Ahí fue cuando de verdad me sentí conmovido y honrado, hasta ahora él nunca había dado muestras de tener un aprecio especial por mí. Murió a los cinco meses, totalmente consciente hasta el último día.

Hizo una pausa, mientras tomaba un sorbo de café.

—No puedes quejarte, tuviste mucha suerte —dije.

—Lo sé. En su testamento dejó claramente especificado que la consulta era mía, que podía usar estas instalaciones todo el tiempo que deseara, y que solo pasaría a formar parte de la herencia de la familia, cuando yo decidiera dejarlas.

—Increíble —dije sinceramente asombrada.

—Sí, fue el paso definitivo en mi carrera. Aunque claramente el mérito no es mío.

Me enderecé en el sofá y lo miré.

—El mérito fue haberte hecho merecedor de su confianza.

—Quizás —dijo.

Dejé mi taza sobre la mesa.

—Especialmente porque eras un rebelde sin causa, no entiendo como él tenía un buen recuerdo de ti —y empecé a reír.

Se unió a mí.

—Éramos... —aclaró.

—¡Yo, no! Ustedes...

Nos miramos un instante sonriendo.

—Recuerdo el primer día que hablamos —empezó a decir—, llevabas ese jean gastado que te quedaba enorme. Imposible para nadie saber cómo era tu trasero.

—¡¿Quién quería saber cómo era mi trasero?!

—¡Hombres! —dijo él riendo.

—A los dos días apareciste una tarde con Damian, y creo que ya nunca volvimos a separarnos.

Sonriendo se miró las manos.

—Siempre juntos —y levantó la vista—, pero te quedaste con el más guapo.

Negué con la cabeza.

—No, tú eras más guapo.

Me miraba sonriendo.

—Recuerdo esa primera tarde, mientras me acompañabas a mi apartamento —continué—. ¿Te acuerdas? Estaba lloviendo.

Asintió.

—Y yo llevaba el paraguas azul que me habían regalado las chicas.

—Lo tuviste por años...

—Mientras caminábamos, cada vez que te miraba para hablarte pensaba cómo era posible que tus ojos fueran del mismo color de mi paraguas.

Reí, avergonzada de tal confesión.

—Sin duda eras el más guapo...

—Gracias, lo sospechaba... —bromeó.

—Pero Damian supo conquistarme.

Asintió y me miró.

—¿Por qué te fuiste? —solté.

Abrió mucho los ojos en un gesto de perplejidad.

—No lo sé...

—Sí lo sabes, dímelo.

Suspiró y se acomodó en la silla.

—Debería haberme quedado, lo sé, pero...

Esperé.

—No podía verte sufrir así.

El lunes, muy temprano, sonó el teléfono. Era Lila, la madre de Samuel.

—Buenos días, Julia. ¿Cómo estás? ¿Cómo está la nena?

—Muy bien —dije bostezando disimuladamente.

—Me ha llegado una carta de los abogados de Samuel, quieren reunirse con nosotros para leer el testamento.

—¿Testamento? ¿Samuel dejó un testamento?

—Parece que sí. ¿Recibiste algo?

Me puse de pie y fui hasta la repisa de la entrada.

—No lo sé, no he mirado el correo... Espera, sí, creo que es esto. Newman y Burtenshaw... Me citan para el martes a las 9 de la mañana. ¿A ustedes también?

Dudó un instante.

—No, a las 10. Supongo que entonces será por separado. Bueno, igual nos veremos allí. ¿Quieres que pasemos por ti?

—No, gracias, iré en mi coche.

Y terminé la llamada pensando por qué habrían de dejar un testamento Samuel y Lucía.

—Es algo normal —me aclaró Juan esa misma noche, mientras cenábamos en casa—, Samuel ya estaba teniendo entradas de dinero considerables, se lo habrán aconsejado sus abogados.

—Especialmente por los royalties de sus libros. Escritores, músicos, las ganancias de sus creaciones siguen generándose por años, muchos años —aclaró Marilyn.

Dejé el tenedor en mi plato.

—Sí, supongo que tienen razón, pero es... —suspiré—. Es como si hubieran sabido que algo les iba a pasar.

—No pienses tonterías, es una suerte que lo hayan hecho, especialmente por Adela.

Sí, era una suerte.

La niña no tendría que preocuparse nunca por el dinero. No es que fuera a convertirse en millonaria, pero podría vivir bien y pagar sus estudios. Era una suerte.

Llegué a la cita puntualmente. Estaba nerviosa y no tenía idea de cómo sería todo aquello, nunca había estado en la lectura de un testamento y poco sabía del tema.

Me hicieron pasar a la oficina de los notarios, era según me pareció, la oficina principal.

El escritorio estaba vacío, los abogados estaba cómodamente sentados en dos sillones de piel negros. Se pusieron de pie al instante y se acercaron a saludarme.

Después de presentarse (Newman el calvo, y Burtenshaw el de barba), comenzaron por darme el pésame y hablarme de cuánto apreciaban a Samuel. Entonces entendí por qué se estaban ocupando ellos personalmente de este trámite, no solo eran sus abogados, sino también sus amigos, amigos de la juventud. Aparentemente por eso los había elegido Samuel, y confiaba en ellos totalmente.

—Julia, sé que estarás preguntándote qué papel juegas hoy aquí, y por qué se te ha citado a la lectura del testamento. Quizás lo imaginas, tiene que ver con Adela, debo decirte antes de que pasemos a la lectura y a la parte formal y legal, que Samuel y Lucía te designaron a ti como tutora de la niña.

Tragué saliva y me quedé en silencio, porque sabía que si trataba de hablar iba a romper a llorar.

—Por supuesto —continuó Newman—, también está el tema financiero, el cual según estipuló Samuel, será manejado por esta firma. Adela dispondrá de una asignación mensual hasta su mayoría de edad que pasará directamente a la cuenta bancaria que tú nos digas.

—No necesitamos dinero. Ella sabía que no tenía que dejar dinero, no entiendo... —dije.

El abogado me miró gravemente.

—Ella no sabía que iba a morir tan pronto. El testamento fue hecho con la esperanza que nunca fuera leído, por lo menos no esta parte. De modo que la asignación monetaria es parte de lo que usualmente se estipula. Tú tenías un buen trabajo, pero ella no sabía que podía pasar en el futuro, y el testamento fue hecho pensando en el fututo—concluyó, mirando a su compañero.

Algo en la mirada que intercambiaron me hizo preguntar.

—¿Cuándo hicieron el testamento?

—Hace dos años.

Miré a uno y luego al otro.

—Pero la cláusula que designa al tutor legal fue agregada hace tres meses —añadió Burtenshaw.

Sentí un nudo de angustia que apresaba mi garganta.

—Pensarás que es una tontería, pero creo que las madres tienen una percepción especial para ciertas cosas, fue Lucía quién insistió en que agregaramos esta cláusula —el calvo le echó una mirada de reprensión, ciertamente no era el momento para hacer ese comentario.

Se pusieron de pie, invitándome a seguirlos a otra oficina.

—De todas maneras no estás obligada a aceptarlo, puedes negarte por supuesto. En ese caso los tutores serían los padres de Samuel.

—¿Ella pidió eso? —pregunté.

Asintió.

—Tenemos algo que debes leer antes de que pasemos al testamento. Habíamos llegado a una pequeña salita, Newman siguió caminando y el otro me invitó a pasar.

—Puedes quedarte aquí, ponte cómoda y tómate tu tiempo, en cuanto lleguen Lila y Andrés te avisaremos.

Me entregó una carta y suavemente cerró la puerta.

Me acerqué al sofá que estaba junto a la ventana, y tomé asiento mientras mantenía los ojos fijos en el sobre.

Mi nombre, escrito cuidadosamente, era lo único que resaltaba sobre el papel blanco. Reconocí la letra de Lucía y me quedé hipnotizada mirándolo.

Tenía miedo de abrirlo y leer lo que ella había escrito tres meses atrás. Traté de recordar lo que habíamos hecho cuando habíamos estado juntas tres meses atrás.

"¿Cuándo te vendrás a vivir a casa?" había preguntado Samuel en esa ocasión. Había hecho esa pregunta muchas veces antes, él o Lucía, pero esa vez, sin que yo lo supiera entonces, había algo diferente: un temor oculto en el corazón de Lucía, un presentimiento de que el tiempo los apremiaba, o quizás el pánico que deben sentir todos los padres al mirar a sus hijos y verlos tan pequeños y frágiles.

Abrí la carta y comencé a leer, ya la primera frase desató mis lágrimas.

"Julita, no te asustes.

Lamentablemente sé que si estás leyendo esto es porque yo ya no estoy ahí contigo, y no puedes imaginar cuánto me entristece solo pensar en eso. Pero debo hacerlo.

Quiero que por un segundo dejes la carta a un lado, cierres los ojos, y sientas mi abrazo. Te amo hermanita. ¡Te amo tanto!"

Cerré los ojos y traté de calmarme, pero las lágrimas seguían cayendo.

"No puedo" pensé, "no puedo hacerlo"

Y cómo si llegara de lejos noté una brisa suave sobre mi cara. Contuve la respiración al notar el calor que rodeaba mis hombros y la presión suave contra mi pecho. No me atreví a abrir los ojos porque no quería que ella me abandonara, y sabía que al abrirlos vería que estaba sola, y todo desaparecería.

"Te quiero, Lucia" dije quedamente.

Luego busqué su rostro a través de mis lágrimas, con la tonta esperanza de que ella realmente estuviera allí. Pero no estaba. Y la soledad se me hizo, de ser posible más oscura e insondable.

"Ahora déjame que te diga que he imaginado este futuro muchas veces. Las primeras fue duro, hasta que me di cuenta que nada podría ser mejor para Adela que tenerte a ti, y para ti, tenerla a ella.

Por eso te pido que vivas a su lado y la cuides hasta que crezca y se convierta en una mujer. No sé cuántos años tendrás que hacer esto sola, ojalá sean muy pocos, ojalá el día que faltemos Adela sea ya adolescente y pueda convertirse en una amiga para ti, y puedan consolarse juntas.

Pero si no es así... ¡Gracias por amarla y ayudarla a crecer!

No voy a dejarte ningún consejo, sé que lo harás perfecto, ¡¿cuantos pueden tener la suerte de dejar a su hija en manos de una psicóloga?!

Solo voy a pedirte una cosa: no abandones la casa, es lo único verdaderamente importante que podemos dejarle, el lugar donde nació y vivió con sus padres. Por favor, múdate a vivir aquí con ella, aprende a amar esta casa y trata de sentirla tuya. Un trocito de nosotros siempre estará entre estas paredes. Sé que me odiarás por pedirte esto, pero algún día entenderás por qué lo hago.

Te quiero, recuerda que te dejo mi mayor tesoro".

Quizás nada que me hubiera pedido me hubiera sorprendido más que esto.

Vivir en esa casa, ¿por qué?

Sonreí, "me odiarás por pedirte esto", ella me conocía bien.

Los pocos planes que había hecho estaban centrados en mi casa, en las actividades que la ciudad podría proporcionarle a Adela, y ahora...

La puerta se abrió y uno de los abogados asomó la cabeza.

—¿Todo bien?

Asentí.

—¿Estás de acuerdo con lo que te pide?

Por supuesto él había leído la carta.

—¿Vivir en la casa? Sí, no me queda otro remedio —dije sonriendo.

Él entró y cerró la puerta. Se acercó y se sentó a mi lado.

—Sé que es la primera vez que nos vemos, pero mi aprecio por ti viene del amor que tenía por Samuel y Lucía. El día que ella me entregó esta carta pude percibir el dolor que le provocaba pensar en todo esto, pero ella me pidió que no te presionáramos, que te hiciéramos saber que podías negarte. Nada de lo que dice el testamento o esta carta es una obligación, solo es un pedido.

—Lo entiendo —dije.

—Ni siquiera vivir en la casa, si tú no quieres vivir allí, la casa quedará a cargo de los caseros. Samuel dejó un fondo destinado al mantenimiento de la mansión, restauraciones que hubiera que hacer, todo lo necesario para que la casa esté en perfectas condiciones cuando Adela tome posesión de la herencia al cumplir los 18 años. No necesitas decidir todo eso ahora.

Sonreí agradecida y me puse de pie para seguirlo hasta su despacho, donde ya estaban los padres de Samuel esperando.

El testamento era corto, tenía muy pocas cláusulas.

Primero se hablaba de los inmuebles, entre los que se incluía la casa y se mencionaba el tema del mantenimiento y se aclaraba que Emilia y Pedro continuarían siendo los caseros todo el tiempo que ellos quisieran permanecer en esa posición.

Luego se hablaba de los royalties de las novelas de Samuel, que seguiría recibiendo su hija como única heredera.

Y por último, la tutoría legal de la niña.

Cuando Newman comenzó a leer esta última cláusula, vi por el rabillo del ojo que Andrés se acomodaba en el sofá. No sé cuál fue su cara al escuchar el deseo de su hijo, no sé si lo esperaba o no, o si quizás tenía la esperanza de que ellos tuvieran ese privilegio, pero no dijo nada.

Después de firmar salí fuera y vi, con sorpresa que Lila me estaba esperando.

—Quería despedirme, nos vamos esta noche.

—Pero, ¿no pasarán a ver a Adela?

Ella negó con la cabeza, con tristeza.

—No, cariño. Lo siento...

—Está furioso —dije.

—Sí, más que furioso, pero ya se le pasará. No te preocupes.

Recibí su abrazo y antes de soltarla dije:

—No la abandones, Lila, ustedes son sus abuelos.

Me miró sorprendida.

—Por supuesto que no lo haré, amo a esa niñita más que a mi vida. Aunque nunca me ha dejado venir mucho a verla, ahora no podrá impedirlo. No le perdono que me haya apartado de mi hijo, si hubiese sabido que...

No pudo seguir, su voz se quebró.

Oprimí su mano con cariño.

—Entonces nos despedimos solo por unos meses, espero que vuelvas pronto.

—Lo haré —dijo entre lágrimas—, lo haré.

—Trae al niño —ordenó, sin mirarla.

Las tres observaban la casa con atención. La luz de la luna las volvía muy blancas, casi resplandecientes.

La más joven fijó sus ojos en la que había hablado, pero no se movió. Miró un instante el cabello rojo que caía hasta debajo de la cintura en perfectas ondas, y luego sus ojos argentados.

—Trae al niño —repitió la mujer, y volvió la cabeza para mirarla.

La chica dirigió la vista a la casa una vez más.

—Dejémoslo, madre...

—Trae al niño —volvió a decir, sin alterar en lo más mínimo su tono tranquilo.

—No.

La palabra quedó resonando como un eco en lo profundo del bosque.

Apartó sus ojos de la casa y los posó en la joven nuevamente, que empezó a hablar.

—No tenemos que hacerlo, podemos dejarlo aquí con su padre, podemos...

—No podemos. Necesitamos a ese niño.

—Los he visto, madre —continuó la muchacha—, los he visto llorar y buscar desesperados a sus niños. Ellos aman a sus niños...

—Quizás —dijo—, pero ¿qué importa? Tomamos de ellos solo lo que necesitamos, siempre ha sido así.

—Pero ahora puede ser diferente.

La mujer agregó, casi con impaciencia.

—¿Desde cuándo nos preocupa lo que sientan? ¿Crees que a ellos les preocupan los sentimientos de sus ovejas cuando matan a un cordero para alimentarse?

—Pero no son ovejas, son personas...

Volvió a acercarse y acarició la mejilla de la jovencita.

—Que no te engañe su apariencia, no son como nosotras. Ahora ve, trae al pequeño.

—Madre... —rogó la niña una vez más.

—¿Qué piensas que él te haría si tuviera el poder suficiente? —preguntó dirigiendo una mirada rápida hacia la casa—. Yo lo sé... Y lo haría delante de mis ojos, para verme sufrir.

Suspiró y una tenue sonrisa tembló en sus labios.

—Nosotras, por lo menos, tenemos la decencia de no hacerlo frente a ellos —y dijo lentamente—. Trae al niño.

La joven bajó la cabeza y se dirigió hacia la casa.

La miraron alejarse. Su cabello negro danzaba con la briza, su figura esbelta se deslizaba lentamente sobre las hojas secas como si sus pies no las tocaran, ni siquiera se escuchaba el más leve crujido.

—Está creciendo —dijo la otra, que había permanecido callada.

—No lo suficiente, aún es muy inocente.

—¿Crees que es eso?

La de cabello rojo se volvió a mirarla, inquisitiva.

—Temo que la sangre de su madre la está cambiando...

El movimiento fue tan rápido que casi no le dio tiempo a reaccionar, solo abrió los ojos asombrada, mientras la mano se cerraba sobre su garganta.

—Si vuelves a mencionar a esa mujer... lo lamentarás.

Los ojos plateados centellearon, mirándola. Luego apartó la mano y añadió, en el mismo tono indiferente de antes:

—Ella tiene una sola madre.

Las dos se volvieron hacia la joven que se acercaba con un niñito entre sus brazos.

Lo miró una vez más antes de entregárselo a su madre.

Esta lo tomó, cuidadosamente, y lo apoyó contra su pecho, casi con cariño. El pequeño suspiró, aún dormido, mientras los largos y finos dedos apartaban un rizo de su frente.

—¿Su padre?

—Dormía —contestó la chica.

Comenzaron a caminar hacia el corazón del bosque, majestuosas, poderosas. Las tres cabelleras resplandecientes en la niebla: una roja, una negra y la otra dorada.

Sus siluetas parecían delineadas en la bruma con un lápiz de luz que hacía brillar sus contornos perfectos, otorgándoles ese halo de belleza sobrenatural que erizaba la piel al mismo tiempo que aprisionaba los sentidos.

Nadie, al verlas tan hermosas hubiera imaginado lo que en realidad escondían sus corazones. ¿Cómo suponer que esos ojos claros y puros fueran en realidad indiferentes al dolor y al padecimiento de los hombres? ¿Cómo imaginar que aquellas manos delicadas y suaves hubieran tomado tantas vidas inocentes?

De modo que esas eran sus armas más poderosas: su belleza, su maldad y su corazón de piedra.

La más joven tornó la vista hacia la casa por última vez. Una luz solitaria tiritaba en una de las ventanas del tercer piso.

Sintió pena por el hombre dormido. Tantas noches en vela cuidando de su pequeño, y justo en ésta lo había vencido el sueño.

Una lágrima cristalina resbaló por su mejilla, llegó al borde de la mandíbula y se balanceó un instante antes de rodar por el cuello. Lentamente siguió su camino sobre la piel nívea, hasta alcanzar el medallón que descansaba sobre su pecho. La gota pareció dudar, esperando, hasta que finalmente rodando por la gruesa cadena, se posó en el ojo brillante, para luego fundirse en la lágrima violácea.

Como si supiera que allí había perdido parte de su llanto, la muchacha posó la mano sobre el medallón.

Otra lágrima asomó, pero no la dejó caer, con un gesto rápido, limpió sus ojos y levantando la cabeza siguió su camino internándose en el bosque sombrío.

Nos mudamos esa misma semana.

No podía mantener a Adela apartada de su hogar, me sentía culpable de tenerla en mi casa.

Solo había empacado algunas de mis cosas, dejando casi todo en mi apartamento, para volver en la primera oportunidad si era necesario.

Al entrar en la mansión la niña corrió hacia la cocina y se quedó de pie ante la puerta abierta, mirando hacia el interior.

"¿Mami?"

Esperé. No quería volver a repetirle lo que ya le había dicho tantas veces. Habíamos hablado de que mami y papi no estarían en la casa, pero ella, por supuesto, no lo entendía.

Me acerqué y puse mi mano en su hombro.

—¿Vamos a ver cómo está Demetrio? —pregunté tratando de mostrarme entusiasta— Ha estado solo muchos días.

Demetrio era un perrito de peluche azul, de esos raros especímenes que crean los fabricantes con el único propósito de confundir las mentes de los niños, pero ella lo adoraba, y Pedro había olvidado llevárselo a casa.

Asintió y, sin decir una palabra, caminó escaleras arriba, pero pude notar la terrible decepción que sentía al observar su cabeza baja y sus hombros encorvados.

Mientras salíamos de la cocina, eché una mirada a la mesa que tantas veces había compartido con Lucía y Samuel. ¡Cuántas charlas y risas con un café de por medio, sobre la madera rústica! Mis sentidos se activaron, y los recuerdos me oprimieron el pecho: el olor a café recién hecho, los pasos sobre las tablas antiguas, el tic tac del viejo reloj de pared, la risa de Lucía... Súbitamente copiosas lágrimas inundaron mis ojos, y con dolor me pregunté si había sido una buena idea dejar la seguridad de mi apartamento. Para las dos iba a ser muy difícil vivir otra vez allí.

Caminé por el salón, observando todo con cuidado. Estaba segura que Emilia había limpiado concienzudamente la casa, y había guardado todos los objetos personales de los chicos, sin embargo, había olvidado algo, algo que seguramente ella ni imaginaba que podía significar tanto para mí y me podía provocar tanto dolor. Me acerqué a la chimenea y tomé de la repisa la figura de madera que yo misma le había regalado a Lucía cuando supimos que estaba embarazada: representaba al padre, la madre y el bebé, ellos tomados de las manos y el bebito entre ambos, de formas simples, abstractas y bellamente pulida. Un obsequio que casi había olvidado, aunque lo había visto cientos de veces en estos tres años , pero que esa mañana me recordó una vez más que ellos ya no estarían junto a Adela, que no la podrían cuidar ni verla crecer, y entonces las lágrimas, retenidas hasta entonces, comenzaron a caer a borbotones.

La pequeña se asomó desde el primer piso.

—¡Mira dónde está Demetrio! —gritó alegre.

Sequé mis lágrimas y fui a unirme a ella.

Había acomodado todos los peluches sobre la alfombra, en un rincón, frente a la pizarra, como si estuvieran en la escuela.

Se sentó en el suelo entre ellos y rió feliz.

—Parece mi clase—dijo—. Sólo falta la maestra.

—Tú puedes ser la maestra... La señorita Adela—y comenzó a reír otra vez.

La dejé jugando y me encaminé al cuarto de al lado, la habitación que Emilia había preparado para mí. Según ella era más espaciosa que el dormitorio que yo ocupaba siempre, y estaba junto al de Adela.

Miré la cama, con un nuevo cubrecama y almohadones a juego, y sin siquiera dar un paso dentro, salí al corredor.

No iba a cambiar de cuarto. Volví decidida sobre mis pasos y abrí la puerta.

Ese era mi cuarto, el que Lucía había elegido para mí, el que ella siempre tenía preparado con sábanas limpias y mi ropa en los armarios.

Me senté en la cama y acaricié las mantas pensando en mi hermana.

"Aquí estoy" dije sonriendo. "He traído a tu niña".

Una sensación de desamparo tan poderosa me invadió que suspiré casi sollozando, y una vez más me pregunté cómo iba a seguir adelante sin ella.

Sin embargo, los días siguientes me sentí mejor.

Adela se veía feliz de tenerme en su casa, y me mostraba todos los secretos de la mansión. Como toda casa vieja tenía sus manías, cosas que solo funcionaban si las usabas de determinada manera y otras que directamente estaban fuera de uso. Así que entre ella y Emilia me ayudaban a entender cómo manejarme en mi nuevo hogar.

Echaba de menos algunas comodidades, la casa seguía siendo muy húmeda y demasiado oscura. Ni hablar que el frío parecía meterse en los huesos en las noches de invierno y a pesar de tener calefacción en cada habitación y chimeneas en cada salón, cuando me acostaba sentía la humedad entre las sábanas.

Emilia insistía en que usara la "bolsa de agua caliente", pero ese artilugio tan antiguo me parecía hasta peligroso, me imaginaba escaldada de pies a cabeza por una tapa que se soltaba, así que prefería soportar la humedad, usar gruesos calcetines y pijamas afelpados.

Adela se comportaba con naturalidad, parecía feliz, y aunque mencionaba de vez en cuando a sus padres, me preocupaba el hecho de no verla llorar echando de menos a su mamá.

Aún los niños tan pequeños cuestionan la ausencia de sus padres, pero ella no me había hecho más preguntas. Después de lo que yo le había dicho en el hospital, parecía haber olvidado el asunto.

—¿Dónde está mami? —me había preguntado al día siguiente del accidente.

Yo había llegado temprano para llevarla a casa, me había maquillado para que ella no viera mis ojeras, y había llegado con una sonrisa y un peluche nuevo.

Creía estar preparada para hablarle de lo sucedido, sin embargo, ya con esa primera pregunta había desarmado toda mi estrategia.

—¿Te acuerdas del viaje al aeropuerto? —pregunté tratando de que no me temblara la voz.

Asintió mirándome a los ojos.

—¿Qué recuerdas?

—Estaba jugando con mi Tablet, y mami estaba riendo y papi gritó...

Y noté que contenía la respiración.

—¿Qué pasó después? —necesitaba saber cuánto recordaba, cuanto había visto.

—No sé, me dormí.

Suspiré y me esforcé en sonreír.

—Mi amor, cuando te dormiste, fue porque te golpeaste la cabeza. Papi y mami también se golpearon porque un coche los chocó.

Me miraba con sus grandes ojos negros, parecía tan desolada que se me hizo un nudo en la garganta y creí que no podría seguir hablando.

—Papá y mamá han muerto, chiquita.

Pestañeó una vez. Esa palabra, tan terrible para mí, para ella no significaba nada.

—¿Recuerdas el pajarito que encontramos muerto en el bosque? Había caído de su nido y mami te explicó que había muerto, que debíamos enterrarlo y que no volvería a cantar ni a volar.

Ella asintió y giró la cabeza buscando su mantita.

—¿Cuándo van a volver? —preguntó.

—No van a volver, cielo, han muerto.

—¿Dónde están?

La miré y sentí que me volvía tan pequeña como ella, tratando de entender o de aceptar todo lo que la muerte implicaba. ¿Qué podía responderle? No iba a mentirle, o hablarle con metáforas que ella no comprendería y que la confundirían aún más.

Deseé con todo mi corazón creer en el más allá, como Damian, y poder decirle "Están en un lugar mejor, están esperándote. Cuando mueras podrás volver a verlos". Pero no me atreví, porque yo misma había atesorado esa esperanza durante muchos años, y ahora, después de tanto tiempo y de tantas pérdidas, ya no estaba segura de nada.

—No lo sé —dije, y esperé con temor la siguiente pregunta.

Pero no vino, ella se quedó mirándome, pensativa.

Luego tomó su mantita, y metiéndose el pulgar en la boca, se acurrucó dándome la espalda.

Sentí que se me desgarraba el pecho de dolor.

Quizás, si hubiera comenzado a llorar, si me hubiera abrazado buscando protección, si hubiera gritado, diciendo que quería ver a sus padres, quizás así hubiese sido más fácil, pero esa reacción de calma y resignación, de soportar sola y apartada lo que estaba viviendo, me partió el corazón.

Pero ahora, después de casi un mes, la podía ver feliz otra vez. Comía, jugaba, dormía como una niñita de su edad, y hablaba de sus padres en presente, lo cual era normal.

Cada vez que preguntaba por mamá, yo le repetía lo mismo y ella parecía aceptarlo, pero yo sabía que tarde o temprano, de alguna manera empezaría a manifestar la terrible pérdida que había sufrido.

—Simaco me dijo que no le gusta que saques los libros de la biblioteca —dijo una noche, después de la cena.

Estábamos las dos compartiendo el mismo sofá, una de cada extremo, tapadas por la misma manta. Ella peinaba a una Barbie casi calva y yo leía.

—¿Quién? —pregunté.

—Simaco —dijo concentrada en su tarea.

—¿Quién es Simaco?

—Mi amigo.

—Oh, tu amigo...

"Un amigo imaginario", pensé, "¡Perfecto!"

—¿Juega siempre contigo? —pregunté dejando a un lado mi libro.

—A veces. Me gusta charlar con él, habla raro —dijo y sonrió.

Sonreí también mientras la miraba.

—¿Y por qué no quiere que saque los libros de la biblioteca? —inquirí, volviendo a tomar la vieja copia de El conde de Montecristo que estaba leyendo.

—Porque son suyos y no quiere que te los lleves.

Me enderecé en mi asiento.

—De acuerdo, mañana volveré a poner en los estantes los que he sacado para que Simaco no se enoje. Pero dile que ahora esta también es mi casa y que puedo usar los libros.

—Se lo diré mañana, ahora está durmiendo.

Ella continuó acicalando a la muñeca y yo traté de leer aunque los pensamientos volaban hacia ese amigo imaginario que había aparecido justo en el momento oportuno para ayudarla y acompañarla durante esta difícil etapa de su vida.

Volví a maravillarme una vez más de la complejidad de la psiquis humana y especialmente del poder de auto-recuperación de los niños pequeños.

Unas pocas semanas después los días empezaron a alargarse, el sol emergió de las eternas nubes invernales y la primavera asomó tímidamente, llenando de brotes nuevos los árboles y arbustos.

Con una rapidez increíble lo gris se volvió verde, y el bosque dejó de ser un atajo de ramas retorcidas para convertirse en un mundo nuevo, lleno de menudas hojitas claras y capullos apretados que llenaban el aire de perfumes exquisitos.

Los paseos con Adela se volvieron casi diarios y sin darme cuenta empecé a disfrutar de mi nueva vida.

Una tarde emergimos las dos corriendo del bosque. Ella siempre me desafiaba a alcanzarla, y yo, casi siempre la dejaba llegar primero.

Al mirar hacia la casa vi a Emilia hablando con un hombre en el camino de entrada. La primera en reconocerlo fue Adela.

—¡Lucas! —gritó, y salió disparada como una bala, mientras corría, llamándolo.

Alegre, yo también me di prisa para llegar. Era la primera vez que nos visitaba desde que estábamos en la casa, aunque había ido varias veces a mi apartamento.

Los dos habían hecho migas casi al instante, ya que ella no era nada tímida y él era un verdadero encanto con los niños.

Vi cómo la levantaba por los aires mientras ella reía, y agradecida, bendije a ese hombre que se tomaba el tiempo para aliviar el dolor de una niñita.

Pasamos la tarde juntos, Adela quiso llevarlo al bosque, así que paseamos durante casi una hora. Luego, al llegar, descubrimos que Emilia había preparado una deliciosa cena, de modo que comimos, charlamos, y terminamos disfrutando del postre en el salón, frente a la chimenea.

La niña estaba cansada, se había tirado en la alfombra, frente al fuego y miraba unos libritos, hasta que se quedó dormida.

—Se la ve bien —dijo Lucas señalándola con la cabeza.

Asentí.

—Sí, la verdad que no ha manifestado nada, todavía.

—Es muy pequeña, tal vez nunca lo haga.

Hice una mueca de duda.

—Ojalá. Pero, ¿sabes qué? Tiene un amigo imaginario.

—¿Sí? —dijo sonriendo.

—Simaco.

—¿Simaco? ¡Madre mía, qué nombre! ¿Juega con él?

—Nunca delante mío, pero me cuenta cosas que hace con él. Dice que habla raro... ¡Ni que ella hablara perfecto!

Los dos reímos mientras la mirábamos.

—¿Y tú? ¿Cómo estás?

—Mucho mejor —dije con sinceridad—. Aunque me cueste reconocerlo, este lugar me ha hecho muy bien. Estoy más relajada, en paz. Pensé que vivir rodeada de las cosas de Lucía me haría sufrir o echarla muchísimo de menos, pero la verdad es que me hace sentirla más cerca, y eso me hace bien.

Lucas me miraba.

—Me alegro —dijo.

Nos quedamos en silencio, solo acompañados del crepitar del fuego. Lo observé mientras él miraba la lumbre, había cambiado. Poco quedaba del jovencito con el que compartíamos todas las salidas, escaladas y fiestas. Parecía haber crecido, y no solo se lo veía más alto, sino más musculoso. Me pregunté qué habría hecho estos años, además de terminar la carrera, en ese momento se volvió y se encontró con mi mirada.

Le sonreí y él preguntó.

—¿En qué pensabas?

—Estaba tratando de adivinar cómo fue que te pusiste así. Te recuerdo flacucho, poco amigo de los gimnasios.

Rió ante mi comentario.

—Bueno, ni era tan flacucho, ni estoy tan grande ahora. Hace unos cuatro años empecé a practicar escalada en pared vertical.

—¿En el gimnasio?

—No —dijo haciendo un gesto de desagrado—. Eso es para aficionados.

Sonreí.

—Yo no he vuelto a escalar —agregué.

Me miró sin decir nada, y yo no quise continuar, no quería hablar de Damian.

—El jueves es el cumple de Adela, ¿vendrás, verdad? —pregunté, cambiando abruptamente de tema.

—Claro —respondió—. Aquí estaré.

Esa noche, después de acostar a la pequeña y darme una ducha, bajé para ver una película.

Una de las cosas que echaba de menos era un aparato de televisión en el dormitorio, pero era imposible, porque la conexión estaba solo en la planta baja y no llegaba hasta los pisos de arriba, así que los chicos tenían un solo aparato en uno de los salones.

El lugar estaba perfectamente acondicionado, con cómodas butacas y una enorme pantalla sobre una de las paredes.

Tenía ganas de ver alguna de mis películas favoritas, así que me puse a buscar, hasta que encontré la indicada: romántica, divertida y con un final feliz. Nada de dramas o películas que mostraran las miserias humanas, ya tenía bastante de eso en mi propia vida.

Había preparado un plato con algunas galletas y un vaso de leche. Me acomodé en la butaca, reclinándola un poco y apoyé el plato en la pequeña mesita lateral.

Iba a dar al botón de comenzar, cuando escuché un estruendo que me hizo saltar y pegar un grito.

Corriendo subí las escaleras hasta la habitación de Adela, la puerta estaba abierta, como yo la había dejado, y la niña dormía plácidamente. Con la luz que entraba del pasillo eché un vistazo al cuarto, todo parecía estar en orden.

De pronto otro ruido estruendoso sobre mi cabeza, cerré la puerta de la habitación y caminé unos pasos.

Sabía de dónde venía el ruido, lo que no sabía era qué lo había provocado.

Miré hacia las escaleras y noté que mis piernas comenzaban a temblar. Eso era algo que había leído en algún libro y siempre había creído que era una buena imagen literaria para que el lector pudiera empatizar con el protagonista. Sin embargo allí estaba yo, con la impresión de haber perdido el control sobre mis piernas que se negaban a avanzar.

Me detuve y me apoyé en la pared, luego de un profundo suspiro llevé la mano a mi pecho tratando de tranquilizarme.

No sé de dónde llegó mi valor, tal vez fue la razón que me hizo entender que no había otra salida más que enfrentar lo que sea que hubiera ahí arriba, y que si no lo hacía yo, no había nadie más que pudiera hacerlo.

Apoyándome en la barandilla subí las escaleras. Por mis extremidades subía una sensación de frío y pesadez como si mi sangre se hubiera convertido en plomo.

Encendí la luz del pasillo y caminé hasta la biblioteca, allí me detuve y noté que ahora temblaban no solo mis piernas y mis manos, también la mandíbula, tensa, hacía castañetear mis dientes.

Abrí la puerta que gimió largamente y pude ver decenas de libros desparramados por el suelo, como si hubieran caído de los estantes todos a la vez.

Desde el umbral observé los viejos volúmenes abiertos, algunos con las páginas dobladas, esparcidos por toda la habitación. Aunque el cuarto estaba vacío, podía notar una presencia siniestra, que me observaba. Desde la seguridad del corredor escruté los rincones oscuros buscando sus ojos, esos ojos que me habían aterrado ya una vez, pero en ese instante, la pared de libros que se encontraba a mi izquierda cayó estrepitosamente, provocando un grito agudo de mi parte.

Solo quedaba un grupo de libros en su lugar, los que se encontraban entre las dos ventanas, frente a mí.

Miré con atención esa parte de la librería, sabía que iban a caer, y así fue. Los libros empezaron a desplomarse uno a uno, en una sucesión rápida y perfecta, una orquestada caída en dominó que me dejó estupefacta.

Mis sentimientos iban del espanto al asombro, retrocedí tambaleándome y me apoyé en la pared opuesta del corredor. La puerta abierta frente a mí me mostraba parte del escritorio y el sillón de alto respaldo.

No sé qué me detuvo allí, por qué me quedé observando el cuarto espantada en vez de correr escaleras abajo, pero de pronto el sillón comenzó a moverse, al principio muy despacio para ir a estrellarse luego contra la pared.

—¡Basta! —grité fuera de mí—. ¡Vete de esta casa!

La puerta también empezó a moverse y se cerró con estrépito acallando mis palabras.

Un sentimiento nuevo vino a sumarse a todo lo que ya estaba sintiendo: indignación. Sí, estaba indignada. Esa era la casa de Adela y yo no iba a permitir que nadie se la quitara.

—¡No te tengo miedo! — agregué.

Quizás mi voz no sonó muy convincente porque unos segundos después pude escuchar su risa, como un eco burlón a través de la puerta.

Un grito agudo llegó desde el piso de abajo y me hizo saltar en mi lugar, grité a mi vez y entonces me di cuenta que se trataba de Adela.

Bajé las escaleras todo lo rápido que me permitían mis piernas casi paralizadas, y en un instante estaba junto a ella. Se había sentado en la cama y estaba llorando.

—No te asustes, chiquita, no es nada —dije abrazándola—. Se han caído unos libros en la biblioteca, no es nada.

Las palabras eran tanto para tranquilizarla a ella, como a mí.

—Me asusté —dijo—. Y te llamé y no venías.

—Lo sé, mi amor, lo siento, estaba arriba.

—Te dije que Simaco no quería que tocaran sus libros —añadió en tono lloroso.

Y al escucharla sentí que un escalofrío recorría mi espalda.

A la mañana siguiente empecé a ordenar la biblioteca con la ayuda de Emilia y Pedro.

Al entrar, los dos se miraron en un gesto indescifrable para mí, y luego comenzaron a juntar los libros.

—No entiendo qué pasó —dije mientras formaba pilas sobre la mesa tratando de poner juntas las colecciones—. Fueron cayendo por etapas, de a un anaquel a la vez. Pero es increíble que las estanterías no se hayan soltado de la pared, solo cayeron los libros.

Noté una mirada de soslayo de Pedro, pero no dijo nada.

Emilia estaba en cuclillas junto a la ventana. Se acercó al escritorio con unos cuantos libros en sus manos.

—Deberías acomodar todo y cerrar esta sala, es peligroso para la niña y para ti.

La miré.

—Por supuesto que no voy a cerrarla, además casi nunca vengo aquí, pero este era uno de los lugares preferidos de Samuel—. Aunque no pasaba mucho tiempo ahí, le encantaba ese lugar, él amaba los libros y especialmente estos libros.

—Sí, pero mira lo que ha pasado...

No respondí, quería averiguar qué sabían ellos, pero no me atrevía a preguntar directamente

Pedro suspiró y me miró.

—Sería lo mejor, señorita Julia, este lugar debería estar cerrado.

Me asombró que Pedro participara de la conversación, él era por demás de callado.

—Bueno, quizás podamos asegurar los libros de alguna manera, poner una especie de soporte para que no vuelvan a caer...

—No creo que sea ese el problema.

Me acerqué a él.

—¿Qué quieres decir?

—Que usted debería entender que hay cosas que no tienen explicación, pero suceden, y es mejor dejarlas así.

Apartó sus ojos de los míos y se agachó a recoger más libros.

—¿De qué estás hablando, Pedro?

Como él no respondía, miré a Emilia.

—¿Qué pasa Emilia? ¿Hay algo que debería saber?

Ellos intercambiaron una mirada extraña.

—La casa es muy antigua, Julia, y tiene sus cosas... Cosas que se deben respetar, sino pasa esto —añadió señalando el suelo cubierto de libros.

—¿Quieres decir que la casa hizo esto? —y añadí—. ¿Ya había pasado algo similar?

Ella negó con la cabeza.

—Nunca, por eso creo que deberías cerrar la biblioteca.

Pasamos casi toda la mañana allí, pero ninguno de los dos quiso hablar más del tema. Aunque por lo poco que habían dicho pude deducir que nadie antes había tenido una experiencia similar a la mía en la casa. ¿Qué había hecho yo para provocar tanto enojo en el morador de la Biblioteca?

"Cosas que se deben respetar", había dicho Emilia en tono solemne....

No había mucho que pudiera hacer, y aunque me parecía ridículo admitir que en la casa había un fantasma, así era. Había tenido demasiadas pruebas como para ignorarlo.

En los días siguientes nada extraño ocurrió, y aunque esa noche me costó dormirme y esperaba que en cualquier momento volviera a suceder lo mismo, nada turbó nuestro descanso.

Nos abocamos entonces a preparar el cumpleaños de Adela. Estaba decidida a que fuera una ocasión especial para ella, divertida y con mucha gente que la acompañara.

Invité a mis amigos y a algunos amigos de Lucía que tenían niños que Adela conocía. Preparamos el jardín de invierno para que los niños jugaran por si llovía, y Pedro instaló la Pérgola en el parque con las mesas para la comida.

Había globos por todos lados y habíamos escondido en los jardines regalos para los pequeños invitados.

Todo estaba preparado y Adela estaba tremendamente emocionada con tantas novedades. De pronto la casa comenzó a llenarse de gente, y la música y el bullicio convirtieron el lugar en algo totalmente diferente al plácido refugio en el que solíamos vivir.

El tiempo acompañó de maravilla, el sol brillaba y una fresca brisa hacía del jardín un lugar perfecto para disfrutar de la fiesta. Los niños se estaban divirtiendo y los adultos charlábamos y reíamos.

Sobre las 7 de la tarde, la gente comenzó a marcharse, los niños ya estaban cansados y las madres deseosas de meterlos en la cama después de darles un baño. De manera que llegó el momento en el que solo quedamos Marilyn y Juan, Janet, Lucas, Emilia y yo.

—Julia, ¿te parece que lleve a la nena a la cama? —dijo Emilia poniéndose de pie

—¿Sin darle un baño?

La niña se había dormido en los brazos de Lucas.

—Yo la llevo —dijo Lucas levantándose —, por una noche que no se bañe no creo que pase nada.

Los dos se encaminaron a la casa mientras yo comenzaba a recoger los platos.

Marilyn se acercó para ayudarme. Su adelantado embarazo le impedía caminar con naturalidad, lo cual me hacía sonreír con ternura.

—Siéntate y descansa. No quiero que ese bebé salga de ahí antes de tiempo—dije.

Sonrió, y sin hacerme caso empezó a recoger los vasos.

—Es un encanto—comentó.

—Lo sé —repliqué, pensando que hablaba de Adela.

—Me refiero a Lucas.

La miré, sonreía.

—Oh, sí, él también —y como ella seguía mirándome pregunté—. ¿Qué?

—Nada, solo te vuelvo a repetir que ese chico es un encanto.

Lucas estaba viniendo hacia la mesa, así que ella no agregó nada más.

La noche era realmente hermosa, y parecía que nadie quería irse. La charla se había puesto interesante y Emilia había preparado café, de manera que nos quedamos disfrutando del aire fresco.

Estaba mirando a Lucas que hablaba, cuando me pareció ver algo que se movía en una de las ventanas de arriba.

Levanté la vista, creyendo que sería Emilia cerrando las cortinas en mi habitación o en la de Adela, pero entonces la vi a ella caminando por el sendero hacia su casa.

Volví a mirar, y ahora sí distinguí claramente una figura en una de las ventanas del tercer piso.

Lucas hablaba, pero yo dejé de escucharlo. Sentí que el tiempo se detenía por unos instantes mientras yo observaba al hombre que desde la ventana parecía mirarme. Me puse de pie con la vista fija en su rostro, y comencé a caminar hacia la casa.

Mientras me acercaba su cara cobró mayor claridad, y noté que sus ojos, efectivamente, seguían mis movimientos.

Traspasé la puerta de entrada, corrí escaleras arriba hasta el tercer piso y sin detenerme en ninguna de las habitaciones fui directamente hacia la biblioteca.

Posé la mano sobre el picaporte y, dándome cuenta de lo que estaba a punto de hacer, retiré la mano y di un paso atrás.

El recuerdo de su risa siniestra me hizo estremecer, y aun cuando estaban mis amigos a unos pocos metros, esperándome en el jardín, mi valentía desapareció y sentí pánico.

Con manos temblorosas apoyé mi oreja sobre la lustrosa madera oscura y traté de escuchar algún sonido proveniente del interior.

Algo se deslizó por la puerta desde dentro. Parecía el suave contacto de sus dedos, una caricia. Comprendí que apenas a unos escasos tres centímetros de mi cara estaba su mano, y alejé la cabeza mirando la puerta con espanto.

Él sabía que yo estaba allí. Estaba jugando.

Me quedé paralizada esperando mientras con horror veía como el picaporte bajaba lentamente. Mis manos se aferraron como garras a la manivela, creyendo que quizás así podría evitar que él abriera la puerta. Noté cómo ésta comenzaba a ceder a pesar de mis esfuerzos, hasta que ya no pude sostenerla más, y la dejé ir. En vez de abrirse violentamente, como hubiera sido lógico, se deslizó poco a poco haciendo sonar dramáticamente las bisagras, hasta quedar apoyada sobre la pared.

Pero la habitación estaba vacía.

Encendí las luces y me detuve en el umbral, sin atreverme a entrar.

Sobre el escritorio había una pila de libros, y las cortinas estaban abiertas, dos detalles que, estaba segura, habían cambiado desde el día que habíamos ordenado ese lugar.

—Julia, ¿qué sucede?

Era la voz de Janet, que venía subiendo las escaleras.

—Nada —dije apagando las luces y saliendo al corredor.

Miré una vez más hacia dentro de la habitación oscura, y después cerré la puerta.

Janet me encontró en el segundo piso.

—¿Dónde estabas? ¿Qué pasó? —dijo mirándome alarmada.

—Nada —volví a repetir—, me pareció ver luz aquí arriba...

—¿Y te asustaste por una luz encendida? —dijo bajando detrás de mí.

—¿Asustarme? ¿Por qué habría de asustarme?

Llegamos al jardín y vi que todos me miraban ansiosos.

—¿Qué pasó? ¿Estás bien?

—¿Está bien Adela?

—No pasó nada, solo una luz encendida en la tercera planta... —dijo Janet cortando el interrogatorio

Vi que Marilyn enarcó una ceja incrédula, pero antes que pudiera replicar, aclaré:

—Me da pánico que pueda comenzar un incendio, en las casas tan viejas son frecuentes los cortocircuitos...

Juan me observaba con su típica mirada de escrutinio, pero no hizo ningún comentario.

Me senté y me serví una copa, noté que me temblaba la mano. Creo que Lucas también lo notó porque tomó la botella y terminó de servir.

Comenzamos a hablar otra vez, y me di cuenta que todos sabían que algo pasaba. Por otro lado, obviamente ninguno podía siquiera imaginar qué era lo que yo había visto en realidad.

Marilyn y Juan se fueron junto con Janet, cerca de las once. Pero Lucas se quedó conmigo y me ayudó a llevar los platos adentro.

—¿Quieres que prepare café? —pregunté.

De modo que nos quedamos charlando en el salón hasta pasada medianoche. Yo no estaba trabajando todavía, y parecía que él no tenía prisa por irse.

En un momento de silencio, al levantar la vista noté que me estaba mirando.

Sonreí y él preguntó.

—¿Estas bien?

—¡Si, claro! —dije—. Mucho mejor.

—¿Qué fue lo que pasó?

—¿Cuándo?

—Cuando saliste corriendo hacia la casa —aclaró.

—¡Ahh! Nada, lo que dije, una luz encendida, no quería olvidarme de apagarla...

—Vamos Julia, puedes engañar a los demás pero yo te conozco bien.

Bajé la mirada y sonreí.

—Es un poco difícil... Vas a creer que estoy más loca de lo que estoy en realidad.

No contestó y siguió mirándome.

—Creo que... Creo que el fantasma de Damian está en esta casa.

No sé qué es lo que él esperaba escuchar, pero seguramente estaba muy lejos de lo que yo le estaba contando, porque su cara cambió drásticamente de esa mirada segura y confiada con la que me invitaba a contarle mi secreto, al desconcierto absoluto.

Pero era un buen profesional, y no expresó lo que realmente pensaba.

—¿Por qué crees eso? —preguntó.

—Lo he visto. Dos veces.

Asintió aun mirándome. Estaba controlando sus emociones y ahora su cara no mostraba absolutamente nada.

—¿Qué te hace pensar que era él? ¿O que era un fantasma?

Me puse de pie y repliqué con impaciencia.

—¡Por favor, Lucas! Te estoy diciendo algo de lo que no hablaría con nadie, algo que ni siquiera me había atrevido a expresar con palabras hasta ahora, así que por favor olvídate, por un segundo, de tu papel de psicólogo —me volví y lo miré—. Necesito que me hables como un amigo, y que si piensas que estoy completamente loca, me lo digas. De todas formas yo lo pienso —agregué.

Se acercó hacia mí que estaba apoyada en la chimenea.

—Lo siento —dijo y acarició mi rostro. Luego acomodó un mechón de cabello que caía sobre mi frente y se quedó mirando mis ojos—. Lo siento —volvió a decir y se alejó.

—¿Qué piensas? —Pregunté sentándome a su lado—. ¿Crees que es posible? ¿Crees que los espíritus de los muertos pueden volver y tratar de comunicarse con nosotros?

—Sí, lo creo —dijo y vi que no mentía—. Siempre lo he creído. Pero no respondiste a mi pregunta, ¿por qué crees que era él? ¿Dónde estaba? ¿Te habló?

—Sí, pero... No sé si era él, pero te aseguro que hay alguien allí arriba —dirigí la vista hacia el techo—. Lo vi hace más de tres meses atrás, antes del accidente, y lo volví a ver hoy.

—¿Y parece Damian?

—Sí... No sé, tal vez no. No he podido verlo bien.

Se inclinó hacia adelante y tomó mis manos entre las suyas.

— ¿Tienes miedo? ¿Quieres que me quede aquí esta noche?

Lo miré, agradecida.

—Me encantaría. Sí, tengo miedo. No a que me haga algo malo, sino saldría corriendo de aquí ya mismo, jamás arriesgaría a Adela. Pero tengo miedo, y no sé por qué.

Acercándose me tomó entre sus brazos y me mantuvo cerca de su pecho sin decir nada.

—De acuerdo, me quedaré a pasar la noche —dijo al cabo de unos segundos, apartándose—. Ya verás que mañana ves todo con mayor claridad y te sientes mejor.

Un rato después estábamos riendo arriba, preparando uno de los cuartos de invitados.

Habíamos pasado por la biblioteca, él había encendido la luz y había estado admirando la colección impresionante de libros allí reunidos. Incluso se había sentado en el sillón de alto respaldo mientras hablábamos.

Luego habíamos salido, apagando las luces y dejando la puerta abierta. A su lado todos los temores se esfumaban. ¿Fantasmas?, ¡Pamplinas!

Después de preparar la cama, busqué toallas limpias y revisé que el cuarto de baño del tercer piso estuviera en condiciones.

Entonces él decidió acompañarme hasta mi cuarto, y riendo yo le permití hacerlo. Me recordaba nuestros años de juventud cuando siempre se comportaba como un caballero, cuidando de mí, ante las burlas de Damian.

—Bueno, aquí te dejo, sana y salva —dijo sonriendo.

—¿Llegarás sano y salvo a tu cuarto?

—¡Espero que sí! —y bajando la voz agregó—. Espero que tu fantasma no trate de vengarse.

—¿Vengarse? ¿Qué le has hecho?

—Puede que esté celoso.

Riendo lo miré y lo que vi en sus ojos me hizo bajar la cabeza, confusa.

No sé si percibió mi desconcierto.

—Vete a dormir, es tarde —dijo y guiñando un ojo se alejó por el corredor.

Cerré la puerta y me acerqué a la cama. Habían pasado ocho años, y evidentemente los dos habíamos cambiado. Ya no éramos aquellos amigos, poco más que adolescentes, que creían que tenían toda la vida por delante. La tragedia nos había tocado, enfrentándonos de una manera demasiado cruel a la verdad.

Cuando Damian desapareció, dos días después de mi cumpleaños, Lucas fue el primero en darse cuenta que algo serio ocurría.

Llegó a mi apartamento muy temprano, apenas había amanecido, y al abrir la puerta y ver su cara, supe que algo le había pasado a Damian.

—¿Está aquí, contigo?

Negué con la cabeza.

—Anoche no volvió a casa —dijo.

Cerré la puerta y me acerqué a él.

—Estará en la casa de algún amigo...

—¿Qué amigo, Julia?

Los dos sabíamos que Damian no tenía otros amigos, por lo menos no alguien tan cercano como para irse a dormir a su casa.

—¿Crees que le pasó algo?

Levantó la vista y me miró.

—No están sus botas de escalar, ni la mochila con las sogas y...

—No —dije—, él nunca se iría solo sin decírmelo.

Y sentí que todos los temores se intensificaban.

Y comenzamos a buscarlo: entre los compañeros de clase, con su familia, en los hospitales, hasta que finalmente acudimos a la policía

Cinco días pasaron, cinco días de vigilia, de esperanza y de desesperanza.

Ya no recuerdo las justificaciones que pasaban por mi mente para tratar de entender su partida y su silencio, pero nunca, ni una sola vez lo imaginé muerto. Herido, quizás, pero muerto... jamás. Sin embargo al quinto día una corta llamada de la policía nos informó que habían encontrado su cuerpo.

Recuerdo que estábamos juntos en su apartamento y fue Lucas quien atendió la llamada. Repitió el mensaje como una máquina, sin emociones: "Encontraron su cuerpo".

Y yo lo miré, y pregunté, estúpidamente: "¿Está herido?"

Él solamente me miró y con una mueca de dolor repitió: "Encontraron su cuerpo, cayó desde el monte Negro".

Y aun cuando mi corazón quería continuar negándose a aceptarlo, mi mente lo entendió, y en ese instante me desmoroné completamente.

No fue hasta después del funeral, cuando me quedé sola en mi cuarto, que llegaron las preguntas, esas que hasta ese momento no había sido capaz ni siquiera de formular: "¿Por qué se había ido solo? ¿Qué lo llevó a cometer la locura de emprender esa escalada sin un compañero que lo apoyara? ¿Fue una caída desafortunada o fue...?"

Esta última pregunta me perseguía, la duda de saber si él había decidido ir solo porque quería terminar con su vida, me atormentaba. Y si así era... ¿por qué? ¿Cómo no me había dado cuenta que algo andaba mal, que algo lo angustiaba? ¿Por qué no se había atrevido a hablar conmigo, a contarme lo que le pasaba? ¿No me amaba lo suficiente como para quedarse conmigo?

Lucas desapareció una semana después del funeral, y me quedé completamente sola. La oscuridad me envolvió de tal manera que no fui capaz de continuar con mi vida, abandoné todo, la facultad, a mis amigos...

Los días se convirtieron en semanas, cada vez más oscuros y vacíos, me quedé encerrada en mi apartamento por meses, hasta que Lucía me rescató. Me llevó a vivir a su casa, y aceptó en su vida de recién casada a una carga tan pesada como era yo en ese momento.

Mi actitud no cambió a pesar de acceder a vivir con ellos, simplemente no podía, por más que quería demostrarle mi agradecimiento y trataba de levantarme y salir de la cama cada mañana, simplemente no podía.

Hasta que un día al salir de mi cuarto para ir hasta el baño, escuché a Lucía llorando en su habitación.

Sin pensarlo entré. Estaba sentada junto a la ventana mirando algo que tenía en sus manos.

Me observó sorprendida.

—¿Qué pasa? —pregunté acuclillándome a su lado.

Negó con la cabeza.

—Nada, estoy un poco cansada.

—¿Cansada? ¿Y eso te hace llorar?

Vi como cerraba sus manos, para ocultar el objeto de mi vista.

—Ha sido una semana larga —dijo, y se puso de pie.

Caminó hasta el armario y depositó con cuidado lo que llevaba en las manos.

—Dime que te pasa, Lucía. Hacía años que no te veía llorar, salvo por alguna película —. Agregué sonriendo.

Hizo una mueca y bajó la cabeza. Sus hombros temblaron con otro sollozo.

Me acerqué a abrazarla y entonces vi lo que guardaba en el cajón. Cuidadosamente dobladas se veían varias prendas de color rosa: pequeñas camisitas, calcetines, y hasta un vestidito diminuto.

—¿Estás...? —empecé a decir.

—Ya no... —respondió y se abrazó a mí, llorando.

En ese momento me di cuenta cuán egoísta había sido centrando todos mis pensamientos en mí misma. Sin importarme nada más que mi dolor, había abandonado a mi hermana.

Esa misma semana comencé una terapia con aquel que llegaría a convertirse en mi mejor amigo: Juan. Él me ayudó a entender que la única manera de seguir adelante era dejar de atormentarme con preguntas que no tenían respuestas. Solo una cosa estaba clara: Damian se había ido y no volvería.

No, ni siquiera volvería para decirme que existía el "más allá".

Suspiré, asombrada de la nitidez con que estos recuerdos estaban todavía presentes, recordaba detalles insignificantes, recordaba sentimientos y sensaciones, y por supuesto recordaba el dolor. Y era a eso a lo que más le temía, no creía poder soportar una vez más ese dolor.

Apagué la lámpara y me arrebujé en las mantas, la noche estaba fresca. Cerré los ojos y traté de no pensar más en Damian, necesitaba dormir, ya eran casi las dos de la madrugada.

La casa estaba silenciosa, afuera el viento silbaba suavemente, con una melodía lenta que empezó a adormilarme.

La voz, tan conocida para mí, pareció llegar desde los confines de mi consciencia:

"Julia..."

Abrí los ojos y miré la oscuridad.

Por la ventana penetraba la luz imprecisa de las farolas del parque e iluminaba una franja de la habitación dejando el resto en sombras.

Aunque la luz era tenue, el contraste con las tinieblas que poblaban el cuarto hacía que las sombras se vieran todavía más lóbregas.

Fijé mis ojos en la esquina donde estaba el pequeño sofá. Un suspiro, largo y atormentado llegó desde el oscuro rincón y erizó mi piel. Lo escuché a pesar del viento que ululaba en mi ventana y de mi respiración que, acelerada, parecía retumbar en mis oídos.

—¿Por qué me olvidaste, Julia? ¿Por qué dejaste de amarme? —dijo su voz.

Mis ojos, clavados en las tinieblas, se humedecieron al percibir su dolor.

—No te olvidé, jamás podría olvidarte —susurré.

Una sombra se separó de las otras sombras y se acercó hacia mí. Se detuvo a los pies de mi cama, esperando.

No podía ver su cara, pero sabía que era él. Damian estaba aquí, no sabía por qué ni cómo, pero tampoco me importaba.

Me puse de pie y caminé a su encuentro, noté las tablas del piso frías cuando rodeé la cama, abandonando la mullida alfombra.

Extendió su mano blanca, tan blanca como la luz que traspasaba los cristales. Enlacé mis dedos con los suyos fríos y levanté mi cara para ver su rostro, entonces él se giró y la luz lo cubrió.

El grito salió de mi boca, despertándome por completo. Me senté en la cama y miré hacia el sofá, las sombras lo ocultaban totalmente.

Los pasos en la escalera me hicieron volverme hacia la puerta con espanto, y cuando esta se abrió, volví a gritar, entonces las luces se encendieron, cegándome.

—¡Julia! ¿Qué pasó?

Miré a Lucas que entraba y se sentaba a mi lado. Me llevó un segundo recordar que él estaba durmiendo en el piso de arriba.

—Lo siento —dije saliendo de la cama—. Tuve una pesadilla horrible.

—¿A dónde vas...?

Caminé por el pasillo hasta la habitación de Adela, verifiqué que estuviera dormida, y luego volví a mi cuarto.

Lucas me estaba esperando en la puerta, no me había seguido pero estaba allí.

Le sonreí, agradecida de tenerlo cerca esta noche.

—¿Qué soñaste? —preguntó sentándose en la cama, mientras yo me tapaba hasta la barbilla.

Lo miré, ¿debía contárselo? ¿Qué pensaría él?

— Con Damian—respondí, observando su reacción.

Pero él esperó a que yo continuara.

—Vi su cara desfigurada, igual que cuando lo vimos en la morgue. Creí que esa imagen se había borrado de mi mente, pero parece que no —y bajé la vista.

Sin pensarlo me acerqué a él aferrándome de su cuello. Me estrechó contra su pecho y oculté mis lágrimas en su hombro. El contacto era tibio y el suave perfume que él despedía parecía tranquilizarme.

Suspirando me aparté, sin embargo él siguió sosteniéndome, de modo que nuestros rostros quedaron muy cerca.

—¿Podrás volver a dormirte, o prefieres charlar un rato? —dijo posando sus ojos en los míos.

—No, estaré bien, vete a dormir.

—¿Estás segura?

—Completamente.

Entonces sus ojos bajaron hacia mi boca. Sentí un temblor extraño en mi estómago y percibí los músculos de su pecho tensándose al estrecharme más contra su cuerpo.

Sus ojos no se apartaban de mis labios. Abrió los suyos como para hablar, pero en vez de eso empezó a acercar su boca a la mía.

Un grito nos obligó a separarnos, sobresaltados.

—Adela —dije al reconocer su llanto.

Me soltó y yo me puse de pie. Sin mirarlo caminé de prisa hasta la habitación de la niña otra vez. Dormía, seguramente estaba soñando o, como yo, teniendo una pesadilla.

La tapé con cuidado y salí del cuarto.

Lucas estaba otra vez junto a mi puerta.

—Lo siento —dije.

Enarcó una ceja a modo de interrogación.

—Por haberte despertado...—aclaré.

—No es nada, trata de dormir.

—Lo haré.

Se volvió y comenzó a caminar hacia la escalera.

Lo miré alejarse, con las prisas de mi grito solo se había puesto el pantalón, su torso desnudo mostraba los músculos marcados que yo sospechaba.

—Lucas...

Se volvió.

—Me alegra que estés aquí.

—A mí también —dijo.

No fue fácil volver a dormir.

Lo que había sentido mientras él me abrazaba, y luego cuando había estado a punto de besarme, me tenía desconcertada y algo preocupada.

Nunca había imaginado sentir algo así por Lucas. Él era mi mejor amigo, el mejor amigo de Damian, jamás había tenido yo por él otro tipo de sentimientos, pero claro, antes estaba Damian entre nosotros.

A la mañana siguiente todo volvió a la normalidad. Desayunamos los tres juntos, charlando y riendo sin que quedaran rastros del romanticismo de la noche anterior.

Me dije a mi misma que había sido mi imaginación, que él solo estaba tratando de consolarme y me esforcé por sacar esas ridículas ideas de mi cabeza. En el fondo esto me ayudaba a tranquilizarme, no estaba preparada para lidiar con problemas amorosos en ese momento de mi vida.

En el tercer piso reinaba la calma. Ni ruidos extraños, ni pasos, ni voces. El ocupante de la biblioteca, parecía haberse esfumado.

Esa noche nos fuimos a dormir temprano, habíamos estado todo el día ordenando la casa, y los jardines, así que estaba exhausta.

El teléfono comenzó a sonar a medianoche, según creí, aunque en realidad eran apenas las 10.

Me asombró que Janet me hablara a esas horas, así que atendí la llamada rápidamente.

—¿Estás dormida?

—Más o menos—dije, refregándome los ojos.

—Estoy en el hospital con Juan—de un salto salí de la cama.

—¿Qué pasó? —pregunté alarmada.

—Creo que Marilyn perdió al bebe, le van a hacer una ecografía ahora, pero...

Puse el altavoz y mientras Janet me explicaba lo sucedido comencé a vestirme.

Luego llamé a Emilia y le pedí que viniera a quedarse con Adela y aunque la pobre mujer solo se demoró unos pocos minutos a mí me pareció una eternidad. Corrí hacia el coche y conduje a una velocidad poco recomendada por el camino del bosque.

Aunque la noche era clara, y una luna brillante alumbraba la carretera, la oscuridad igual se escondía entre los árboles.

Sequé mis lágrimas rápidamente para poder distinguir la entrada a la autovía, y traté de concentrarme en la carretera.

No podía imaginar el dolor que estaban sintiendo Juan y Marilyn en esos momentos. ¡Tantas ilusiones truncadas! Su bebe estaba muerto, su hijo, que ya tenía un nombre, su pequeño Mateo.

¿Por qué la muerte reclamaba esas vidas? ¿Cómo elegía la Parca a sus víctimas? ¿Por qué llevarse a mis hermanos y dejar a una niñita abandonada? ¿Por qué llevarse a un bebé y dejar a estos padres desolados?

La muerte me rondaba.

Dondequiera que fuese siempre debía enfrentarla, parecía burlarse de mí. Aparecía cada vez que yo empezaba a sentirme feliz, como si se alimentarse de mi alegría y de la felicidad de aquellos a los que amaba.

Al primero que vi al llegar al Hospital fue a Juan, hablaba en el mostrador de la entrada con un médico.

Me acerqué y tomándolo del brazo me pegué a él, tratando de no interrumpir la conversación.

El médico me miró.

—Ella es mi hermana—dijo él, sorprendiéndome.

El hombre asintió y continuó hablando.

—Lo más difícil será el parto, ella deberá hacer todo el trabajo.

Entendí lo que estaba diciendo y se me encogió el corazón.

—¿No existe la posibilidad de una cesárea?—preguntó Juan.

—No quiero correr ese riesgo.

Juan asintió y me miró.

—Está bien, vamos con ella—dijo y comenzamos a caminar hacia uno de los corredores.

Tomada de su brazo apoyé mi cabeza en su hombro.

—¿Cómo está? —pregunté.

Él hizo una mueca, cerrando los ojos.

—Va a estar bien, es fuerte.

Al llegar a la habitación vi a Janet sentada en la cama. Marilyn descansaba sobre varias almohadas con los ojos cerrados. Creí que dormía, pero los abrió y me miró.

Parecía serena, sus ojos no estaban rojos, sin embargo su natural belleza había desaparecido, se veía pálida, con arrugas que nunca antes había visto, como desgastada.

El voluminoso abdomen de 8 meses de embarazo estaba discretamente tapado por las mantas, pero eso no impedía que todos, involuntariamente, posáramos los ojos en él.

Me acerqué a ella, Janet me hizo lugar y yo tomé su mano entre las mías.

No sabía qué decir, y aunque hubiese querido igual no podía hablar, un nudo en la garganta me impedía emitir ningún sonido. Solo podía mirarla a los ojos y llorar con ella.

—Se fue—dijo en un susurro.

A la mañana siguiente fue el parto, y dos días después los acompañamos al cementerio donde se despidieron desgarradoramente de su hijito, dejando con pesar el pequeño ataúd cubierto de tierra.

Pero a pesar del sufrimiento, aunque quizás para ellos era imposible concebir su vida sin ese niño, a pesar de todo eso, la vida continuó.

Ella un día pudo levantarse de la cama, él un día pudo olvidar el dolor por 10 minutos seguidos mientras atendía a un paciente, y la vida continuó. Porque eso es lo que pasa cuando alguien muere, el mundo se detiene, pero solo por un tiempo, después todo sigue igual.

Con el paso del tiempo empecé a sentirme más a gusto en la casa, y me di cuenta que ya no la veía como un lugar oscuro y tétrico. Le estaba tomando cariño y había empezado a apreciar sus virtudes. Sin duda tenía su encanto vivir en ese lugar, apartado del mundo. La paz que allí reinaba era difícil de encontrar en la ciudad, y la vida allí junto a mi pequeñita empezaba a parecerme perfecta.

Habían pasado casi cinco meses desde que nos habíamos mudado, y el buen tiempo, tan efímero en esas latitudes, ya comenzaba a marcharse. Los días se hacían más cortos y fríos, y las noches más oscuras.

Había decidido volver a trabajar, algunos de mis pacientes aún querían continuar las sesiones conmigo y muchos otros estaban esperando mi regreso, así que inscribí a Adela en un colegio cercano a mi consulta para que asistiera en las mañanas, acomodé los horarios para tener pacientes solo hasta el mediodía y todo quedó perfectamente arreglado: cuando ella salía del colegio yo la pasaba a buscar, y volvíamos juntas a casa.

La rutina comenzó a instalarse en nuestras vidas, y para cuando llegó el siguiente invierno, un año después de la muerte de Lucía y Samuel, la paz y la felicidad habían vuelto a mi vida.

Lucas seguía visitándonos, solíamos vernos casi todas las semanas, y aunque todo estaba bien entre nosotros, algo había cambiado. Era un cambio sutil, como si parte de la naturalidad que existía antes hubiera desaparecido, a veces lo notaba incómodo, como si no se sintiera a sus anchas en mi presencia. Eso me apenaba, realmente echaba de menos aquella camaradería y confianza, pero a pesar de eso continuaba siendo mi mejor amigo, y, ahora que Lucía no estaba, era la persona en quien más confiaba.

Volvimos a salir con Marilyn y Janet. Después de lo que habíamos pasado juntas estábamos más unidas que nunca, y nuestras salidas eran una parte importante de mi vida: adoraba charlar y reír con ellas, y como tenía la suerte de contar con Emilia y Pedro para cuidar de Adela, manteníamos nuestra tradición de cenar juntas una vez al mes. De todos modos siempre dormía en casa, aunque Emilia más de una vez me aseguraba que podía quedarme en mi apartamento en la ciudad, para no tener que conducir tarde en la noche, yo nunca quería hacerlo. Y no era por sentirme culpable de dejar a mi pequeña a cargo de ellos, ya que sabía que la cuidarían mejor que yo, era simplemente que yo necesitaba estar cerca de ella, en la que ahora era decididamente mi casa.

Una de esas noches, volviendo de una cena en la casa de Janet, ocurrió algo, que podría decir, fue el primero de una serie de sucesos que me demostraron hasta qué punto los seres humanos no tenemos consciencia de lo que nos rodea.

La noche era oscura, el invierno ya estaba avanzado, y como solía suceder, una espesa neblina cubría la carretera.

La autopista estaba prácticamente vacía, y al apartarme y tomar el estrecho camino que me llevaba hasta la mansión noté que la neblina se cerraba aún más, así que aminoré la velocidad.

La calzada serpenteaba entre los árboles del bosque de manera peligrosa, pero yo ya lo conocía a la perfección, y aunque la niebla no me permitía ver mucho más allá de unos metros, iba conduciendo confiada.

En una de las curvas, al girar hacia la izquierda, vi a una mujer de pie junto al camino. Parecía estar allí esperando algo o alguien. Al verla me sobresalte, pero no bajé la velocidad, y al mirar por el espejo retrovisor vi como ella salía del bosque y se detenía en la carretera. Se volvió hacia el coche, y nuestras miradas se cruzaron a través del espejo por una milésima de segundo. Ese breve instante fue suficiente para que se me helara la sangre al ver sus ojos que parecían brillar debajo de la capucha de su abrigo. Aparté la vista para mirar al frente y asegurarme de no chocar contra los árboles, y antes de tomar la siguiente curva volví a dirigir la vista hacia el espejo. Rodeada por la niebla que se arremolinaba y que me nublaba la visión, alcancé a distinguir no a una, sino a tres mujeres de pie en medio del camino. Luego los árboles las ocultaron de mi vista.

Un frío extraño pareció penetrar en el coche, y sentí que el terror se apoderaba de mis sentidos. A pesar de la mala visibilidad, aceleré para llegar pronto al refugio de mi hogar.

No me molesté en guardar el coche en el garaje, lo dejé mal estacionado frente a la puerta de la casa y bajé casi corriendo.

La puerta estaba abierta, como siempre. Entré y cerré con doble vuelta de llave y traba.

Emilia me estaba esperando despierta, a ella no le gustaba dormir fuera de su casa, no importaba a qué hora yo llegara, después de saludarme y hablar unos minutos, tomaba su eterno tejido y salía rumbo a la casita que se encontraba a apenas unos metros de la nuestra.

Cuando me escuchó entrar, habló desde la cocina.

—Estoy aquí —dijo—. ¿Quieres un té calentito?

Yo estaba mirando por una de las ventanas tratando de distinguir algo entre los árboles que rodeaban la casa.

Me quité el abrigo y fui hasta la cocina.

—Sí, gracias—dije y me senté frente a ella.

Levantó la vista de su labor y preguntó, sorprendida.

—Pero niña, ¿qué te pasa? Pareces haber visto al mismo diablo.

Le conté lo que había pasado. Sin duda no había visto al diablo, pero esas mujeres no parecían ángeles.

—No sé si llamar a la policía o...

—¿A la policía? —preguntó.

—¿A quién sino?

—¿Qué vas a decirles? ¿Y qué pueden hacer? Estar en la carretera de noche no es un delito.

—No, pero ¿te parece normal que anden por el bosque a estas horas?

Ella movió la cabeza con reprobación.

—Ya nada es normal en estos días. Seguramente no estaban haciendo nada bueno, pero de ahí a que la policía te haga caso.

Parecía muy tranquila, a diferencia de mí que estaba seriamente alarmada.

—Tengo miedo—dije y la miré—. No sé si es mi imaginación o hay algo siniestro en todo esto.

Ella dejó el tejido y se levantó de su silla.

—No te preocupes, llamaré a Pedro y le diré que me quedo a dormir contigo.

Mientras hacía la llamada, la miré con ternura. Era una mujer pequeñita y delgada, que sin duda poco podría hacer para defendernos, pero sin embargo su carácter la hacía ver tan fuerte y decidida que me sentía segura a su lado.

Cuando desperté al día siguiente, Emilia ya estaba preparando el desayuno. Pedro también se encontraba sentado a la mesa de la cocina.

—Hola, Pedro —saludé—. Siento haberte privado de la compañía de tu esposa anoche. Soy una tonta, lo sé.

Él hizo un gesto de restarle importancia.

Le sonreí agradecida.

Se levantó de la mesa, y fue a apoyarse en la bancada, con la taza en sus manos.

—Es que todo esto del fantasma me tiene sugestionada—y al darme cuenta de lo que había dicho levanté la vista. Los dos me miraban con el ceño fruncido

—¿Qué fantasma? —preguntó Emilia con cautela.

—El fantasma que dicen que aparecen en el bosque—respondí con naturalidad, tratando de enmendar mi error—. En este paraje hay más de diez fantasmas que se aparecen de vez en cuando, ¿lo sabían?

Pedro solo me miró por encima de su taza, pero fue Emilia la que sí mostró su sorpresa.

—¿Y se puede saber de dónde has sacado semejante tontería?

Empecé a reír al ver su cara.

—¿Has oído hablar del Libro Guinness de los Récords? Parece que este pueblo tiene un récord: el de fantasmas.

Hizo una mueca antes de continuar poniendo mantequilla en una tostada. Me la alargó mientras respondía.

—Bueno, he escuchado de alguno, pero ¿diez?, me parece una exageración.

—¿Alguna vez viste alguno?

—Yo no—dijo, y lo miró a Pedro.

—¿Y tú, Pedro?

—Sí —dijo—. Pero fue hace mucho tiempo.

Me enderecé en la silla y pregunté con curiosidad.

—¿Dónde? ¿Aquí, en la casa?

Negó con la cabeza.

—En la Iglesia, en el cementerio.

La iglesia del pueblo era una antigua construcción del siglo XVII que, según la costumbre, tenía un grupo de tumbas en los parques. Por supuesto hacía cientos de años que ya no se enterraba a nadie allí.

—Cuéntame—dije interesada.

—¿Qué quiere que le cuente? —preguntó algo cohibido.

—No sé, cómo era, cuando lo viste...

Se acercó al fregadero y empezó a lavar su taza.

—Ya no me acuerdo, fue hace más de cincuenta años.

—Sí que te acuerdas—intervino Emilia. Y como él no parecía dispuesto a hablar del tema, ella empezó con la historia.

—Tendría unos doce años, ¿verdad, Pedro? En esa época los niños hacían tonterías como ir a pasar la noche al cementerio para mostrar su valentía. Tonterías, como digo yo, pero ahora hacen cosas peores.

Hizo una pausa y se levantó a guardar la mantequilla en la nevera.

—Había salido a escondidas de su casa y se reunieron en la puerta del cementerio con sus primos y un amigo. Lucio, que murió el año pasado, ¿no, Pedro? —él asintió—. Estuvieron esperando pero como no pasaba nada, se quedaron dormidos.

Mientras Emilia hacía una pausa, miré a Pedro, nuestros ojos se cruzaron, y él levantó las cejas con gesto resignado.

—Entonces él se despertó, por un ruido o algo así, ¿verdad, Pedro?

—Por el ruido de una puerta —aclaró él.

—¿Una puerta? ¿En el cementerio?

—Ahh, ahora lo recuerdo, alguien salía de la capilla. Una mujer.

Y Emilia me miró tratando de inyectar dramatismo a su relato.

—¿El fantasma de una mujer o simplemente una mujer?

—La mujer de rojo—explicó Emilia.

Esperé a que se aclarara.

—¿No dijiste que leíste de diez fantasmas en tu libro? ¿No aparecía la mujer de rojo?

—No lo sé —confesé—, no terminé de leer todo el artículo...

Ella me miró con fastidio.

—Pues es el único fantasma verdadero, que ha sido visto por alguien en quién confío. Los demás son puros inventos.

—¿Qué pasó después, Pedro? —pregunté, mirándolo.

—Nada, pasó caminando entre las tumbas y se fue.

Suspiré, decepcionada.

—¿Y cómo sabes que era un fantasma? Podría ser una mujer que andaba por allí...

—¿Qué va a estar haciendo una mujer así vestida a esas horas en el cementerio? —me interrumpió Emilia.

Y Pedro comenzó a hablar.

—Usted puede pensar lo que quiera, pero yo sé lo que vi.

—No, Pedro, si yo te creo, solo que...

—Le digo, señorita Julia, que siempre maldije la idea de haber ido hasta allí, no fue una cosa buena. Pero éramos unos chiquillos tontos. Y lo hecho, hecho está.

132

Me quedé mirándolo un instante, parecía avergonzado de mostrar sus sentimientos, y me asombró ver que lo que quería ocultar era el temor que había sentido.

—¿Cómo era?

—¿Por qué lo pregunta?

—No sé, curiosidad... ¿Era muy espantosa?

Negó con la cabeza y desvió la vista hacia la ventana.

—Al contrario... Nunca he visto una mujer más hermosa.

El día transcurrió calmadamente.

Había amanecido lluvioso y destemplado y así continuó hasta la noche. Adela insistía en ir a jugar al bosque pero la convencí organizando juegos dentro de la casa. Improvisé una búsqueda del tesoro que la tuvo entretenida por casi una hora, y después leímos cuentos, vimos películas y por último horneamos juntas una tarta de chocolate.

Emilia y Pedro se fueron a su casa antes de que oscureciera después de asegurarse que estaríamos bien esa noche.

—Recuerda que el teléfono suena en mi habitación, así que aunque ya estemos acostados si necesitas algo, me llamas—dijo al despedirse.

Por supuesto que ellos no usaban teléfonos móviles, de todas maneras la cobertura allí era malísima, yo lo atribuía al bosque tupido que rodeaba los terrenos de la casa. Parecía que estábamos en un pozo rodeado de montes con altos pinos oscuros.

Durante el día de vez en cuando había vuelto a pensar en aquellas mujeres, pero poco a poco el temor había dado paso a la razón y me di cuenta que era estúpido tener miedo, seguramente se trataba de unas adolescentes disfrazadas o quizás ni siquiera disfrazadas, tranquilamente podían ser un grupo de niñas "góticas" que andaban haciendo de las suyas esa noche en el bosque. Sonreí al pensar en lo felices que se pondrían si supieran que habían logrado asustarme.

Después de acostar a Adela me dispuse a ver una película, ya que aún era temprano. Mi teléfono móvil sonó justo cuando iba a encender el televisor.

—Hola, ¿estás ocupada?

Era Lucas, me alegró escucharlo.

—No, estaba buscando algo que mirar...

—¿Quieres que te recomiende una buena película? —preguntó.

Sonreí.

—De acuerdo, dime.

—Ábreme la puerta y te la muestro—dijo, así que salté de la butaca y fui a la puerta de entrada.

Quizás el recibimiento fue demasiado efusivo de mi parte, lo abracé colgándome de su cuello, pero no me importó. Recién cuando recibí su abrazo me di cuenta cuán sola me sentía.

Él no pareció sorprendido de mis muestras de cariño, me mantuvo abrazada un instante y luego depositó un sonoro beso en mi mejilla.

—Te eché mucho de menos—dije, mientras tomaba su mano y lo arrastraba al salón—. Hace una eternidad que no nos visitas.

—¿Tanto? —preguntó riendo.

Se sentó a mi lado en una de las butacas frente al televisor y tomó el plato con mi tarta comenzando a devorarla.

—¡Qué buena que está!

—¿No has cenado?

—Sí, pero temprano. ¿Tienes más?

Así que me acompañó a la cocina y mientras charlábamos le serví un buen trozo.

Luego miramos una película, no la que él quería sino otra, y reímos y seguimos charlando hasta que mirando su reloj, se puso de pie.

—Tengo que irme, es tardísimo.

—Mañana es domingo, no tienes nada que hacer.

—¿Y tú qué sabes? Tengo mil cosas que hacer.

—Quédate a dormir, así mañana ves a la nena.

Me miró con una sonrisa traviesa.

—¿Por qué pones a la nena como excusa? —dijo.

—¿Excusa? ¿Sabes qué? Vete a tu casa, no te necesitamos aquí—dije y empecé a empujarlo hacia la puerta.

Al llegar a la entrada se volvió y me miró, aun riendo.

—¿Quieres que me quede?

—Me encantaría—confesé.

—¿Pasó algo?

Negué con la cabeza, con poca convicción.

—Cuéntame—dijo. Nos sentamos frente a la chimenea, el fuego ardía alegremente e invitaba a confidencias.

—En realidad no ha pasado nada remarcable, al contrario, las cosas están cada vez mejor. Pero... No sé cómo explicarlo sin que suene dramático.

Dejé de hablar y lo miré. Me observaba esperando, con esa mirada que siempre me había hecho sentir comprendida, querida y necesitada.

—Me siento sola. Es así de simple, terriblemente sola. A pesar de tenerla a Adela, de compartir ahora mi vida con alguien, de ser dos... Me siento terriblemente sola —Hice una mueca y agregué—Y no me gusta.

—Quizás es la casa, el paraje es muy solitario, tal vez te deprime un poco...

—No creo que sea eso. Pero no me hagas caso, es una tontería.

Se acercó más a mí y pasó su brazo por mis hombros.

—No estás sola. Me tienes a mí.

—Lo sé—dije sin mirarlo.

—Y a un montón de gente que te quiere —añadió.

Asentí.

Entonces él puso sus dedos debajo de mi barbilla y me obligó a mirarlo.

—¿Me crees? —preguntó.

No pude responder, su mirada era tan intensa, tan azul, que me quedé paralizada.

Cerré los ojos cuando sus labios rozaron los míos. Un roce apenas, podía sentir su aliento tibio en mi boca.

Deslizó una mano por el cuello hasta la nuca y depositó otro beso suave en la comisura de mis labios. Permanecí con los ojos cerrados esperando. Lentamente, como si sostuviera algo sumamente delicado, tomó mi cara entre sus manos y apoyó sus labios sobre los míos. Entreabrió los suyos acariciando mi boca invitándome a imitarlo, y aunque mi mente me recordaba que él era mi mejor amigo y que eso no debería estar pasando, el resto de mi ser deseaba arriesgarse a continuar ese beso.

Besé tímidamente su labio inferior y noté como un suspiro entrecortado lo hacía estremecerse. Bajó sus manos por mi espalda y me acercó a él, oprimiéndome, y su boca arrasó la mía con ardor.

Por unos minutos perdí conciencia del tiempo y el espacio, tanto era lo que me hacía sentir, Pero entonces él, como todo un caballero, se apartó de mí suspirando. Retuvo mi cara un momento entre sus manos, y depositando un último beso delicioso y tierno dijo:

—Gracias por la tarta.

Y mirándome de una manera que creí iba a derretirme completamente, se puso de pie y se fue.

Debo reconocer que me costó bastante dormirme esa noche. Además de la sorpresa de entender lo que estaba sintiendo por Lucas, me mataba la ansiedad por saber qué pasaría ahora. Me preocupaba también que se hubiera ido sin decir nada más que "Gracias por la tarta". Aunque yo no era la persona más romántica, me hubiera gustado escuchar algo tierno después de ese beso increíble. ¿O era quizás que no había significado nada para él? Yo sabía cuánto habían cambiado las relaciones en los últimos años, y cómo ahora los amigos se comportaban como amantes y los amantes como amigos, pero yo no era así, y (por lo menos eso creía) Lucas tampoco.

Lo más terrible fue no recibir ni siquiera una llamada en la siguiente semana. Eso me empezó a irritar, y me dio la pauta de que el beso había sido solo un beso, quizás dado por pena al verme tan triste, tal vez por deseo al tenerme tan cerca, pero solo un beso. Y entonces además de desilusionada me sentí furiosa. Orgullosa como era me juré que no sería yo la que mencionara lo que había pasado entre nosotros, de modo que no lo llamé y, con bastante esfuerzo, traté de enfocarme en otras cosas para no pensar en él.

La semana siguiente transcurrió sin novedades. Una noche, después de cenar, nos quedamos en el salón disfrutando del calor de la lumbre. Mientras yo completaba algunos informes de mis pacientes en el ordenador Adela jugaba frente al fuego, y sin darme cuenta las horas pasaron. Cuando miré el reloj eran las once de la noche. Cerré el portátil rápidamente.

—¡A dormir, bebé! —dije poniéndome de pie.

Pero ella ya no estaba sobre la alfombra como la había visto minutos antes.

—¡Adela! ¿Dónde estás? Es hora de dormir. Mañana no vas a poder levantarte.

El silencio absoluto de la casa me estremeció.

—¡Deli! —volví a llamar mientras iba hasta la cocina.

La planta baja estaba desierta. Traté de mantener la calma y subí las escaleras. "Seguramente se ha quedado dormida jugando en su cuarto" pensé.

Pero en el piso de arriba reinaba la oscuridad y la pequeña no estaba por ningún lado. Seguí buscando en la tercera planta, y antes de revisar las últimas habitaciones ya me di cuenta que estaba histérica.

Bajé corriendo y llamé a Emilia. Unos pocos minutos después estaban ambos en la casa, ayudándome a buscarla.

Revisamos cada habitación, cada rincón, hasta en los armarios ya que sabía que a veces los niños suelen esconderse allí y se quedan dormidos. No podíamos encontrarla, decididamente no estaba en la mansión.

Con desesperación llamé a Lucas, y luego a las chicas. Sobre la una de la mañana estábamos todos afanados buscando por toda la casa. Lucas y Juan estaban recorriendo los parques con linternas, aunque yo no podía creer que ella se hubiera aventurado de noche por los jardines.

—Deberías llamar a la policía—sugirió Janet —, ya han pasado casi cuatro horas.

La miré sin responder y me di cuenta que no quería hacerlo, porque ese llamado significaría aceptar que ella había desaparecido.

Pero lo hice, y me sentí peor al escuchar al oficial decir que debíamos esperar doce horas antes de que ellos pudieran comenzar una búsqueda formal, aunque me sugirió que llamara a familiares y amigos para buscarla por nuestra cuenta.

Enfurecida, colgué el aparato.

Empecé a llenarme de angustia y de impotencia, al entender que no había mucho que pudiera hacer.

Cuando amaneció salimos todos al bosque a buscarla, aunque yo no creía posible que estuviera allí. Pero para ese entonces me sentía tan desesperada que cualquier cosa era mejor que quedarme sentada esperando.

Cuando se cumplieron las doce horas se presentaron en la casa dos agentes de uniforme. Me hicieron mil preguntas, como si yo fuese la primera sospechosa de la desaparición de Adela. Aunque todos estaban visiblemente molestos con el interrogatorio, nadie se atrevió a decir nada, hasta que Lucas replicó en un tono que me sorprendió hasta a mí:

—Creo que ya es suficiente, agente. Julia ha pasado recientemente por una pérdida terrible, no merece que la traten de esta manera. Le sugiero que comience a hacer algo realmente útil, ya ha pasado demasiado tiempo.

El policía lo miró pasmado. Sus arrugas se marcaron aún más y entrecerró los ojos, molesto. Evidentemente no estaba acostumbrado a que lo trataran así, pero la autoridad con que Lucas le había hablado no daba lugar a réplicas.

—Es imprescindible conocer los detalles antes de trazar un plan de búsqueda, señor —dijo con tono seco.

—Perfecto. Explíquenos, por favor, cuál será el plan.

El hombre carraspeó.

—Existe un voluntariado para estas ocasiones, además de la policía y los bomberos. Podríamos barrer la zona en unas cuantas horas, especialmente el bosque, y el área del río más allá.

Suspiré.

—No creo que haya ido tan lejos—dije— tiene apenas cuatro años.

—Los niños pueden caminar largas distancias, y lo peor es que suelen hacerlo en línea recta, alejándose cada vez más.

Miré a Lucas, tenía el ceño fruncido.

—De acuerdo—dijo —. Organice todo de inmediato, por favor.

Y así fue que comenzó la búsqueda esa misma tarde. El grupo de personas era bastante importante, unas treinta en total, contando con algunos de nuestros amigos que al enterarse de la noticia vinieron a ayudarnos.

Aprovechando las pocas horas de luz que quedaban salimos a recorrer el bosque bien abrigados y con botas de lluvia.

Yo iba delante, mostrándoles los lugares que solíamos visitar con Adela, al llegar al final de uno de los caminos el jefe de bomberos se acercó.

—Debemos internarnos en el bosque, ella conoce este paraje, hubiera sabido cómo volver, lo más probable es que se haya alejado demasiado y la espesura la confundió.

—Tiene solo 4 años—dije, con mis ojos llenos de lágrimas.

El hombre oprimió mi brazo y dio el primer paso hacia la fronda.

El terreno tan irregular hacía la marcha lenta, de manera que después de casi dos horas apenas habíamos recorrido unos cientos de metros.

De pronto un silbato sonó y todos nos detuvimos a escuchar.

Dos, tres silbidos más. Alguien había encontrado algo.

En vez de correr a toda prisa hacia el lugar de donde provenía el sonido, me quedé clavada en mi sitio.

Los sentimientos y pensamientos se mezclaban de una manera tan confusa que no podía moverme.

¿La habían encontrado?¿Era ella? ¿Estaba bien? ¿O estaba...?

Súbitamente mis piernas tomaron el control y comencé a correr trastrabillando y resbalando hasta que vi el pequeño grupo que se había reunido junto a un grueso tronco cubierto de hiedra.

Juan estaba conversando con uno de los policías, se volvió y me vio. Algo en mi cara le hizo acercarse a mí rápidamente.

—Es solo un muñeco—dijo mostrándome el objeto.

Una ovejita de peluche que alguna vez había sido blanca.

—¿Pertenece a su sobrina? — preguntó un bombero.

Hice un gesto de negación y me acuclillé para no caerme. La cabeza me daba vueltas y sentía que no podía respirar.

Lucas se acercó con Victoria, otra de mis amigas.

—Ven, bonita, te llevaré a la casa—dijo ella. —Hay mucha gente ayudando, tú debes descansar.

—Estoy bien—dije poniéndome de pie otra vez—, fue solo un mareo.

—Deberías ir con ella—dijo Lucas.

—Nosotros podemos encargarnos—agregó Holmes, el agente a cargo, que acababa de llegar—, le avisaremos si encontramos algo.

Suspiré y los miré. Aunque sus intenciones eran buenas, no estaban ayudándome.

—¿Si fuera su hija se iría a casa, agente?

Me miró con su cara adusta y negó con la cabeza.

—Sigamos, entonces—dijo, y dirigiéndose a Juan agregó, tomando el pequeño peluche—. Guardaré esto, aunque entre el tiempo que lleva bajo la lluvia y sus toqueteos, no creo que pueda servirnos de mucho.

Juan lo miró con el ceño fruncido pero no respondió.

Se trataba de la clase de peluche que usan los bebés a la hora de dormir, esos suavecitos y delicados que las madres colocan junto a su almohada.

Como decía el policía estaba sucio, parecía que hacía meses que yacía bajo la lluvia, sin embargo no era un juguete antiguo, hasta se podía ver la etiqueta con la marca asomando debajo de una de las patitas.

Holmes lo metió en una bolsa de pruebas que guardó en su bolsillo.

Como si fuera un zombi los seguí mientras nos internábamos más y más en el corazón del bosque. Miraba sin ver y escuchaba sin oír. Mi cuerpo estaba allí pero mi alma buscaba el alma de Adela para consolarla. Mi chiquita estaba sola, ¡cuán asustada se sentiría! La noche se acercaba y yo no me creía capaz de resistir un minuto más sin ella.

Al fin la oscuridad nos impidió proseguir. Aunque se veía una claridad al mirar hacia el cielo, entre los árboles parecía noche cerrada, de modo que dieron la señal y todos comenzaron a regresar.

Aunque la gente caminaba ahora en grupos, nadie hablaba. La tristeza se extendía sobre cada uno de los voluntarios, la impotencia y frustración hacían que nadie tuviera nada que decir. Con pesar en el corazón me despedí de mis amigos y regresé a la casa. Les pedí a los chicos que se fueran a descansar, ya que estaban desde la mañana conmigo. Janet y Marilyn protestaron, querían quedarse a dormir en casa pero no se los permití.

Lucas fue el último en irse.

—Voy a darme una ducha y vuelvo— dijo.

Negué con la cabeza.

—No, quiero que descanses. Yo estaré bien, voy a tomar un baño y luego me iré a dormir.

Puso su mano sobre mi hombro.

—No quiero dejarte sola...—empezó a decir.

Sonreí, tomando su mano entre las mías.

—Estaré bien. Gracias por todo lo que has hecho, ha sido...— tragué saliva para obligarme a no llorar— Ha sido un gran consuelo tenerte a mi lado.

Después que él se fue, me preparé un baño caliente. Traté de relajarme y alejar los angustiantes pensamientos que venían a mi mente una y otra vez.

"¿Cuántas horas después de una desaparición comienza el riesgo de encontrar a la víctima muerta?" "¡No pienses eso! ¡No está muerta!"

"¿Cuánto puede resistir una niñita de cuatro años a la intemperie en pleno invierno?" "¡Basta!"

Antes de acostarme preparé un té de tila, necesitaba dormir y sabía que no lo conseguiría en ese estado.

Lo bebí demasiado rápido, apagué la luz y cerré los ojos.

Las lágrimas, que había reprimido todo el día, empezaron a caer.

Sabía que si a ella le pasaba algo, simplemente me volvería loca.

Como si su vida dependiera de mis esperanzas, me obligué a imaginarla viva, jugando en la casa, contándome un cuento, riendo con sus muñecas.

El cansancio y la tensión que había soportado eran tales que me quedé dormida casi sin darme cuenta.

Desperté al escuchar ruidos, que al principio no identifiqué.

Luego reconocí los pasos en la biblioteca.

Me di cuenta que el hecho de estar sola me hacía sentir más asustada que nunca. Antes, la presencia de Adela me había ayudado a ser valiente y enfrentar el peligro, pero ahora...

Los pasos se habían detenido justo encima de mi cabeza, es decir junto a la estantería de la derecha.

Y entonces...

"Julia"

Me tapé la boca para no gritar. Sabía que no estaba preparada para ir arriba, pero por alguna inexplicable razón, sabía también que debía hacerlo.

Cuando salí de la cama el frío me caló hasta los huesos, tomé el suéter que había dejado sobre el sillón y abrí la puerta.

Encendí la luz y caminé hasta las escaleras, las subí rápidamente y me detuve frente a la entrada.

Recién en ese momento me di cuenta de mi imprudencia. ¿Qué estaba haciendo allí? ¿Qué poder ejercía él sobre mí que me obligaba a ir hasta dónde estaba aún temblando de miedo?

Con las manos trémulas abrí la puerta de la biblioteca y encendí la luz.

La habitación estaba vacía y silenciosa. Miré en mi derredor y me acerqué a la estantería de la derecha. En uno de los rincones distinguí algo de color rojo que llamó mi atención, al inclinarme me di cuenta que era una de las gomitas del pelo de Adela.

La tomé en mis manos y al enderezarme observé uno de los libros que estaba ligeramente salido hacia afuera. Miré el título: "El fantasma de Canterville" de Oscar Wilde, instintivamente lo introduje hasta el fondo de la estantería.

Un ruido seco, como de un madero que se quiebra, retumbó dentro de la pared, y lentamente toda la estantería comenzó a moverse, dejando al descubierto un angosto pasillo.

Di un paso atrás, sorprendida y asustada. La oscuridad era total, de modo que tomé la lámpara que estaba sobre el escritorio y la encendí.

Las telarañas cubrían las esquinas superiores del pasadizo, pero la parte central se veía limpia. Entonces era verdad, la casa tenía pasadizos secretos. Y quizás también era cierto que Lucía los había recorrido con Adela muchas veces. Un destello de esperanza hizo que mi respiración se acelerara.

Caminé algunos metros inclinando la lámpara para no encandilarme.

—Adela—dije, temblándome la voz—, Deli, ¿estás ahí?

Las rústicas paredes de piedra parecían moverse al compás de mis pasos a medida que caminaba por el corredor. La luz de la lámpara apenas iluminaba unos metros adelante, a mis espaldas las sombras me envolvían con una rapidez asombrosa.

El miedo inicial había dado paso a una ansiedad angustiante. En mi mente repetía una y otra vez la misma plegaria: "Por favor, por favor".

El pasadizo giraba hacia la izquierda, dudando dirigí la luz hacia el fondo, buscando el panel por el que había entrado, una tenue claridad se veía allá lejos.

Escuché un gemido, tan suave y distante que dudé si no era mi imaginación.

—¡Adela! —repetí.

Y entonces escuché, esta vez claramente:

—Julie...

Avancé a grandes zancadas, moviendo la lámpara hacia uno y otro lado.

—¿Dónde estás, mi vida?

—Julie—volví a escuchar.

Levanté la linterna y a unos cinco metros pude distinguir un pequeño bulto.

Corrí y dejando la lámpara en el suelo, me arrodillé.

El corazón se me paralizó. En el pasadizo la madera había cedido formando un agujero en el que estaba mi pequeñita encajada. No había llegado a caer, pero tampoco podía moverse. La abracé y dejé que llorara en mis brazos unos minutos, mientras metía una mano para tratar de tocar sus piernas y ver si estaba lastimada. Por suerte las maderas inferiores estaban intactas, de manera que ella estaba casi sentada en medio del hueco. La tomé de la cintura y tiré lentamente hasta sacarla del boquete.

Me puse de pie con ella en mis brazos.

—¡Oh mi cielo, estás bien!¿Verdad que estás bien?

Y mientras la sostenía contra mi pecho comencé a caminar hacia la salida. Al llegar a la biblioteca la senté sobre mis rodillas e inspeccioné sus piernitas.

—¿Cómo entraste ahí? ¡Mi vida! ¿Estás bien? ¿Te duele algo?

Ella negaba con la cabeza.

—Tengo hambre—dijo.

Sonreí, mientras las lágrimas llenaban mis ojos.

—¡Claro, bebé! ¡Si no comes desde ayer!

—Le dije a Simaco que tenía hambre, pero él no tenía comida.

La miré sin entender.

—¿Estaba Simaco contigo?

Asintió.

—¿Todo el tiempo?

—No, cuando me caí te llamaba, pero como no venías, vino él.

La abracé y recostó su cabeza sobre mi pecho.

—Me alegra que él te hiciera compañía—dije suspirando—, yo no podía escucharte.

Se apartó y me miró a los ojos.

—Ya lo sé—dijo con su vocecita aguda—, por eso él fue a buscarte.

Después de darle un baño caliente la acosté en mi cama.
Inmediatamente llamé a Lucas y le conté que había encontrado a Adela.

—Por favor— dije después de responder a todas sus preguntas—, llama a los chicos y cuéntales. Quiero acostarla, se ve agotada.

—Lo haré, no te preocupes. Mañana paso a verlas.

—Sí, ven, a ella le encantará verte.

—¿Y a ti?

Tardé unos instantes en responder.

—A mí también.

Ahora fue él quien se tomó unos segundos antes de continuar.

—Nos vemos mañana, entonces. Llevaré la cena.

No quise detenerme a pensar en él. Los últimos días había estado a mi lado cuidándome y dándome su ayuda como el gran amigo que era. Por el momento no podía pensar en él de otra manera...
Preparé una leche con galletas para las dos y nos fuimos a la cama. Adela miraba unos dibujos en la Tablet, así que aproveché para llamar a la policía, debía avisarles que había encontrado a la pequeña.
Mientras esperaba que contestaran mi llamada miré la hora, eran casi las 4 de la madrugada, pero obviamente alguien estaría de guardia en la oficina de policía.

Después de lo que me pareció una eternidad, alguien se dignó contestar. Le expliqué que había encontrado a la niña y que, dado que ya no era necesario continuar con la búsqueda en el bosque, debería comunicarse con el grupo de voluntarios que tan amablemente nos habían acompañado el día anterior.

Me di cuenta que el agente se mostraba reacio a terminar la conversación.

—Entonces, señorita Vivanko, dice que la niña estaba escondida... ¿en un corredor? —preguntó incrédulo.

—No, en un pasadizo secreto. El suelo de madera se rompió y ella quedó atrapada allí, y aunque me llamaba no podíamos oírla— respondí mirando a Adela con tristeza, pensando en los terribles momentos que había pasado allí solita.

—Un pasadizo secreto —dijo lentamente como si estuviera escribiendo—, ¿cómo los de las películas?

Noté su tono entre irónico y asombrado.

—Exactamente igual.

Una pausa.

—¿Y cómo se dio cuenta que estaba allí?

Dudé un instante antes de contestar, buscando la manera más creíble de explicar lo sucedido.

—No podía dormir, fui hasta la biblioteca y vi que un libro estaba fuera de lugar, al acomodarlo el pasadizo se abrió.

Un "ahaa" me dio a entender que estaba registrando todo lo que yo le decía.

—Si quiere puedo llamar mañana y explicar todo mejor, ahora es muy tarde y estoy exhausta.

—Está bien, no se preocupe. Si necesitan preguntarle algo más se comunicarán con usted. Buenas noches— respondió rápidamente y cortó la llamada.

Me recosté sobre las almohadas y atraje a Adela para abrazarla. Besé su cabecita mientras agradecía una vez más tenerla conmigo.

Aunque a mí se me cerraban los ojos ella parecía totalmente despejada y con pocas ganas de dormir.

—Julie—preguntó mirándome con esa cara a la que era imposible negarle nada—, ¿puedo dormir contigo?

Sonreí y comencé a darle más besos.

Por supuesto la dejé quedarse en mi cama, y después de un par de episodios más, al fin se durmió.

Me despertaron los golpes en la puerta, sobresaltada me senté en la cama y miré la hora. Eran apenas las 8 de la mañana, Emilia todavía estaría en su casa, además ella tenía llave de modo que me pregunté quién era el que parecía querer tirar la puerta abajo.

Tapé a Adela con cuidado y me asomé por la ventana. Aunque todavía estaba oscuro pude ver dos coches en la entrada: un sedán negro y un coche de policía.

Con enfado busqué algo que ponerme sobre el pijama y bajé las escaleras.

Antes de encender la luz pude ver claramente la cara de un hombre que husmeaba a través de los cristales que flanqueaban la puerta.

Al abrir me encontré con el agente Holmes que me saludó con su habitual simpatía y como yo miraba al otro, lo presentó.

—Este es el Inspector Sarabi, está a cargo de la investigación.

Lo miré con indiferencia, por supuesto no me cayó nada bien.

—¿Qué investigación? —pregunté.

—¿Nos permite pasar? —dijo mirándome a los ojos.

Dudé pero dándome cuenta que no podía negarme, me hice a un lado.

Me siguieron hasta el salón y se sentaron en uno de los sofás, yo me acomodé en una butaca y escondí los pies desnudos doblado las piernas sobre el asiento.

—¿Qué investigación, inspector? —repetí tratando de no demostrar mi fastidio.

—Ha desaparecido un niño hace ya varios meses y algunas de las pistas me han llevado hasta este bosque.

Asentí.

—¿Y cómo puedo ayudarle?

—Me gustaría ver a la niña, y también el lugar donde usted dice que la encontró.

—¿Para qué? No entiendo que puede tener que ver Adela con su investigación.

Sostuvo mi mirada, pero no respondió.

Se recostó en el asiento y paseó los ojos por la habitación.

—Bonita casa—dijo—, tengo entendido que pertenece a su hermana.

—Pertenecía—dije—, ella falleció.

Ni siquiera un dejo de asombro.

—Es suya, entonces.

—No. Es parte de la herencia de Adela.

Su mirada de escrutinio me hizo sentir incómoda.

Miré a Holmes que me observaba en silencio. A pesar que el viejo policía había convivido con mi angustia por unas horas, me di cuenta que desconfiaba de mí, pero trataba de disimularlo. El inspector sin embargo, con su sonrisa de James Bond, me miraba como si yo fuera una asesina serial.

—Lamentablemente Adela está durmiendo, y no voy a acompañarlos a ver el pasadizo ahora. Deberían haber llamado y podríamos haber organizado mejor esta visita—me puse de pie—. Lamento que hayan venido en vano.

Sarabi me miró desde abajo sin levantarse.

Asintió, haciendo una mueca de sorpresa.

—Muy bien—dijo poniéndose de pie—. ¿Debo traer una orden judicial, entonces?

Miré a Holmes.

—¿Qué significa esto? ¿Por qué tengo que soportar esta intromisión en mi casa?

Y agregué, imitando su tonito de amenaza.

—¿Debería llamar a mis abogados, entonces?

Me devolvió la mirada de desafío, con su eterna sonrisa curvando sus labios.

—Quizás debería—dijo.

Se dirigieron los dos hacia la puerta mientras yo le lanzaba una mirada asesina.

—Estaremos en contacto—agregó antes de marcharse.

Pasamos el día siguiente recibiendo amigos, todos traían regalos para Adela y aunque ella no entendía muy bien de que se trataba, como buena deportista, se sumaba a los festejos y disfrutaba de los presentes.

Sobre las nueve de la noche llegó Lucas. Ella corrió a sus brazos riendo, era increíble cuanto se querían y la estrecha relación que habían construido en unos pocos meses.

Charlamos por casi una hora y cenamos comida china que él había traído. Luego mientras la nena jugaba a nuestro lado, quiso saber acerca del pasadizo.

—¿Sabías que la casa tenía pasajes secretos? No creí que existieran realmente esas cosas.

—Yo tampoco —dije—, pero te aseguro que ahí está y obviamente Deli ya lo había visitado anteriormente. Todavía no le he preguntado acerca de qué pasó esa noche —agregué bajando la voz —, pero me parece que ella y Lucía habían recorrido esos corredores juntas.

Él levantó las cejas con sorpresa y miró a la niña.

—¿Es el único?

—No lo sé, supongo que tendré que buscar los planos de la casa, aunque sí fue construida en el 1800...

Lo miré con una mueca de duda.

—Si realmente quieres averiguarlo puedo hablar con Jason, ¿te acuerdas de él? Es arquitecto. Supongo que con una mirada a la casa podría decirte si existen más pasadizos.

—¿Tú crees?

Seguimos hablando por unos minutos más, luego me acompañó a acostar a Adela. Ella entonces se encaprichó con que él le contara un cuento, a lo cual Lucas accedió.

Yo bajé a preparar café, y mientras lo esperaba sentada a la mesa de la cocina, traté de poner en orden mis sentimientos por él, que ahora me parecían más confusos e intensos que antes.

No lo escuché llegar, simplemente apareció en la puerta de la cocina, sobresaltándome.

Me miró sonriendo, y se sentó frente a mí.

—Qué niña más caprichosa, me recuerda a alguien...—empezó a decir.

Lo miré enarcando una ceja.

—No sé a quién te refieres.

Rió de buena gana.

Me miró y sus ojos azules se detuvieron en los míos más de lo que hubiera deseado.

—Me alegro que todo esté bien —dijo tomando mis manos—, me alegro que puedas sonreír otra vez.

—Yo también.

—Y me alegro de estar aquí, de haber vuelto.

Mi corazón había comenzado a latir más deprisa, sus manos, tibias, acariciaron mis dedos por unos segundos, luego me soltó.

—Ya es tarde, debo irme.

Dudó un instante, mirándome, como si quisiera decir algo más. Luego se puso de pie y comenzó a caminar hacia la salida. Lo acompañé hasta su coche. Me sentía estúpida allí, sin decir nada, dejando que la oportunidad de hablar sinceramente se escapara.

—¿Por qué me besaste, Lucas? —pregunté. Clavó sus ojos en los míos y pude notar su desconcierto.

Pero él siempre controlaba la situación.

—¿Por qué? ¿Qué crees tú?

Sonreí, burlona.

—¿Comenzó la terapia?

Me miró sin responder.

—¿Tienes miedo de decir la verdad? —insistí.

Bajó los ojos a sus manos y suspiró.

—Si, tal vez sea eso.

Mi corazón dio un vuelco, y recién en ese momento entendí cuán segura había estado acerca de sus sentimientos. Realmente yo creía que él sentía algo por mí, había puesto mis esperanzas en eso y la razón era que yo estaba comenzando a enamorarme también. Pero parecía que me había equivocado.

—Está bien—dije, sinceramente apenada—, no tienes que decir nada, quizás sea mejor así.

Metió las manos en los bolsillos de su pantalón y levantó ligeramente los hombros.

—Ese beso fue un error, lo siento. No debió pasar y... —desvió la vista antes de continuar—. Olvidémoslo, tenemos algo demasiado hermoso, Julia. No quiero perderte.

Traté de no demostrar cuán desilusionada me sentía.

—De acuerdo, olvídalo—dije y sonreí. Me acerqué y lo besé en la mejilla—. Llámame mañana.

Luego di la vuelta y entré en la casa.

Cerré la puerta y me apoyé contra la fría madera. Esperé, quería escuchar que se alejaba, pero tardó varios minutos en poner el coche en marcha.

Cuando al fin escuché el quedo rumor del motor saliendo del parque, recién en ese momento, permití que las lágrimas que inundaban mis ojos, empezaran a caer.

Antes de acostarme fui a verificar que Adela estuviera bien tapada, abrí la puerta suavemente y con sorpresa vi que la cama estaba vacía.

Nerviosa me dirigí a mi habitación. "Por favor que esté dormida en mi cama" supliqué. Pero no estaba.

Comencé a recorrer la casa, buscándola, miré en cada cuarto de la planta baja y del piso superior. Luego me dirigí a la biblioteca.

La lámpara estaba encendida, pero Adela no se veía por ningún lado. Rápidamente fui al rincón para abrir el panel y entrar en el pasadizo, pero en ese momento escuché un ruido a mis espaldas, como un suave rasguño sobre el piso de madera. Un estremecimiento me recorrió al darme la vuelta.

De repente una pequeña manito se asomó por debajo del escritorio. Di un salto hacia atrás aterrada, hasta que reconocí parte de la manta rosada que sostenía.

—¡¡Adela!! ¿Qué estás haciendo aquí?

Salió caminando en cuatro patas y se sentó a mis pies sobre la alfombra.

—Estoy jugando.

—¿Jugando? ¿No estabas durmiendo?

Negó con la cabeza mirándome de hito en hito.

—No podía dormir y fui a tu cuarto pero no estabas...

Me senté en la butaca frente al escritorio.

—Fui a despedir a Lucas. ¿A qué jugabas? —pregunté.

—Jugaba con Simaco.

Me acomodé y la senté sobre mis piernas. Ya que no parecía dispuesta a dormir, podía aprovechar la oportunidad para averiguar algunas cosas.

—Háblame de Simaco, quiero conocerlo mejor —dije.

Me miró sonriendo.

—No creo que él quiera.

—¿Por qué? Podemos ser amigos.

Me miró con un gesto de duda mientras acomodaba su mantita sobre sus piernas.

—¿Hace mucho que lo conoces?

Movió la cabeza asintiendo exageradamente.

—Sí, es amigo de papi.

Perpleja ante semejante respuesta me tomé mi tiempo para hacer la siguiente pregunta.

—¿Viene a menudo a ver a papi? —indagué al fin.

—No—dijo moviendo la cabecita nuevamente —, vive aquí.

—¿Aquí... ? ¿En la casa?

Me miró y sonrió, luego bajando la voz dijo:

—Aquí en la biblioteca.

Había comenzado a jugar con mi cabello, de modo que se enderezó para juntarlo a un costado de mi cabeza.

—Así que vive aquí— dije tratando de mantener un tono normal —, ¿y suele jugar contigo?

—No, él no juega. Yo juego mientras él hace otras cosas...

La curiosidad me estaba matando.

—¿Qué cosas?

— Le gusta leer, por eso vive en la biblioteca —respondió con esa lógica tan infantil.

— Claro. ¿Está aquí ahora?

—No, se fue.

—Oh, qué pena, quería conocerlo. Puedes pedirle que vuelva, así charlamos.

—No va a volver.

—¿Por qué?

—Se fue cuando te escuchó subir las escaleras.

—Oh... —fue todo lo que atiné a decir.

Espere unos minutos para ver si ella agregaba algo más.

—¿Papi te dijo su nombre? —pregunté siguiendo su costumbre de hablar de su padre en presente.

—No, me lo dijo él. Él se... se... presentó —soltó al fin, orgullosa de haber recordado la palabra.

Se bajó de mis piernas y fue al centro del salón. Entonces, poniendo un brazo detrás de su espalda se inclinó hacia adelante, haciendo una graciosa reverencia.

—Hizo así, y dijo: "Señorita, mi nombre es Simaco..." y algo más que no recuerdo. Eso es presentarse.

Yo la miraba estupefacta, no podía creer que estuviera inventando todo aquello.

—Y ¿cómo es él? —pregunté.

—No lo sé...

—Quiero decir, ¿cómo se ve?

—¿Quieres ver una foto?

¡Una foto! ¿Cómo podía ella tener una foto de un amigo imaginario?

—¿Tienes una foto? —dije con sorpresa.

Asintió sonriendo y volvió a correr al centro del salón, luego me miró y señaló con el dedito la pared a mis espaldas.

Me volví y vi el cuadro que colgaba entre las dos estanterías. Lo había visto antes, pero nunca le había prestado verdadera atención.

Lentamente me puse de pie y caminé hacia atrás mirando el cuadro.

—¿Él... Él es Simaco? —pregunté señalando la pintura.

—Sí —dijo simplemente.

El hombre retratado parecía tener unos treinta años. Su semblante, de pómulos marcados, y nariz recta, aunque no era hermoso tenía algo atractivo que no supe definir. Un bigote fino, bordeaba el labio superior y la barba le cubría la barbilla, dándole un aspecto ligeramente maligno. Sus ojos eran quizás lo más destacable de todo el rostro: oscuros y, escondidos bajo unas tupidas cejas parecían penetrarlo todo.

Estaba sentado, de piernas cruzadas en un sillón de alto respaldo, junto a la ventana. Con sorpresa advertí que era el sillón que se encontraba junto a la ventana allí mismo. Me acerqué al cuadro para observar mejor los detalles. Efectivamente parecía que lo habían retratado en esa misma habitación.

Un pequeño letrero en el marco, justo en el centro inferior llamó mi atención: Sir Michael Stone, Octubre 1834.

Levanté la mirada y fijé mis ojos en los suyos.

Fascinada volví a leer el nombre: Sir Michael Stone... Sir Michael... Sir Michael...

Si Maco...

Simaco...

La revelación de Adela me había dejado más que trastornada, y con innumerables interrogantes: Simaco era Sir Michael Stone, quien había mandado construir la mansión alrededor del año 1830, años atrás Samuel me había hablado del hombre del cuadro. Obviamente la niña con su lengua de trapo no lograba la correcta pronunciación, pero era algo que no podía haber inventado. ¿Era, entonces, Sir Michael mi fantasma?

¿Era él quién me había despertado para decirme dónde estaba Adela? Yo sabía con certeza que sin su ayuda jamás la hubiera encontrado, la niña habría muerto de hambre y sed atrapada en ese agujero.

Ahora podía decir que ya tenía una confirmación de su presencia, sin duda él habitaba la casa desde hacía muchos años, y quizás hasta Lucía sabía de su existencia pero nunca se había atrevido a confesármelo por mi actitud temerosa cuando estaba en su casa. Ella sabía que a mí no me gustaba andar por los corredores de noche, que la casa me daba miedo, y tal vez por eso nunca me lo había revelado.

Adela había dicho que Sir Michael visitaba a Samuel, que eran amigos... Ahora entendía por qué él había restado importancia a mi encuentro con el fantasma aquella noche.

Sin embargo, por alguna razón que aún no terminaba de entender, yo no le caía igual de bien que el resto de mi familia, parecía disfrutar atormentandome.

Al día siguiente, después de acostar a Adela volví a la biblioteca. Tenía la esperanza de no encontrarme con él. Era mi intención buscar información para saber a quién me enfrentaba, ya que la idea de compartir la casa con un espectro no me hacía ninguna gracia.

Llegué al tercer piso y encendí la luz del corredor, luego caminé con decisión hacia la biblioteca y abrí la puerta. Encendí también aquellas luces y eché una mirada desde el umbral, asegurándome de que él no estaba allí.

Dejando la puerta abierta de par en par, entré.

Lo primero que hice fue revisar los atestados estantes en busca de algún cuaderno de notas, registro, diario personal, en fin, algo que hubiese pertenecido a esa época o a él y de dónde poder recabar información.

Pero no había nada parecido, solo libros, extensas y costosas colecciones, pero nada más.

Sin apagar las luces me dirigí al despacho de Samuel, con la ilusión de encontrar algo entre sus notas.

No sabía si Samuel llevaba un diario, y nunca hasta ahora había entrado a su despacho. Cuando él estaba vivo, ese era su lugar privado donde pasaba gran parte del día y en su portátil, que siempre tenía sobre el escritorio, guardaba toda la información de sus libros, desde las investigaciones previas que realizaba antes de comenzar a escribir cada novela, hasta los distintos borradores, pruebas de portadas, y todo lo que tenía que ver con sus obras.

Pero acceder a su portátil era imposible, sabía que jamás descubriría la contraseña y ni siquiera quería intentarlo.

Pero quizás él tomara notas en algún cuaderno, a la antigua.

Con esto en mente comencé a revisar los cajones del escritorio, encontré varios cuadernos, pero después de echar una ojeada me di cuenta que eran principalmente notas sobre sus libros, ideas sueltas, ideas para otras obras, un poco de todo, pero nada que hablara de Sir Michael Stone.

Fastidiada me senté en la butaca giratoria y comencé a balancearme mientras recorría con la mirada la habitación.

El cuarto era mucho más pequeño que la biblioteca, y tenía solo dos altas estanterías. Allí guardaba Samuel una colección de novelas de suspenso, y otra de terror, ambas de uno de sus autores favoritos. También podía ver otros libros, la mayoría de autores contemporáneos, más o menos famosos. Y, por supuesto, la colección de sus propias novelas, algunas repetidas con las diferentes portadas de las numerosas ediciones.

Poniéndome de pie me acerqué y tomé el primer libro que había escrito, que curiosamente, aunque él siempre decía que era el mejor de todos, no había tenido muchas ventas. Era un ejemplar de la primera edición, seguramente uno que le había enviado la editorial apenas lo publicaron. Miré el lomo y leí el título: El hombre sin rostro, cuando iba a colocarlo otra vez en el estante vi algo en el fondo. Retirando un par de libros más, encendí la linterna de mi teléfono móvil y alumbré el objeto. Para mi sorpresa vi que se trataba de una pequeña palanca. "¿Otro pasadizo?" pensé. La oprimí y la estantería se movió ligeramente, ayudándome con ambas manos tiré de ella y ante mi vista quedó un pequeño cuarto, de apenas un metro cuadrado, donde se encontraban apiladas algunas cajas. Debajo de todo había un baúl de madera, que estaba casi metido a presión en ese reducido espacio. Retiré las cajas y arrodillándome en el suelo traté de levantar la pesada tapa del baúl. Después de dos fallidos intentos me di cuenta que un candado oxidado mantenía la tapa cerrada. Frustrada suspiré. ¿Dónde podría estar la llave?

Como sabía que esa era una pregunta sin respuesta, decidí no perder más tiempo, bajé las escaleras y fui hasta la cocina. Allí tenía Emilia una caja con algunas herramientas básicas que Pedro le había preparado para pequeñas reparaciones. Busqué un martillo y volví al despacho.

Sin rastros de culpabilidad y cerrando los ojos lancé un martillazo. O yo estaba muy fuerte o el candado muy viejo, ya que salió disparado haciendo que la tapa se abriera rebotando contra la pared del fondo.

Los papeles se agitaron, como si hiciera siglos que ese baúl estaba cerrado y el aire entrara allí por primera vez.

Tomé lo que parecían documentos importantes, y al leer descubrí que se trataba de partidas de nacimiento, de matrimonio y defunción, no estaban ordenadas por fecha, pero pertenecían a los antepasados de Samuel, los apellidos Stone y Warrington aparecían en casi todos ellos.

De pronto reconocí uno de los nombres: Michael Oliver Stone.

¿Era él? Seguí leyendo: "Nacido en Pluckley, condado de Kent el 17 de mayo de 1805. Sus padres Edward Stone y Epiphany Hope Lowell..."

Sí, era él.

Con una sensación extraña dejé el papel junto a los demás.

Ahí estaba el hombre, no el fantasma. El que había vivido una vez en esta casa, que había reído, amado y llorado. Quién había traído felicidad a Epiphany y seguramente a muchos más.

Iba a cerrar el baúl cuando vi lo que parecía un periódico igual de amarillento que todo lo que se encontraba allí. Estaba doblado así que lo tomé y traté de abrirlo con cuidado para no romper las páginas.

Era efectivamente un ejemplar del London Chronicle del viernes 27 de noviembre de 1835. En la primera plana un dibujo ocupaba casi un cuarto de la página, se trataba de un hombre colgando de una viga del techo con el cuello torcido y los ojos desorbitados. Debajo, en renegrida pero clara caligrafía se leía: Aparece ahorcado el macabro asesino de Pluckley.

Llena de asombro comencé a leer:

"El martes pasado fue encontrado muerto en su propia mansión el asesino, Sir Michael Stone."

Un angustioso gemido acompañó mi exclamación, y sin entender por qué las lágrimas llenaron mis ojos.

"Una historia dramática, que muestra que la maldad habita no solo en el corazón de los brutos indecentes de nuestra ciudad, sino también en el de los privilegiados nobles de las prósperas tierras del norte"

"Rodeando el pueblo de Pluckley en el condado de Kent, se encuentra uno de los lugares más aterradores de Gran Bretaña, el Bosque de los Gritos. Este lugar es famoso por albergar numerosos fantasmas, al que sin dudas se unirá el de Sir Michael Stone, quien mató a su propio hijo de apenas cuatro años de edad y luego se ahorcó colgándose de una viga del techo de su propia biblioteca."

Instintivamente eché una mirada a mi alrededor, y aunque las luces estaban encendidas extendí la mano y encendí también la lámpara que se encontraba sobre el escritorio.

"Los Stone han vivido por siglos en la región, siendo una de las dinastías más poderosas y respetadas del norte de Inglaterra. Pero la muerte de lady Stone, acaecida más de una año atrás, cambió para siempre el destino de esta aristocrática familia. Los sirvientes y arrendatarios afirman que el conde se transformó en otra persona después de la muerte de su esposa, volviéndose huraño, desconfiando aún de sus propios empleados.

Con el tiempo fue despidiendo a la mayoría de los sirvientes y se refugió dentro de las paredes de la lujosa mansión.

Una mañana los gritos enloquecidos del noble sorprendieron al ama de llaves, afirmaba que alguien había robado a su niño durante la noche. Afectivamente el pequeño había desaparecido, y aunque lo buscaron durante más de dos días, no pudieron encontrarlo.

Cuando las autoridades del pueblo quisieron acercarse para ayudar en la búsqueda, Sir Stone se los impidió, echó a los sirvientes y a todos los vecinos con gritos e improperios y se encerró en la casa.

La vieja sirvienta dice haberle escuchado exclamar, entre gritos de dolor, que las brujas se habían llevado a su hijo, sin embargo ella sospecha que el hombre, en su locura, lo mató.

Esta versión de los hechos se extendió rápidamente por el pueblo y hace dos días los aldeanos, indignados, decidieron entrar para atrapar al asesino y hacer justicia por su propia mano.

Cuando llegaron a las puertas de la casa, exigiendo a Sir Michael presentarse ante ellos y dar cuenta de sus actos, este no respondió. Al fin lograron entrar, pero la mansión parecía estar vacía.

Buscaron en todas las habitaciones, hasta que al fin, en la planta superior encontraron al hombre colgando de una soga del techo de la Biblioteca. Se había quitado la vida días atrás, y aunque el cuerpo estaba comenzando a descomponerse, no fue eso lo que horrorizó a los hombre de la villa, sino que de sus ojos aún caían lágrimas".

Mis propias lágrimas me impedían ver con claridad, limpié mis ojos, y entonces las luces de la habitación titilaron y luego se apagaron.

Me puse de pie rápidamente y temblando encendí mi teléfono alumbrando la oscuridad del cuarto.

Sin dejar de mirar las sombras, doblé el periódico y lo sostuve con la otra mano mientras me dirigía hacia el corredor. Allí las luces aún estaban encendidas, me asomé lentamente y vi que la biblioteca también estaba iluminada, como yo la había dejado minutos antes.

Traté de razonar, "solo se ha fundido una lámpara". Algo normal que pasa en cualquier casa.

Mientras caminaba hacia la biblioteca, las lámparas del corredor titilaron, las cuatro a la vez y se apagaron.

Me detuve en seco y mi corazón comenzó a martillar en mi garganta. Sin saber qué hacer, entré en la biblioteca y cerré la puerta. Caminé hacia el escritorio y encendí también la lámpara. Cada rincón estaba iluminado, sin embargo mi miedo no desaparecía.

Mis ojos, fijos en la puerta, estaban anegados por lágrimas de pánico.

Entonces esa voz pronunció mi nombre.

"Julia" y las luces se apagaron.

Grité mientras me apretaba contra la pared, buscándolo en las tinieblas.

Mi respiración entrecortada era el único sonido que yo podía escuchar, hasta que desde el rincón donde estaba el sillón de alto respaldo una risa grave pareció deslizarse hasta mí.

"¿Qué es lo que estás buscando?"

Sollozando tapé mi boca con la mano.

Un extraño brillo (¿sus ojos?) me confirmó que estaba allí, oculto en las sombras.

Traté de controlar mi respiración pero era imposible, ni siquiera podía moverme.

"¿Qué es lo que quieres saber? Pregúntame y te lo diré "añadió.

Caminé con la espalda contra la pared y traté de abrir la puerta. Estaba cerrada.

—¿Quién eres? —pregunté sollozando.

—Tú sabes quién soy.

—No, no lo sé.

Rió, con esa risa profunda y burlona. Apenas un rumor grave que parecía agazaparse en los rincones de la habitación.

—Pero sabes quién **no** soy. No soy Damian... —y volvió a reír.

—Por supuesto que no eres Damian—susurré—, él nunca me haría esto.

No respondió, y a pesar de no poder verlo, pude sentir sus ojos observándome.

—¿Qué es lo que quieres? —mi voz era un ruego desesperado.

Noté que se movía y con espanto vi que daba unos pasos saliendo de las sombras para acercarse a mí.

Mi boca se abrió en un grito, pero el grito se quedó allí, atrapado. Mis ojos, abiertos al límite, lo miraron sin poder creer lo que veían.

—Esta es mi casa—dijo.

Dio otro paso hasta que solo un palmo se interponía entre los dos.

—Aún no he decidido si te permitiré quedarte, de modo que no vuelvas a molestarme.

Sentí un escalofrío en mi columna. Sus ojos oscuros estaban tan cerca que podía apreciar perfectamente la profundidad de su mirada.

Maravillada me di cuenta que su apariencia era tan natural como la mía, no sabía bien cómo esperaba que se viera un fantasma, pero ciertamente él no parecía uno: no era traslúcido, tampoco parecía etéreo o flotante. Estaba bien parado sobre sus pies, caminaba pisando firmemente sobre el suelo y su piel se veía densa y real, quizás algo pálida, pero muy real.

—¿Mataste a tu hijo...? —solté, sorprendiéndome a mí misma.

Sus ojos dudaron, frunció el ceño y las cejas bajaron en un gesto de cólera.

Instintivamente di un paso hacia atrás, y choqué con la silla. Atrapada allí observé cómo su rostro cambiaba adquiriendo una textura casi transparente. Fue solo una milésima de segundo pero en ese brevísimo instante pude distinguir los huesos de la cara y las cuencas de sus ojos vacíos.

—Vete—dijo.

Decidí no insistir, me deslicé detrás del escritorio lentamente, como quien trata de escabullirse delante de una serpiente, sin alterarla.

Y en el refugio del corredor me volví a mirarlo.

Pero no estaba.

Llegué a mi habitación temblando.

Me senté en la cama, y en la seguridad de mi cuarto, estallé en llanto. Todo mi cuerpo se agitaba con los sollozos y no podía controlar los temblores. Al fin, poco a poco me fui tranquilizando, respiré profundamente tratando de recobrar la calma.

No solo había un fantasma en la casa, no solo me había hablado y aterrorizado, sino que también había amenazado con echarme.

Al recordar su risa maliciosa me estremecí otra vez. Si, sin duda él era capaz de eso y mucho más.

Sin embargo Adela lo consideraba su amigo y Samuel también.

Con manos trémulas abrí el viejo periódico otra vez.

Repasé los últimos párrafos y continué:

"Tal impresión provocó esa visión en los hombres del pueblo, que no se atrevieron a tocarlo, lo dejaron ahí colgado y horrorizados abandonaron la casa.

No fue hasta días después que uno de los magistrados de la ciudad vecina fue comisionado para hacer enterrar el cuerpo y buscar al niño.

Ayudado por algunos lugareños revisó la mansión hasta los cimientos sin encontrar nada, sin embargo las investigaciones aún continúan".

Me metí entre las mantas y volví a leer la noticia de principio a fin.

A pesar de la manera tan poco amigable en la que Simaco me trataba y a pesar de sentir verdadero pavor en su presencia, me di cuenta que no podía creer que él hubiera matado a su familia. No sabía explicar por qué, pero sentía que él no había sido una mala persona cuando estaba vivo, y mucho menos un asesino.

Ahora entendía a quién pertenecían los restos que descansaban bajo la glorieta en nuestro jardín, y entendía también por qué Samuel había querido honrarlos de aquella manera. Tampoco para él Sir Stone había sido un asesino.

Me quedé un par de horas despierta, pendiente de algún ruido en la biblioteca. El visitante parecía haberse esfumado, o quizás estaba cómodamente sentado en su sillón, leyendo o simplemente pensativo.

Y por primera vez desde que lo había conocido me pregunté qué harían los fantasmas durante la noche además de molestar a los vivos: ¿dormir?, no, obviamente no dormían... ¿Pensar? ¿Recordar? ¿Sufrir?

Y también por primera vez sentí pena por él.

De noche el bosque pierde toda su belleza.

Las frondosas hayas, intensamente verdes a la luz del día, con cientos de hijuelos a sus pies, luchando por hacerse su lugar y apoderarse de los huidizos rayos del sol, se convierten en retorcidas manos huesudas, que rasguñan y lastiman. Las raíces gruesas y rugosas mudan en ladinas serpientes que se enroscan, asfixiando a los incautos, y la luna aparece para poblar la senda de sombras traicioneras que solo desean confundir al imprudente paseante.

Por esa razón ningún hombre sabio osa merodear por allí una vez que el sol se esconde.

Pero ellas no eran hombres sabios, eran mujeres malignas.

La noche era su reinado, la oscuridad su dominio y el bosque su imperio.

Las tres caminaban juntas, la de dorada melena iba en medio, solo un paso por delante como marcando el camino.

Se detuvo y las otras dos la imitaron dirigiendo su mirada hacia la casa que ella señalaba: una majestuosa mansión rodeada de un cuidado jardín que venía a morir al bosque.

—¿Aquí? —preguntó la pelirroja con voz ronca.

—Su madre murió hace más de un año, hermana.

La otra asintió.

—Entonces ya es tiempo.

Las sorprendió el sonoro suspiro de la más joven, que casi parecía un sollozo.

Una luz se encendió en una de las habitaciones del tercer piso, las tres volvieron la cabeza como atraídas por un imán.

—Es él —dijo la rubia.

—Lo sé.

—¿Qué piensas hacer?

—Esperar —respondió la interpelada.

—¿Y la mujer?

La rubia sonrió.

—Ella duerme.

La más joven se adelantó mirando la casa.

—Pero él no —dijo—, él sabe lo que vamos a hacer —las hermanas se miraron—. Él nos odia y no va a permitirlo —agregó la muchacha en tono sombrío.

La dama de rojo se volvió hacia ella, y pareció que toda la negrura de la noche la cubría. Un viento repentino arremolinó las hojas y las aves sacudidas en su descanso aletearon nerviosas, alejándose.

Y el silencio se extendió como un manto frío sobre las hojas secas.

—Nadie puede impedirlo —sus ojos parecían encendidos y tan rojos como su ropa—, mucho menos él.

Caminó dos pasos y apartó con furia una rama que se había enredado en su capa.

—Es un ser insignificante, no tiene ningún poder sobre nosotras.

Su voz se había ido convirtiendo en un rumor profundo que parecía hacer temblar la tierra.

—Lo que me preocupa es la mujer...

La rubia enarcó una ceja y una sonrisa despectiva apareció en sus labios.

—¿Ella? ¿Qué podría hacer ella? No es su madre —replicó con sus ojos fijos en la casa.

—No, pero ama a esa niña como si fuese suya.

Ninguna de las otras dos replicó.

Sin embargo la morena volvió sus ojos hacia la casa, y detuvo su mirada en la ventana iluminada.

Sabía que el hombre las estaba mirando, sabía que las conocía y que la única razón por la que permanecía allí era para obtener su venganza.

Las otras dos habían dado la espalda a la mansión y caminaban hacia el corazón del bosque, de modo que solo ella vio el movimiento de los cortinados y la figura esbelta de pie tras los cristales.

Él estaba esperando el momento oportuno, igual que ellas.

Pero él tenía todo el tiempo del mundo, ellas no.

Por casi una semana no me atreví a volver a la biblioteca, y traté de mantener alejada también a Adela.

Deseaba que Simaco permaneciera tranquilo, y aunque no podía resignarme a tenerlo instalado en la casa, necesitaba tiempo para saber qué hacer.

Me daba cuenta que, aunque aún le temía y mucho, gran parte del pavor que antes nublaba mis acciones había disminuido después de verlo.

No era un monstruo, solo era un hombre...

Un hombre muerto, sí, pero un hombre al fin.

El molesto inspector Sarabi me había llamado dos veces, insistiendo en ver a Adela y recorrer los pasadizos de la casa.

Acepté pasar con la niña por su oficina, en una visita informal, y solo para que la conociera, pero le dejé bien claro que no podía hacerle ninguna pregunta sobre lo sucedido.

Aceptó, de manera que una mañana que tenía que llevarla a la ciudad al dentista para una revisión, pasamos a visitarlo.

La central de policía donde se encontraba su oficina no tenía nada que ver con la de Pluckley, se trataba de un gran edificio moderno de tres plantas, rodeado de anchos canteros con pinos y flores. Bastante bonito la verdad.

Apenas di mi nombre un oficial jovencísimo nos acompañó a la oficina de Sarabi. Al entrar él se puso de pie y se acercó a Adela con una gran sonrisa.

—Bienvenida—dijo—, ¿te gustaría tomar un chocolate mientras charlamos?

Me miró, y la niña emitió un "Sí" tan sonoro que no pude hacer nada salvo sonreír.

Nos sentamos y él levantó el teléfono para pedir el chocolate.

—¿Un café? —preguntó mirándome.

—No, gracias.

Adela lo observaba desde su silla, mientras balanceaba sus piernitas.

—¿Sabes quién soy? —le preguntó el inspector.

—Un policía—respondió la niña—, pero los policías llevan ropa azul.

Él volvió a sonreír y me sorprendió como su cara se transformaba, cuando quitaba esa sonrisita de suficiencia que yo había empezado a odiar, hasta parecía atractivo.

—Es verdad, pero algunos policías no usamos uniforme. Y ¿sabes que hacemos los policías?

Ella negó con la cabeza, pero justo la puerta se abrió y el agente de antes entró con una bandeja que dejó sobre el escritorio.

Sarabi tomó una taza y se la acercó a Adela, la otra la dejó frente a él.

Ayudé a Adela a acomodarse cerca de su taza, mientras él comentaba.

—Los policías cuidamos a la gente, estamos para protegerte a ti y a tu...—dudó un instante y me miró—...tu tía.

La pequeña estaba concentrada en el chocolate y poco caso le hacía.

Él entonces desvió su atención hacia mí.

—Me va a permitir visitar los pasadizos—preguntó.

Hice una mueca señalando a Adela con la cabeza, no quería hablar de eso delante de ella.

—Llámeme y arreglamos una cita. ¿Por qué le interesa eso tanto? —pregunté.

—Su casa está lindando con el bosque.

—Sí, lo sé.

—Y quizás tiene muchos de estos "lugares especiales" —añadió mirando a la niña de reojo.

—¿Y?

—Tal vez se pueda entrar o salir directamente al bosque por alguno de ellos...

Horrorizada lo miré.

—¿Qué está queriendo decir?

Levantó una mano como para calmarme.

—Se lo explicaré cuando vaya a su casa.

Sin embargo su comentario me había dejado muy preocupada porque esto podría ser verdad. Y me preocupaba especialmente que se pudiera entrar directamente desde el bosque a mi casa.

—Adela, ¿te gusta mucho jugar en el bosque?

La niña asintió mientras bebía.

—¿Siempre vas sola?

—Nunca va sola—aclaré—, tiene 4 años.

La pequeña lo miraba, al fin se bajó de la silla y se acercó a una de las estanterías que estaba repleta de libros. Algo había llamado su atención.

—¿Alguna vez viste a alguien en el bosque?

Fastidiada me puse de pie.

—Creo que es suficiente, llámeme y veré si puedo ayudarlo.

Adela se había acercado hasta el escritorio otra vez.

—Una vez vi a Simaco, pero él no me vio.

Mis ojos se agrandaron por el asombro, pero traté de disimular.

—¿Quién es Simaco? —preguntó Sarabi rápidamente.

—Mi amigo—respondió ella.

—Un amigo imaginario—aclaré.

—¿Si? —dijo él, y antes de que pudiera preguntar algo más empujé a Adela suavemente hacia la puerta.

—Vamos, Deli, tenemos que ir a casa.

Y ante la mirada desconfiada del inspector arrastré a la niña fuera de la oficina.

Aunque imaginé que iba a llamarme al día siguiente, no lo hizo. Y cómo yo estaba tratando de que las cosas volvieran a la normalidad, y que la rutina regresara a nuestras vidas, pronto me olvidé de él.

Adela volvió a la escuela y yo a mi trabajo. Empecé a relajarme y me animé a salir otra vez, ya que lo necesitaba.

Así que un viernes, después de dejar a mi chiquita instalada en el salón mirando una película con un gran tazón de palomitas, me despedí de Emilia y salí.

El camino vecinal estaba vacío como siempre a pesar del fin de semana que se aproximaba. Lo recorrí rápidamente, aminorando la velocidad solo en las curvas más cerradas, ya que la negrura del bosque parecía envolverme. La niebla también hacía lo suyo, enredándose en los arbustos más bajos y entre los gruesos troncos, formando un manto espeso a derecha e izquierda.

Algo cruzó la carretera, seguramente algún animalito buscando refugio, lo que me obligó a clavar los frenos. Entonces otros pequeños bultos atravesaron el camino frente a mi coche a gran velocidad. Miré con curiosidad lo que parecían ser ardillas seguidas de erizos o algo parecido, e instintivamente dirigí la mirada hacia la derecha, de donde venían los animales.

Una bandada de cuervos, búhos y quién sabe qué más pasó sobre mi cabeza emitiendo toda clase de horripilantes chillidos.

Solo me llevó un segundo reaccionar, puse la primera marcha y girando en redondo aceleré retomando el camino hacia la casa, sin mirar atrás. Si había algo dentro del bosque, y sin duda había algo, no iba a dejar a mi niña sola.

Entré y, después de cerrar la puerta con traba, me acerqué a la ventana. Todo parecía tranquilo, incluso podría decir que hasta la noche tenía cierta belleza con la niebla extendiéndose sobre la hierba y adentrándose suavemente entre los árboles.

Emilia se asomó desde la cocina.

—¿Julia? ¿Eres tú?

—Sí, soy yo —respondí alejándome de la ventana— ¿Adela está aún despierta?

—Está mirando la película, estuve en el salón hace cinco minutos.
¿Qué sucede?

No quería asustarla, no sería buena idea contarle lo que había
pasado.

—Me duele un poco el estómago, no sé si son nervios o algo que
comí.

Hizo una mueca.

—Es que llevas un estrés...

Me siguió hasta el salón. Adela, despatarrada sobre el sofá,
dormía plácidamente.

La miramos las dos, Emilia con una sonrisa de ternura, yo con
preocupación. La anciana se volvió hacia mí.

Ella, que me conocía bien, se dio cuenta que algo pasaba.

—¿Estás bien?

—Estaba preocupada por ella, creo que prefiero quedarme, le
avisaré a Marilyn.

Suspiró.

—La nena estará bien, deja de preocuparte y diviértete.

La miré dudando.

—Puedes decirle a Pedro que venga a acompañarte, no me gusta
que estén solas.

—Está aquí conmigo, estamos jugando a las cartas.

Sonreí.

—¿En serio?

Me quedé un rato sentada junto a Adela observándola mientras
dormía.

Luego tomé mi teléfono y llamé a la policía. Les informé de lo que
había visto en el bosque y sorprendida escuché su explicación:

—No se preocupe, señorita, aparentemente un grupo de
adolescentes ha estado haciendo de las suyas estas últimas
semanas, varios vecinos del pueblo se ha quejado de verlos
molestando en las inmediaciones del bosque.

—Pero, los animales parecían huir de algo, está seguro que eran
solo unos niños...

—Sí, sí, ya lo hemos confirmado, no volverán a molestar.

Y con pocas palabras más dio por terminada la conversación.

Aunque no me quedé muy tranquila, hube de reconocer que existía una posibilidad de que tuvieran razón.

Traté de convencerme que el sentimiento que me acompañaba era solo una preocupación exagerada, y después de la insistencia de Emilia de que volviera a la ciudad, besé a la nena y me fui.

Marilyn y Juan habían invitado a varios amigos, normalmente eso no me gustaba pero en esta ocasión me di cuenta que me vendría bien un poco de sociabilidad para alejar las tensiones.

Además de Joaquín, a quién había vuelto a ver varias veces en la casa de Juan, y Tricia y Ángel, la pareja de pediatras amigos de Marilyn, y Janet, me sorprendió encontrar también a Lucas.

Supongo que notó mi asombro, porque al saludarme se justificó diciendo "Me invitó Juan", como si tuviera que darme explicaciones.

Yo no las quería, ni tenía derecho a pedirlas, pero la verdad es que sentí como una intromisión su presencia allí, aunque eso sonara ridículo.

Mientras me sentaba, la conversación interrumpida por mi llegada, continuó.

—No entiendo cómo puede desaparecer así una criatura, sin dejar rastro— dijo Janet, y me miró.

—Es una ciudad muy grande, los peligros son muchos.

—Pero la pequeña no salía de la casa, verdad Lucas.

Este negó con la cabeza, mientras bebía de su copa.

—Hacía meses que no salía—dijo escuetamente.

Lo observé, tratando de entender de qué estaban hablando.

Marilyn preguntó, adivinando mis pensamientos.

—¿Sabes lo de la niña desaparecida, Julia?

—No. ¿Aquí, en la ciudad?

—En este mismo vecindario—aclaró Juan, mientras volvía a llenar las copas.

—¿La conocían? —pregunté.

—No —respondió Marilyn—. Pobrecitos los padres.

Noté el dolor que hablar de esto le provocaba.

—El padre, su madre murió hace más de dos años, según he leído.

—¡Qué terrible! —dije recordando la desesperación que todos pasamos con Adela—. ¿Cómo fue? Dicen que desapareció de la casa? ¿Alguien la secuestró?

—No se sabe, desapareció durante la noche.

Nos quedamos todos en silencio, y una sensación de vacío invadió la habitación.

—Era paciente de Lucas—explicó Janet, mirándome.

Lucas volvió la cabeza hacia mí.

—Amanda.

Lo miré sin comprender, y entonces recordé a la pequeñita recostada en el sofá en una sesión de hipnosis en su consulta.

—¡¿Amanda?! —dije angustiada—, ¿ha desaparecido?

Él asintió.

—Julia vio uno de los videos de una sesión de hipnosis, fue hace más de un año—explicó a los demás.

Yo seguía mirándolo con la boca abierta. No podía creerlo.

—Quizás esté escondida otra vez...—aventuré.

—No, han dado vuelta la casa. Esta vez ha desaparecido de verdad.

—Ella hablaba de varias personas que habían entrado a la casa, ¿sabe eso la policía? —pregunté.

—Sí, pero no han encontrado huellas ni ningún indicio de que alguien realmente entrara. Exactamente igual que la vez anterior.

—Igual que el niño que apareció en el bosque —dijo Marilyn, pensativa.

Todos la miramos en silencio. Levantó la vista y al ver tantos ojos clavados en su cara, dijo, incómoda.

—Lo siento, no es un buen tema...

—Es verdad —replicó Joaquín —, el niño de la Junta Médica. Apareció sin un rasguño después de más de 15 días de su desaparición.

—¿Vivo? —arriesgué con esperanza.

Marilyn me miró con ojos tristes, y negó con la cabeza.

Joaquín, consciente quizás de que no debería haber proporcionado esa información, agregó, como si el comentario pudiera darnos esperanzas:

—Estaba muerto, parecía que su corazón simplemente dejó de latir, como si se hubiera quedado dormido...

Juan se puso de pie, y dio una palmada, tratando de cortar el mal momento.

—Bueno, vamos a la mesa. La cena está lista —dijo mostrándose entusiasta.

Al poco tiempo volvieron las risas y la conversación animada, pero yo me había quedado sumida en profundas cavilaciones. Quizás el hecho de haber vivido tan de cerca algo similar me hacía recordar esos oscuros momentos una vez más.

Casi antes de los postres ya tenía ganas de irme a casa. Me quedé un tiempo más por respeto a mis amigos, pero en cuanto vi la oportunidad me disculpé con Marilyn y empecé a despedirme.

Ella me acompañó hasta la puerta.

—¿Estás bien? ¿Te molestó encontrarte con Joaquín?

—¿Con Joaquín? ¿Por qué podría molestarme?

Ella sonrió mientras me ayudaba a ponerme el abrigo.

—¿Con Lucas, entonces?

Fruncí las cejas.

—Estás más loca que nunca— respondí, besándola en la mejilla—. Estoy cansada, eso es todo.

Hizo una mueca e iba a replicar cuando las dos nos volvimos al escuchar que alguien se acercaba.

Era Lucas que venía poniéndose su chaqueta.

—¿También te vas? —preguntó Marilyn, algo desconcertada.

—Voy a acompañar a Julia.

—Tengo mi coche.

—Lo sé —dijo él—, iré detrás.

Empecé a protestar.

—No me importa lo que digas, voy a ir detrás de ti hasta tu casa.

Y sin mirarme, besó a Marilyn y salió a la calle.

Ella me miró sonriendo.

—Creo que no tienes opción.

Subí a mi coche, y vi que Lucas ya estaba en el suyo con las luces encendidas.

A pesar de parecerme una locura, me sentí agradecida de su compañía. De pronto la idea de volver a cruzar el bosque sola en medio de la noche, me llenaba de inquietud.

Al llegar a casa estacioné y como él no bajaba me acerqué.

—¿Quieres tomar un café? —ofrecí.

—No, gracias, estoy muerto —asentí.

—De acuerdo. Gracias, muchísimas gracias por acompañarme.

Sonrió.

—Besa a Adela por mí. Esperaré a que entres.

Acaricié su mano y me dirigí hacia la casa.

Todas las luces estaban apagadas, excepto la de la entrada, que Emilia dejaba encendida para mí, y la de la cocina, donde estarían ella y Pedro tomando un té.

Sin embargo, un suave resplandor se percibía a través de las ventanas de la biblioteca, ¿una vela? Mis ojos escudriñaron las sombras buscándolo, y, al fin lo vi, oculto tras los cortinados. Creí que me miraba a mí, pero cuando el automóvil de Lucas comenzó a moverse, vi que seguía su trayectoria. Luego bajó la cabeza hacia donde yo estaba, lo observé un instante y entré en la casa.

Después de despedir a los caseros y darme un baño me fui a la cama con un libro, pero al instante me di cuenta que no era eso lo que necesitaba. Me sentía nerviosa, ansiosa y frustrada.

La actitud indiferente de Lucas era en parte la razón de mi desasosiego, las cosas no estaban bien entre nosotros. Me había acompañado a casa, sí, pero no había querido bajar y él nunca actuaba así. El cansancio había sido una excusa y yo lo sabía.

Sin embargo ver a Simaco en la ventana, me había ayudado a serenarme, saber que él estaba en la casa, de alguna manera me daba la tranquilidad de saber que Adela no corría peligro, una seguridad inequívoca de que él no permitiría que nada malo le pasara.

Preparé una taza de manzanilla con miel y volví a mi cuarto. Bebí el té lentamente sentada en el antepecho de la ventana con las luces apagadas.

La noche era clara, una luna redonda y amarilla alumbraba el parque, y la niebla se extendía aquí y allá, en descuidadas pinceladas.

Las últimas farolas estaban ubicadas justo donde empezaba el bosque, delimitando el parque. Sus luces amarillas apenas penetraban la oscura pared de árboles.

Me pregunté una vez más porqué Samuel no había hecho una cerca alrededor del parque. Sabía que el bosque pertenecía a la propiedad, pero no entendía por qué no había puesto una reja o un vallado que protegiera los jardines de la casa. Era algo que debería hacer yo misma pronto, no me gustaba la idea de que cualquiera pudiera llegar hasta la casa desde el bosque.

Sugestionada por mis propios pensamientos, me sorprendí al ver una figura que salía de entre los árboles y se detenía apenas unos pasos dentro del parque. Era una mujer y llevaba una larga capa oscura que le cubría la cabeza y el cuerpo.

La taza cayó de mis manos derramando el té que aún quedaba y paralizada contemplé a aquella silueta esbelta que inmóvil observaba la casa. Di un paso inseguro, ocultándome detrás de las cortinas, y ella instantáneamente dirigió la cabeza hacia la ventana.

Noté que mi corazón latía desenfrenado y me deslicé entre las sombras para tomar mi teléfono móvil y busqué nerviosa el número de emergencias.

Volví hacia la ventana y lo que vi casi me arranca un grito de pavor.

En el lindero del bosque había ahora tres mujeres.

Oprimí el botón de llamada con manos temblorosas mientras las miraba estupefacta.

Y entonces, como si de una coreografía se tratara, las tres echaron atrás las caperuzas de sus capas dejando a la vista largas cabelleras, y las tres, como movidas por sendos hilos invisibles, dirigieron la cabeza hacia mi ventana.

El viento agitó sus capas y la niebla se arremolinó a sus pies y entonces, lentamente, comenzaron a caminar hacia la casa.

Un sollozo ahogado escapó de mi boca y por primera vez en mi vida el miedo me paralizó completamente. No podía moverme, no podía pensar. Lo único que podía hacer era mirarlas mientras avanzaban paso a paso. Y lo más terrible era que muy dentro de mí sabía que no había nada que pudiera hacer para detenerlas. Entonces la puerta se abrió y como un torbellino alguien pasó a mi lado y cerró las cortinas, mientras con manos firmes me apartaba de la ventana.

Di dos pasos hacia atrás mirando confusa al intruso. Por unos segundos creí que se trataba de Lucas, pero entonces vi su barba cuidadosamente recortada y el fino bigote.

—Sir Michael... —susurré y sintiendo que todo daba vueltas a mi alrededor, caí pesadamente sobre la cama.

Desperté bien entrada la mañana con las risas de Adela que jugaba en el parque.

Me desperecé y noté el cuerpo entumecido y helado.

Estiré la mano buscando las mantas, y me di cuenta que había dormido sobre ellas toda la noche.

Cubrí mi cuerpo precariamente con los acolchados y volví a cerrar los ojos.

Sentía la cabeza pesada y me dolía terriblemente, pero podía recordar todo lo que había pasado la noche anterior, por lo menos todo hasta el momento de mi desmayo.

Porque eso era lo que había sucedido, me había desmayado y por suerte para mi había caído sobre la cama.

Sin embargo sabía que lo que había visto no había sido mi imaginación, Sir Michael había entrado en mi habitación.

Abrí los ojos al recordar sus manos apartándome de la ventana... ¿Cómo era posible? ¿No estaba muerto? ¿Cómo había podido tocarme?

Volví a cerrar los ojos agotada, y me arrebujé en las mantas poniéndome de costado. Entonces al recordar a las tres mujeres mirando hacia mi ventana no solo se abrieron mis ojos sino que también me senté en la cama.

¿Quiénes eran? ¿Qué querían?

Me puse de pie y caminé hasta la ventana. Busqué a Adela con la mirada, al fin la vi sentada en el suelo junto a Pedro que sacaba malezas de un cantero. Su gorro rojo se movía mientras ella hablaba y las manitos parecían inquietos pájaros carmesí, revoloteando alrededor del jardinero.

Mientras miraba a la niña correr de aquí para allá traté de ordenar mis pensamientos. Me sentía confusa en cuanto a qué sentir hacia Sir Michael, hasta ahora solo me había mostrado su lado oscuro, espantándome, usando todos sus poderes para asegurarse que me mantenía en mi lugar, es decir, lejos de la biblioteca y de él, sin embargo la noche anterior...

Suspiré mientras masajeaba mis ojos cansados. La noche anterior había entrado en mi habitación, no sabía por qué ni cómo, pero había venido a alejarme del peligro.

Adela pegó un gritito sobresaltándome.

Me puse un suéter sobre el pijama y me encaminé hacia las escaleras.

Sin duda era un hombre muy particular y contradictorio: tenía un vínculo especial con una niña de 4 años pero decididamente no quería relacionarse conmigo. Aunque sí había abandonado su refugio para protegerme, y eso me mostraba que él sabía algo que yo ignoraba.

Bajé rápidamente las escaleras y salí al jardín.

Adela saltaba entre las flores, sin hacer caso a las protestas de Pedro. Al verme vino hacia mí corriendo. La tomé en mis brazos y me dejó que la llenara de besos por unos segundos.

—¿Qué haces afuera tan temprano? —pregunté mientras ella tiraba de mi mano para llevarme hasta el parque—¡No puedo caminar entre el césped! ¡Estoy descalza! —dije riendo.

—¡Ven! —insistió— Quiero mostrarte algo.

Se alejó una vez más y la vi entrar en la glorieta. A los pocos minutos volvió a toda prisa, me acuclillé para ver lo que tenía en sus manos. Primero creí que se trataba de un juguete, pero asombrada vi que era un broche de oro.

Lo tomé en mis manos y lo observé con curiosidad. Nunca lo había visto antes, y sabía con seguridad que no había pertenecido a Lucía.

—¿Dónde lo encontraste? —pregunté.

—Allí—dijo señalando la glorieta—. Estaba sobre el banco. ¿Puedo quedármelo?

El pequeño broche era sencillo, apenas con un reborde liso y un nombre grabado en el centro.

—Vamos a guardarlo —dije pensativa—, es muy valioso y alguien lo debe haber perdido.

La niña me miró un segundo.

—¿Quién? —preguntó.

—No lo sé—respondí.

Ella, sin hacer caso a mi mirada pensativa, volvió a su juego.

Miré el broche una vez más, era pequeño, el tipo de broche que se usaba antiguamente para colgar el chupete de la ropita de los bebés. El nombre cincelado no pertenecía a ninguno de nuestros antepasados y era totalmente desconocido para mí: Joseph. Sin embargo sentí algo muy profundo, como si de alguna manera existiera una conexión con ese pequeñito.

Adela pasó junto a mí como una bala sacándome de mi ensoñación, entró en la casa y yo, guardando el broche en el bolsillo, la seguí escaleras arriba.

Cuando la alcancé en el segundo piso, volvió a esquivarme continuando su carrera hacia la última planta.

—¿Adónde vas?

—A ver a Simaco—dijo, y desapareció en el recodo de la escalinata.

La seguí lentamente, no estaba segura de querer ir allí, aunque la compañía de Adela me daba valor, sabía que él contendría su furia delante de ella.

Al entrar en el antiguo salón me sorprendió ver las cortinas abiertas y la luz del día inundando la habitación.

Caminé hacia el sillón y pasé la mano por el espacio que supuestamente ocuparía un hombre sentado, verificando que él no estaba allí.

—¿No vas a llamarlo? — pregunté a Adela.

Negó con la cabeza mientras sacaba el estuche con sus lápices de colores del cajón del escritorio, y se trepaba a la butaca.

—Si no viene es porque está ocupado—dijo solemnemente, y empezó a dibujar.

"¿Ocupado?" pensé mientras me paseaba por la habitación, "¿Qué tan ocupado puede estar un fantasma?"

—Dile que...que me gustaría hablar con él—pedí a la niña en un susurro.

Levantó la cabeza de su tarea y me miró.

—Quizás no viene porque estás tú aquí. ¿Por qué no vas abajo a tomar un té con Emilia?— y sentí que yo era la niña pequeña.

Luego agregó, volviendo a sus dibujos: —No le gustan las visitas.

—Yo no soy una visita, yo vivo aquí—respondí, ofendida.

Fui hasta el sillón de alto respaldo y me senté, apoyando las manos en el apoyabrazos.

—Lo esperaré, no tengo nada que hacer — luego acercándome a la librería elegí un libro y comencé a leer.

Aguanté una hora. Adela me había abandonado a los 15 minutos. Al fin, ya fastidiada y con un humor de perros salí de la biblioteca dando un portazo.

Obviamente no estaba dispuesto a tener ningún tipo de relación conmigo, salvo claro hacer de las suyas para aterrorizarme.

Pero yo no pensaba dejar las cosas así, de alguna manera debía armarme de valor y hablar con él. Y cuanto antes lo hiciera, mejor.

Me vestí y, después de asegurarme que Adela quedaba al cuidado de Emilia, subí a mi coche.

Conduje hasta el pueblo y recorrí las calles buscando la oficina de la policía. Había estado allí cuando Adela había desaparecido, era apenas una oficina en el edificio del Ayuntamiento... Que en realidad no era un Ayuntamiento autónomo, sino una dependencia del de la ciudad cercana.

Al entrar me recibió la cara malhumorada de la oficial que había estado en mi casa con Holmes cuando desapareció Adela.

—Buenos días —dijo mirándome inexpresivamente— ¿En qué puedo ayudarla?

Me acerqué al mostrador.

—Quiero poner una denuncia.

—¿Otra vez? —preguntó levemente burlona.

—Alguien ha entrado en mi propiedad anoche, y necesito que investiguen, por favor —dije ignorando su cara de fastidio.

—¿Quiere hacer su declaración ahora? —preguntó mirándome a través de sus gafas redondas.

Asentí.

Mantuvo la mirada un instante y suspirando salió de detrás del mostrador.

—Acompáñeme, por favor.

Me hizo pasar a una oficina pequeña y me invitó a sentarme.

—Un oficial vendrá en unos minutos.

El oficial apareció unos 15 minutos después, cuando yo estaba a punto de levantarme. Se sentó frente a mí, escritorio de por medio, y comenzó a escribir en un ordenador de mesa mientras me hacía preguntas.

Después de las primeras, de rigor, como nombre, dirección, profesión, etc., comenzó con el verdadero interrogatorio.

El preguntaba, casi sin expresión en la voz, y yo respondía, imitando su monotonía:

—¿A qué hora vio al intruso?

—Sobre las doce de la noche. No era un intruso, eran 3.

—¿Tres?

Asentí.

—¿Podría describirlos?

—Eran tres mujeres, parecían jóvenes, llevaban unas capas oscuras, las tres vestían igual.

Una rápida mirada mientras escribía con dos dedos sobre el teclado.

—¿Pudo ver sus caras?

—No, estaba muy oscuro.

—¿Cómo sabe entonces que eran jóvenes?

—Parecían jóvenes, tenían el cabello largo, y por la forma de caminar...
Ahora fue él el que asintió.
—¿Qué hicieron además de entrar en el parque? ¿Rompieron algo?
—No...
—¿Entraron en la casa?
—No.
—¿Forzaron alguna puerta o ventana?
Negué con la cabeza.
—Pero usted dice que invadieron su propiedad...
—Entraron en los parques de la casa, es una propiedad privada.
El hombre suspiró.
—Señora, no sé si entiende que si no han forzado una puerta o ventana, si no han roto nada, no hay motivo para creer que esas mujeres tuvieran malas intenciones.
—¿Malas intenciones? ¡Pues claro que tenían malas intenciones! ¿Para qué iban a entrar en el parque, sino?
—¿Qué más hicieron? Usted dice que caminaron hacia la puerta, ¿y después?
Lo miré un poco avergonzada.
—No lo sé... Yo... me desmayé.
Levantó una ceja con gesto inquisitivo.
—¿Se desmayó?
—Sí, supongo que fue el miedo...
—¿Por qué no llamó a la policía inmediatamente?
—No lo sé, traté pero...
Siguió escribiendo unos segundos más.
—Supongo que son los mismos jóvenes de días pasados, varios vecinos se han quejado de disturbios en el bosque, y en el cementerio se encontraron botellas...
—Me dijeron eso mismo ayer cuando llamé.
Levantó la vista y me observó unos segundos mientras seguía tecleando.
—Muy bien, le daré una copia para que la lea y la firme, espere aquí, por favor.

Un momento después volvió con unas hojas que me entregó. Leí, firmé y él me dio una copia. Luego saludó rápidamente y se dio la vuelta para alejarse.

Un poco confundida, di unos pasos hacia él.

—Disculpe. ¿Cuándo cree que comenzarán a investigar? —Me miró inexpresivo—. ¿Quizás puedan ir mañana mismo?

—¿Investigar?

—Sí, buscarán a esas mujeres, ¿verdad?

—No lo sé, yo solo me encargo de tomar las declaraciones. De todas maneras yo que usted no me preocuparía.

Y como parecía que iba a continuar su camino, insistí.

—¿Es decir que nadie va a ir a mi casa a buscar huellas, o hacer algo?

Vi que se miraba con la mujer del mostrador.

—Seguramente alguien pase por su casa muy pronto, no se preocupe —volvió a decir. Y con una mueca que quería parecerse a una sonrisa, se despidió finalmente, esfumándose a toda prisa.

Me quedé de pie mirando el lugar donde él había estado. Luego miré a la mujer, ella en seguida bajó la vista y pareció concentrarse en su trabajo, de modo que, totalmente frustrada, dejé la oficina, sabiendo que había perdido más de 40 minutos de mi tiempo.

Llegué a casa furiosa, y entre bufidos, le conté todo a Emilia.

Ella me dejó hablar prácticamente sin hacer ningún comentario, luego dijo bajando la voz:

—¿Qué crees que buscaban?

Se refería a las tres mujeres, por supuesto, pero no supe que responderle. Porque en realidad no sabía que era lo que querían, pero el recuerdo de las tres caminando hacia la casa con la niebla a sus pies me dio un escalofrío.

—No lo sé... ¿Tú que crees?

Levantó los hombros en un gesto rápido.

—¿De verdad?

Asentí.

—Creo que no deberías preocuparte quizás sea lo que dice la policía y solo se trata de adolescentes revoltosos.

—Realmente no parecían adolescentes...

Me miró un instante y luego bajó la vista.

—Emilia, ¿qué es lo que piensas?

—Dirás que soy una vieja loca...

—Dímelo —insistí.

—Tal vez son...fantasmas.

La miré frunciendo el ceño.

—¿Fantasmas?

—Bueno, tú me preguntaste...

Y se puso de pie alejándose hacia la alacena.

—Pero... ¿qué es lo que quieren?

—Asustar a la gente, eso es lo que hacen los fantasmas.

Negué con la cabeza.

—¿De qué te extrañas? Tú misma dijiste que el pueblo estaba lleno de fantasmas—añadió poniéndose de pie y poniendo agua a calentar.

—Lo sé, pero...

Nos miramos un segundo.

De pronto lo que decía Emilia no sonaba tan descabellado, y, aunque pareciera ilógico, ese razonamiento me hacía sentir menos temor hacia ellas.

Quizás en parte se debía a que yo conocía a un fantasma, un fantasma real, con quién había hablado, discutido y peleado. Un fantasma que se parecía muy poco a los de los libros o las películas, que no solo me había asustado más de una vez, sino que también me había tomado en sus brazos para alejarme del peligro.

—Fantasmas... —dije, casi para mí— No lo había pensado, quizás tengas razón.

El teléfono móvil comenzó a sonar y yo di un salto.

—¿Señorita Vivanko?

—Sí, soy yo.

—Le habla el inspector Sarabi—y como yo no respondía agregó— ¿Se acuerda de mí?

Suspiré.

—Imposible olvidarlo, Inspector—dije sarcástica— ¿qué necesita?

—¿Podría pasar por su casa para recorrer los pasadizos?

"¡Qué hombre tan molesto y obsesivo!" pensé. Pero me di cuenta que cómo él no dejaría de insistir, lo mejor era dejarlo venir y terminar con todo de una vez.

—Deme un segundo—dije y tapé el micrófono del teléfono. — Emilia, podrías llevarte a Adela a tu casa por un rato. El inspector quiere venir a ver el pasadizo y no quiero que ella nos vea entrar ahí.

Emilia estuvo de acuerdo, así que una hora después estaba yo subiendo a la biblioteca con Sarabi para mostrarle el lugar.

—¿Quién más vive aquí? —preguntó mientras recorríamos el largo corredor del tercer piso.

—Solo Adela y yo.

—¿Alguien más tiene acceso a la casa? ¿Cuidadores? ¿Jardinero?

Me detuve frente a la puerta de la Biblioteca y me volví a mirarlo.

—Me gustaría saber por qué está tan interesado en la casa. ¿Qué espera encontrar aquí? — me crucé de brazos y enarqué una ceja— ¿O sospecha de mí?

Otra vez su sonrisita socarrona.

—Por supuesto que sospecho de usted. Todo lo que pasó con su sobrina fue muy extraño, y además un niño fue encontrado muerto en el bosque a apenas unos cientos de metros de su casa. ¿Recuerda el muñeco que encontraron cuando buscaban a su sobrina? Da la casualidad que pertenecía a él. Y, por si eso fuera poco, resulta que es posible que esta casa tenga pasadizos que se comuniquen directamente con el bosque, así que ¿qué pensaría usted, si fuera yo?

Yo lo miraba boquiabierta, no podía creer lo que estaba escuchando.

—¿Qué quiere decir? ¿Está usted loco?

—No señorita, no estoy loco, solo estoy investigando. Ese es mi trabajo. —desvió la mirada y señaló la puerta—¿Está aquí el pasadizo?

Yo había apoyado mi mano sobre el picaporte mientras hablábamos. Lo miré y retirando la mano dije.

—Creo que es mejor que se vaya, Inspector. Quizás debería traer una orden judicial la próxima vez que venga a mi casa.

—Señorita...

—Por favor—dije señalando la escalera—, le ruego que se retire.

Lo vi fruncir los labios y sin replicar nada más, comenzó a bajar. Al llegar a la salida se volvió.

—Me ha interpretado mal, no creo que le convenga tomar esa actitud.

—A usted tampoco—dije abriendo la puerta—, buenas tardes.

Con la mandíbula tensa me miró por última vez y se fue.

Lo único que me faltaba, después de todo lo que habíamos pasado, es que me acusaran de asesinato. ¿Estaba loco ese hombre?

Un niño había muerto, ¿sería el mismo del que habían hablado en la casa de Marilyn, el niño de la junta médica?

Me di cuenta que ese hombre había logrado inquietarme con sus acusaciones y sus comentarios, especialmente sabiendo que esas mujeres o fantasmas andaban cerca de la casa, y que quizá la casa tenía algún acceso desde el bosque.

Traté de hacer a un lado esos pensamientos y disfrutar de un tiempo especial con Adela, pero me resultaba muy difícil.

Jugamos en el jardín y cocinamos juntas. Al caer la tarde jugamos a un juego de mesa y luego de darle un buen baño la acosté.

Me quedé leyendo en mi habitación hasta pasada la medianoche. Atenta a todo sonido de la planta superior, me sorprendió no escuchar absolutamente nada.

Un pensamiento horroroso vino a mi mente: "¿Y si las mujeres le habían hecho daño?"

Con un movimiento de cabeza deseché la idea inmediatamente. "Está muerto, ¿que podrían hacerle?", pero me sorprendió sentirme preocupada por su bienestar, después de todo él había tratado de defenderme y si había sufrido algún daño por eso, la culpa era mía.

Salí de la habitación sin hacer ruido y después de verificar que Adela dormía en su cama, subí hasta la tercera planta.

La puerta de la biblioteca estaba cerrada, suavemente bajé la manivela y entré. La vieja lámpara de aceite estaba encendida y descansaba sobre el escritorio iluminando la habitación con una cálida luz amarillenta.

De modo que esa lámpara no era solo un adorno como yo creía, un viejo objeto que conservaba Samuel como parte del antiguo mobiliario de la casa. Había alguien que la usaba, me pregunté quién la llenaría de aceite.

En el elegante sillón, de espaldas a las ventanas, estaba Sir Michael con un libro en sus manos. Tenía las piernas cruzadas y sostenía el libro con una mano mientras en la otra apoyaba su barbilla.

Mi primera reacción fue de terror. Me quedé paralizada mirándolo.

Él levantó la vista y clavó sus ojos en los míos, para mi asombro no parecía sorprendido ni se veía furioso, era como si hubiera estado esperándome.

Me observó un instante, sin moverse y luego volvió a bajar la vista.

—¿Qué es lo que quieres? —dijo con su voz de hielo.

—Esta mañana vine para hablar contigo —tartamudeé desde la puerta.

Volvió a mirarme sin decir nada. Luego, casi con fastidio, cerró su libro y se puso de pie. Caminó hasta la pared de la derecha y colocó el libro en el estante.

—Lo sé —dijo al fin.

— Yo creí que...—y no pude terminar la frase.

Volvió a sentarse y me miró una vez más, apoyando los codos en los apoyabrazos y juntando los dedos de las manos.

—No me gusta la luz del día, no suelo venir aquí en las mañanas —dijo.

Me costaba concentrarme en lo que me decía, no podía dejar de mirarle las manos, de largos y finos dedos; su cuerpo esbelto, su andar pausado y seguro. Era difícil recordar que estaba muerto, hasta por un momento dudé.

—¿Qué eres? —y yo misma me asombré de formular una pregunta tan estúpida.

Una semi sonrisa curvó apenas sus labios.

—Soy un hombre muerto, prefiero la noche.

Caminé lentamente hasta el escritorio, sin quitarle la vista de encima, y me senté en la silla que había detrás.

Sus ojos negros no se apartaban de mí, estaban calvados en los míos y me observaba con frialdad.

—¿Quieres eran esas mujeres? —me atrevía a preguntar al fin.

—No lo sé—dijo.

—¿No lo sabes?

Negó lentamente con la cabeza.

—¿Por qué viniste anoche a mi cuarto, entonces?

—Porque tus gritos me hicieron temer por Adela.

—Pero me alejaste de la ventana...

—¿Qué es lo que quieres saber? —preguntó interrumpiéndome.

La pregunta y el tono de fastidio me hicieron temer otro de sus ataques de furia.

—Quiero saber si Adela y yo corremos peligro.

Sus ojos eran inescrutables, sin embargo percibí un temor desconocido en su semblante que me desconcertó.

Bajó la vista a sus manos.

—No, ellas no entrarán en la casa.

—Anoche parecían muy dispuestas a hacerlo... —dije recordando con un estremecimiento el miedo que me había paralizado.

—Dije que no lo harán—repitió remarcando cada sílaba.

Lo miré desde mi rincón y comencé a decir:

—Esta es mi casa y debo proteger a Adela.

—Esta no es tu casa.

Su mirada me traspasó, se puso de pie y acercándose a mí volvió a decir, bajando la voz:

—Esta no es tu casa.

Sin poder apartar la vista de sus ojos, me puse de pie y me pegué a la pared.

—Tienes razón, es la casa de mi hermana. Yo solo vivo aquí, pero no voy a permitir que nadie más venga a perturbar nuestra paz.

Por un segundo su rostro pareció mostrar apenas un dejo de ternura, luego apartó la vista y fue hasta la estantería. Con desesperante lentitud comenzó a acomodar los libros que sobresalían de la perfecta línea que mostraba el anaquel.

—¿De qué paz estás hablando? ¿Quieres hacerme creer que tú estás en paz? —y se volvió a mirarme.

Negué mirándolo a los ojos

—No, yo no estoy en paz. ¿Y tú? ¿Por qué sigues aquí?

—Estoy aquí por la misma razón que tú: por obligación— respondió dejándome perpleja.

—Yo no estoy aquí por obligación, yo decidí venir a esta casa...

Un sonido grave salió de su garganta, algo parecido a una risa amarga. Ignorando mi comentario, añadió:

—No necesitas mentirte, Julia. Odias esta casa, deberías irte...

—Tú eres el que está en el lugar equivocado...

Enarcó una ceja con fingida sorpresa

—¿Y dónde crees que debería estar?

—Allí adonde van las personas cuando mueren... En el cielo— añadí.

Mirándome con sarcasmo, replicó:

—Es decir que tú crees en el cielo...

Abrí la boca para responder, entonces un recuerdo llegó con tanto realismo que me sobresaltó.

Casi podía ver a Damián de pie frente a mí, con su hermosa sonrisa y sus ojos mirándome con dulzura: "Nada me impedirá volver. Haré lo que sea para estar a tu lado otra vez."

No, yo no creía en el cielo, tampoco creía que existiera otra vida en la que pudiéramos ver a nuestros seres queridos, un "más allá".

Sin embargo allí estaba él, alguien del más allá. Un muerto que me miraba con desprecio y me hablaba con ironía.

—¿Por qué te quedaste? —pregunté.

—No lo sé... —dijo.

Algo me obligó a callar, quizás el suspiro, apenas perceptible que acompañaron sus palabras, o la sensación de derrota que emanaba de su cabeza gacha.

Volvió a mirarme.

—Vete a dormir, es tarde.

Dándome la espalda volvió a su sillón y como si hubiera olvidado mi presencia comenzó a leer.

No quise insistir, decidí darle la intimidad que me pedía.

Salí cerrando la puerta con suavidad, y obediente me fui a la cama.

A la mañana siguiente llamé a Lucas.

A pesar de que nuestra relación no estaba en las mejores condiciones él seguía siendo mi amigo, y en ese momento de mi vida, era la única persona con la que podía hablar de un tema que me estaba atormentando.

Por teléfono no le había dado muchos detalles, solo le dije que prefería que viniera en la noche, cuando Adela estuviera durmiendo.

Llegó sobre las 9, nos saludamos y hablamos de trivialidades por unos minutos y casi parecía que todo estaba bien entre nosotros. Finalmente, en un momento de silencio, dejó su taza sobre la mesa y preguntó, mirándome a los ojos:

—¿Qué es lo que te preocupa? Sé que no estás bien, pero no he querido presionarte con preguntas...

—Lo se... Gracias por tenerme paciencia—dije.

—No es paciencia es...—y dejó la frase inconclusa. Nuestros ojos se encontraron y por un instante casi pude entrar en su corazón, pero entonces él apartó la vista cerrándome la puerta.

—Somos amigos—concluyó.

—Lo sé, por eso estoy hablando contigo—escondí mis piernas bajo mi cuerpo en el asiento, y añadí: —, las chicas también son mis amigas... y Juan, pero... No sé si puedo hablar de esto con ellos. Es un tema un poco delicado.

Adelantó su torso, apoyando los codos en las rodillas.

—Ya sabes que nada me horroriza, así que adelante.

Suspiré.

—¿Recuerdas que te dije que creía que el fantasma de Damian vivía en la casa? —el asintió—. Bueno, ya sé que no es Damián, estoy segura de eso.

—¿Es decir que no hay un fantasma en la casa? —preguntó.

—No, estoy diciendo que él no es Damián.

Lucas asintió esperando.

—Su nombre es Sir Michael Stone, es quién mandó construir esta mansión.

Lucas volvió a asentir, mirándome. Escudriñé sus ojos tratando de descubrir qué estaba pensando.

—Simaco—dije, y esperé.

Levantó las cejas.

—Si... ¿qué?

—Simaco. ¿Recuerdas al amigo imaginario de Adela, Simaco? Frunció el entrecejo confundido.

—Sir Michael es Simaco.

Se apoyó en el respaldo del sofá abriendo mucho los ojos.

—¿El fantasma es el amigo imaginario de Adela?

Asentí.

—¿Ella habla con él?

—Sí, ella lo adora.

—¿Tú lo has visto?

—Sí.

Me observó con atención, y aunque trataba de esconder sus sentimientos no lo lograba, yo lo conocía muy bien.

—No me crees.

—No, no es eso.

—¿Qué es, entonces? ¿Qué significa esa mirada, Lucas? Suspiró y desvió la vista.

Cuando comenzó a hablar comprendí que estaba eligiendo cuidadosamente sus palabras.

—Quiero que trates de ver esto objetivamente. Míralo desde fuera, aunque sea inténtalo.

Asentí.

—Las dos han sufrido una pérdida tremenda, el dolor por el que han pasado no se puede describir. Tú sabes que en esos casos es común aferrarse a...

—...a una figura sustitutiva? Pero este no es el caso, Lucas. ¿Por qué íbamos a aferrarnos a un fantasma? Lo que estás diciendo es ridículo.

Me miró levantando las cejas.

—¿Lo que yo estoy diciendo es ridículo?

Me puse de pie.

—Está bien, dejémoslo aquí. Olvídate de lo que dije.

Él se levantó del sofá y se acercó.

—No es cuestión de olvidarlo. Tienes que tratar de hacer algo, lo que está pasando no es bueno para ti ni para Adela.

—¿Crees que todo esto que te he contado es mi imaginación? ¿O crees que me estoy volviendo loca?

No respondió, y quizás esa fue la respuesta.

—Creí que me conocías, Lucas—reclamé con tristeza.

—Es esta casa. Debes irte de aquí, vuelve a la ciudad...

—No, esta es nuestra casa.

Me tomó de los hombros.

—Julia, si realmente hubiera un fantasma aquí... ¿Por qué quedarte? Es una locura...

Me zafé de sus manos.

—No tengo miedo si es eso lo que quieres decir.

En ese momento me sentí más sola que nunca, y mientras lo miraba pareció que un abismo se abría entre los dos, una grieta que rompía la tierra y se iba agrandando más y más, separándonos, hasta que estábamos tan lejos que casi no podíamos vernos.

—Vete a casa—dije desde mi lejano extremo—, es muy tarde.

A la mañana siguiente recibí una llamada de Jason, el arquitecto amigo de Lucas. Aparentemente éste lo había contactado unas semanas atrás para que viniera a revisar los planos de la casa. A pesar de estar tan enojada con él, igual me sentí agradecida por lo que había hecho.

Quedamos para el día siguiente, cuando lo vi lo recordé inmediatamente, no había cambiado mucho en estos ocho años.

—Soberbia construcción—fue su primer comentario.

Fascinado casi con cada cosa que veía tuve que ayudarlo a que se concentrara en lo que yo quería saber.

—Puedes descubrir si hay más pasadizos, y si alguno tiene una salida hacia el bosque o algo así.

Estábamos en la biblioteca, habíamos caminado lentamente por el pasadizo mientras él observaba cada detalle.

Luego, aunque yo hubiese querido que no nos quedáramos charlando allí, él se sentó en el sillón, y tomando un papel que Adela había dejado sobre el escritorio, comenzó a dibujar.

—Lo normal es que los pasadizos comuniquen dos habitaciones. Las solían usar para cortar camino, a veces la servidumbre y a veces los señores—me miró sonriendo—, para visitar la habitación de alguna dama.

Asentí.

—Este en particular—dijo señalando la entrada detrás de la estantería— comunica la biblioteca con la última habitación de esta planta, que seguramente sería el dormitorio de alguno de los dueños de la casa.

Estaba haciendo un pequeño plano mientras hablaba.

—Cómo ves el pasadizo está construido a lo largo de las paredes que dan contra el corredor, se nota dónde hay uno porque generalmente son paredes de madera, tabiques.

—Entonces deberíamos mirar si hay alguno en la planta baja. ¿Es posible que tengan salida al bosque?

—Si construyeron un pasadizo en la planta baja fue con el único propósito de crear una vía de escape en caso de ataque. Así que sí, seguramente tiene salida al bosque.

Sentí que la angustia me embargaba.

—Pero estará sellado—dijo al ver mi cara—, vamos abajo y lo averiguaremos.

Lo seguí hasta el salón y él comenzó a recorrer las paredes con las manos, dando pequeños golpecitos de vez en cuando.

En el salón donde estaba montada la sala de cine, fue directamente junto a la chimenea. Ésta se hallaba entre dos gruesas columnas, levemente desplazadas hacia afuera, semicirculares y que parecían de piedra.

Las tocó, y elevando la cabeza hacia el techo dijo:

—Mira el cielo raso.

Al levantar la vista no vi nada, pero luego siguiendo la dirección de su mano, pude notar unas suaves marcas circulares donde la pintura estaba un poco gastada.

—Esta columna se desplaza, aquí hay un pasadizo. La columna es de madera, no de piedra.

Empezó a observar con atención la chimenea y los anaqueles que tenía encima. De pronto tocó algo que hizo que la columna se moviera hacia adelante, dejando a la vista un corredor oscuro y polvoriento.

Al acercarme vi que estaba totalmente cubierto de telarañas y polvo, él extendió la mano haciendo a un lado los delicados hilos y se volvió.

—¿Quieres venir? —dijo invitándome a seguirlo.

Encendió la interna de su teléfono móvil y comenzamos a caminar.

—Pareciera que vamos descendiendo—dije después de unos minutos.

—Es probable que sea un túnel— respondió—. La salida no va a estar en los muros de la casa, sino mucho más allá, en un lugar bien escondido.

Caminamos por unos cinco minutos, constantemente Jason debía quitar las telarañas que se extendían libremente por las paredes y por el techo del pasadizo. Las arañas, de todos los tamaños imaginables huían rápidamente a nuestro paso, al igual que algún pequeño animalito que no quise detenerme a analizar a qué especie pertenecía.

Al fin el corredor comenzó a subir otra vez y Jason alumbró lo que parecía una puerta de hierro, cubierta de hojas y ramas secas.

—Ahí la tienes—dijo.

Al aproximarnos vi que estaba cerrada, él tiró con fuerza, pero entonces descubrí un candado con una cadena.

—Tiene un candado—comenté aliviada.

—Me imagino que no tienes la llave, ¿verdad?—preguntó sonriendo.

—Pues no.

Me acerqué y traté de quitar parte de la suciedad.

— Me gustaría saber dónde estamos—y traté de asomar la cabeza por el pequeño hueco que quedaba entre las rejas.

—Escucha—dijo Jason poniendo un dedo sobre los labios—. ¿Hay un río cerca de la casa?

Efectivamente parecía el sonido del agua que corría por un arroyo.

—Hay uno pequeño en el bosque, nunca he andado mucho por ahí pero imagino que podría ser ese.

Volví a mirar hacia afuera, la oscuridad de la noche hacía imposible adivinar el lugar dónde nos encontrábamos. De repente distinguí una claridad entre los árboles, a unos cien metros más adelante, como si alguien hubiera encendido una fogata.

—Mira—dije señalando hacia afuera—¿ves eso?

Jason se asomó, pero la luz había desaparecido.

—No veo nada—dijo.

—Parecía una fogata o una antorcha.

—¿En el bosque? —preguntó—, no creo, sería la luz de algún coche que se coló entre los árboles.

—Si, tal vez—respondí.

No quise insistir, sin embargo estaba casi segura que no se trataba de un automóvil, y mientras me volvía para seguir a Jason de regreso hacia la seguridad del salón de mi casa, me sentí feliz y agradecida por aquel candado que protegía la cancela de hierro.

Los días pasaron y nada vino a turbar nuestra paz.

No sabía si Emilia estaba en lo cierto y esas mujeres eran fantasmas, o no, pero me di cuenta que no tenía nada que temer, ellas no podían hacernos daño, no con Simaco en la casa cuidando de nosotras.

De manera que poco a poco, el asunto quedó casi olvidado para mí.

La Navidad estaba próxima y Adela entusiasmada me ayudaba a decorar la casa. Lucía guardaba en uno de los armarios de los cuartos de invitados infinidad de adornos, pero igual decidí comprar algunos nuevos, y junto con Emilia engalanamos cada rincón, para que el alegre espíritu de esas fechas pudiera alegrar también nuestros corazones.

Había decidido celebrar la Navidad junto a mis mejores amigos, sería también una manera de recordar a Samuel y Lucía. Hacía ya más de un año que mi hermana se había ido, y aunque el dolor había ido menguando no pasaba un solo día sin que la echara de menos.

Ya que la casa estaba lejos de la ciudad podría alojar a nuestros invitados por una noche, de manera que limpiamos y ventilamos las habitaciones del tercer piso.

Hacía tiempo que no iba a la biblioteca, había resuelto dejar a Simaco en paz y parecía que él había decidido lo mismo. Quizás esa era la manera correcta de convivir, respetar nuestros espacios.

Sin embargo, la noche anterior a la celebración me armé de valor para ir a hablar con él.

Sabiendo que no podría encontrarlo durante el día, esperé a bien entrada la noche y me dirigí a la biblioteca.

La puerta estaba abierta (¿la había abierto él?) pero la habitación parecía vacía.

Busqué el interruptor para encender la luz, pero entonces escuché su voz.

—Prefiero estar a oscuras, por favor —dijo desde su rincón.

—De acuerdo —contesté sin moverme de la puerta—. Solo voy a estar unos minutos, necesito decirte algo.

Ni habló ni se movió, de modo que continué.

—Mañana vendrán unos amigos a celebrar la Navidad, estaremos hasta tarde así que algunos se quedarán a pasar la noche.

Esperé para dejar que asimilara mis palabras. Cómo continuaba en silencio pregunté:

—¿Estás ahí?

Escuché un suspiro.

—Estoy aquí.

No sabía cómo había llegado pero se encontraba a mi lado, casi rozándome. Volví la cabeza al percibir un olor desconocido, una mezcla de aromas extrañamente agradable: madera, viento, bosque...

Cerré los ojos y aspiré suavemente. Sentí que se movía, como si se hubiera acercado aún más y algo rozó mi mejilla.

Di un paso atrás, sorprendida y lo busqué con la mirada.

Estaba allí, donde yo suponía. Me miraba, aunque el resplandor que entraba por la ventana iluminaba su espalda, dejando su rostro en sombras.

—¿Me tocaste? —pregunté.

Negó con la cabeza.

—Si —dije—, me tocaste. Igual que la otra noche me apartaste de la ventana ¿Cómo es posible? No tienes un cuerpo, eres...

No supe qué decir, ni siquiera sabía qué era él: ¿un espíritu, lo que algunos llaman alma?

—Que tus invitados no vengan aquí—dijo, como si no me hubiera escuchado—, eso me pondría de muy mal humor — y me dio la espalda, acercándose a la ventana.

Su rostro se veía muy blanco a la luz de la luna, y sus ojos muy negros.

—¿Samuel te visitaba? ¿Él... era tu amigo?

—Solíamos hablar de vez en cuando.

—¿Y Lucía...? —y algo me oprimió el pecho.

Movió la cabeza.

—No, ella nunca venía aquí.

Vacilando formulé la pregunta que tantas veces me había hecho desde que lo había conocido.

—¿Los has visto? ¿Sabes cómo están?

Se volvió y otra vez su cara quedó en sombras.

—Ellos no están aquí.

—Lo sé, pero...

—Ellos se fueron, Julia.

Los ojos me comenzaron a arder, y sentí una frustración tan intensa que las lágrimas empezaron a caer.

—¿Cómo sabes eso? Ni siquiera sabes si existe el cielo. No sabes nada. Quizás estén aquí, cuidando de su pequeñita, quizás ella también se quedó cerca de su niña.

Los sollozos me impedían seguir hablando, todo mi cuerpo parecía agitarse con el llanto.

—Ella se fue. Adela te tiene a ti.

—¿Y yo? Yo estoy sola, yo... La echo tanto de menos...

Se acercó un poco más, sus dedos se posaron en mi mejilla y lentamente enjugaron mis lágrimas, un roce suave como si fuera un aliento tibio sobre mi cara.

Luego retrocedió y desapareció entre las sombras.

—Michael...

—No estás sola, yo estoy aquí.

Y esas palabras, dichas desde la oscuridad por un fantasma de voz profunda, me consolaron más que todo lo que había escuchado desde la muerte de Lucía.

Cuando Adela saltó sobre mí, me pareció que acababa de dormirme, pero al mirar la hora comprobé que eran casi las nueve de la mañana.

Abrazándola la metí entre las mantas para convencerla de dormir un ratito más, pero fue imposible.

En cuanto pudo bajó corriendo las escaleras para ir a inspeccionar los regalos.

—¡No puedes abrirlos aún! —grité desde arriba.

Luego, resignada, bajé también. Emilia me recibió con una taza de chocolate caliente, y fui a sentarme con ella y con Pedro a la cocina.

—¿Ya van a abrir los regalos?

—Quería que desayune primero...

—Déjala abrir solo uno.

Se puso de pie y fue hasta un rincón.

—Mira, este no está en el árbol.

Sonrió con complicidad.

—¿Es tu regalo? ¡No paras de malcriarla!

—En realidad fue idea de Pedro, así que no me culpes a mi...

Como si hubiera escuchado la conversación, Adela apareció en la puerta de la cocina.

—¿Qué es eso? —preguntó.

—Es para ti —dije—, un regalo de Emilia y Pedro.

Corrió hacia Emilia que sostenía la caja y trepó a sus piernas.

—Sabía que había algo más —dijo.

—¡¿Algo más?! ¡Descarada! Tienes como veinte regalos, todos para ti.

Ella no me escuchaba, se había puesto de rodillas en la silla para poder abrir la caja.

Pedro se acercó para ayudarla.

—¡Con cuidado! —dijo.

Sonreí con ternura al ver cómo se transformaba al hablar con la niña. Especialmente para ellos que no habían tenido hijos y que nunca tendrían nietos, Adela era sin duda alguien muy especial.

El grito de la pequeña me sacó bruscamente de mis cavilaciones.

—¡Un perrito! ¡Mira Julie, un perrito! —exclamó mientras me mostraba el pequeño bulto peludo que llevaba entre los brazos.

—¡Un perrito! —dije mirando al animalito con resignación— ¡Justo lo que necesitábamos!

Pero al ver la alegría de Adela me di cuenta que quizás sí era justo lo que ella necesitaba.

Tal como había dicho Emilia, todos los regalos pasaron a un total segundo plano. Y aunque los abrió más tarde, quedaron abandonados cerca de los envoltorios mientras ella corría detrás de su nuevo amigo.

Cuando comenzó a oscurecer nos vestimos y bajamos a recibir a nuestros invitados.

Había encargado la comida y la bebida, de manera que solo debía preocuparme por disfrutar junto a mis amigos, y pasar una noche agradable.

Todos vinieron temprano, excepto Lucas que llegó cuando ya estábamos cenando. Se mostró algo frío, concentrando toda su atención en Adela.

Marilyn había percibido su extraña actitud y mi incomodidad y, después de los postres se acercó a mí.

—¿Qué le pasa a Lucas? ¿Están bien ustedes?

Suspiré.

—La verdad es que no—dije.

—¿Qué pasó?

La miré sin saber qué responderle, pero la llegada de Juan me salvó de tener que inventar una mentira.

A las doce decidí que ya era tiempo de acostar a Adela, le había permitido quedarse con nosotros hasta tarde para evitar que en la mañana se despertara muy temprano, mi intención era dormir un poco más.

Entre protestas se despidió de todos los presentes y subió las escaleras lloriqueando.

—Vamos, no seas caprichosa, Deli. ¡Son las doce de la noche! ¡Medianoche! Nunca te habías quedado despierta hasta tan tarde.

—Quiero quedarme hasta que todos se vayan a dormir —protestó.

—Ya casi nos vamos a dormir.

Negó con la cabeza.

—Mentira. Estas mintiendo.

Terminé de ponerle el pijama y se metió entre las sábanas. Estaba ya abrazando a Demetrio, cuando se sentó otra vez y empezó a apartar las mantas.

—¿A dónde vas? ¿Otra vez al baño? —pregunté impaciente.

—Tengo que desearle feliz Navidad a Simaco —dijo y comenzó a correr hacia las escaleras.

—¡No! ¡Adela, ven aquí!

Por supuesto que ignoró mi orden y subió corriendo hasta el tercer piso. No había encendido la luz, así que cuando yo llegué estaba en la biblioteca a oscuras. Se había detenido en el medio del cuarto, parecía tan pequeña en la enorme habitación.

Cuando me acostumbré a la penumbra lo vi a él, acuclillado a su lado.

207

—...podrías venir, solo por esta vez... —decía Adela.

—No, tú vendrás mañana a mostrarme tus regalos —su voz sonaba extrañamente cálida.

De pronto la niña se colgó de su cuello, me sorprendí casi tanto como él, que sin saber que hacer se quedó inmóvil.

Adela se alejó y dijo "Feliz Navidad", y como justificando su arrebato agregó, mirándome:

—¿Todavía es Navidad?

Asentí, él me vio y se puso de pie.

—Feliz Navidad, Julia —dijo con una sonrisa suave.

—Feliz Navidad, Michael —contesté.

Adela pasó a mi lado y sin esperarme bajó las escaleras.

—¿Tu fiesta está siendo todo un éxito?

—Sí, todo ha salido perfecto. ¿Mucho ruido para ti? —pregunté.

No respondió, mantuvo su semi sonrisa y miró hacia el pasillo.

—A Adela también le gustan las fiestas — dijo.

Sonreí.

—Me recuerda a mi hermana Laura.

Me estremecí al escucharlo. Pero de alguna manera la sangre de Michael corría por la venas de Adela, de modo que eso no era tan asombroso.

—Ya pronto terminarán los ruidos —dije para apartarlo de sus tristes pensamientos—. Solo un poco más...

Asintió.

Al mirar su cara de resignación me sentí culpable.

—Lo siento por invadir tu refugio. Pero no te preocupes, no vendrán aquí.

Acababa de terminar de hablar cuando Lucas apareció en la puerta con Adela de su mano.

Di un salto como un niño sorprendido en medio de una travesura y volví la cabeza hacia Michael, pero asombrosamente él ya no estaba.

—¿Qué estás haciendo aquí? —pregunté mirándolo —. ¡Adela!, ¿todavía dando vueltas? —añadí.

Caminé hacia la puerta con el propósito de salir y cerrar.

—Quería que Lucas conociera a Simaco, ¿dónde está?

Sonreí nerviosa.

—Simaco se debe haber ido a dormir, es muy tarde.

—Pero si estabas hablando con él... —empezó a decir la niña.

Miré a Lucas, encendió la luz y entró deteniéndose junto al sillón.

—¡Es verdad! —preguntó— ¿Dónde está Simaco?

Lo miré sorprendida, su tono me sonó burlón. ¿Se estaba burlando de mí?

—Vamos a dormir ya mismo, chiquita —dije y levantándola la cargué en mi cadera—. En un momento bajo— añadí dirigiéndome a Lucas.

Caminé unos pasos y, al darme cuenta que él no me seguía, me volví.

De pie en la puerta de la Biblioteca, miraba hacia adentro.

—¿Vienes? —pregunté.

Pareció sorprenderse.

—No, no volveré a bajar. Voy a mi cuarto—y acercándose depositó un beso en la mejilla de Adela—, buenas noches.

Me dio la espalda y sin siquiera tocarme caminó por el largo pasillo hasta su habitación.

Comencé a bajar la escalera con Adela, en el salón se escuchaban las voces de las chicas y de Juan.

—No debes traer a la gente acá arriba, Deli. A Simaco no le gusta que lo molesten, tu sabes eso — y mientras hablaba volví a meterla entre las sábanas.

—Pero Lucas es nuestro amigo, quizás pueda hacerse amigo de Simaco también...

—No lo creo, amor —dije—, ahora prométeme que no volverás a salir de la cama.

Me tiré a su lado para asegurarme que se dormía, ya habíamos tenido suficientes paseos y encuentros por una noche.

Seguramente Michael estaría furioso.

No me di cuenta que estaba durmiendo, hasta que un ruido en el piso de arriba me sobresaltó.

Abrí los ojos y miré a Adela, escuchando.

"¡¿Estás loco, hijo de ...!?"

Era la voz de Lucas.

Salí a toda prisa de la habitación y subí las escaleras.

Efectivamente, a medida que me acercaba empecé a distinguir claramente los furiosos insultos que salían de su boca. Venían directamente de la biblioteca.

La escena que se presentó ante mis ojos me dejó desconcertada.

Lucas, en medio de la habitación, gritaba furioso a la estantería de la derecha de la que parecía haber caído un libro que se encontraba abierto en el suelo.

—¿Qué pasó...? —empecé a decir, pero él me interrumpió.

—¡Me ha tirado un libro a la cabeza!

Entré y busqué a Michael con la mirada, pero no estaba.

—¿Qué estás diciendo?

—Tu fantasma...

—¿Mi fantasma? —dije acercándome—¿O sea que ahora sí existe?—pregunté sarcástica.

Se tocó la herida y miró la sangre de su mano.

—¿Lo viste? —pregunté.

—¡Vi el libro volando y...!

Lo miré a los ojos.

—¿Qué estabas haciendo aquí?

—No podía dormir, quería leer algo —dijo, y se llevó la mano a la cabeza— ¡Maldito estúpido!

Mentía, podía notarlo en su mirada esquiva, lo que no entendía era a qué había ido a la biblioteca.

Miré nerviosa hacia el rincón del sillón y empujé a Lucas para salir de la habitación.

—Ven, déjame limpiarte, estás sangrando.

Apagué la luz, y mientras cerraba la puerta pude ver el brillo de los ojos de Michael en las sombras. Comenzamos a bajar las escaleras, de pronto Lucas me adelantó y, tomándome de un brazo con cierta brusquedad, algo inusual en él, me arrinconó contra la pared.

—¿Qué te está pasando, Julia? —susurró con ira contenida— ¿No te das cuenta que es peligroso?

Me soltó y caminó unos pasos en círculos.

—¡Dios! ¿No puedo creer que esto sea real?

Apoyada contra la pared del pasillo, lo miré consternada.

—No es peligroso, es solo...

—¿No es peligroso? ¡Mira lo que acaba de hacer! —y se acercó señalando su frente por la que corría un hilo de sangre.

—No deberías haber ido a la biblioteca, es el único lugar de la casa que hay que respetar...

Me interrumpí al ver su mirada.

—¿De qué estás hablando? ¿Te has vuelto loca?¿Respetar qué? ¿A él? ¿No te das cuenta que él es el intruso?

—No es un intruso, esta es su casa, ha vivido aquí por siglos.

—Julia, escúchate, por favor. Hablas como una demente.

—¡Lo sé! ¡Sé que es de locos! —exclamé—Pero esa es mi realidad ahora, me guste o no.

Me miró con pena.

—Parece que te gusta bastante.

La luz del corredor se encendió, los dos nos volvimos. Juan venía caminando hacia nosotros. En la puerta de la habitación vi a Marilyn que nos miraba arrebujada en su bata.

—¿Qué pasó?—susurró, y al mirar a Lucas agregó—¿Eso es sangre?

—No es nada—dijo Lucas apartándose de mí—, me golpeé la cabeza.

Juan frunció el ceño, mirando la frente de Lucas.

—¿Te golpeaste? ¿Con qué?

—Iba al baño y me choqué una estantería...

—Escuché tus gritos, creí que había alguien en la casa.

—Lo siento, vuelve a dormir, no es nada.

Juan me miró, con los ojos cargados de sueño.

—Voy a limpiarle la herida, estará bien—dije forzando una sonrisa.

Me volví y continué bajando la escalera.

—Buenas noches—añadí.

Lucas me siguió hasta la cocina. Encendí la luz y comencé a buscar el botiquín en uno de los armarios.

—Julia—dijo, pero yo no le hice caso, seguí revisando los estantes. Estaba demasiado enojada con él y con Michael como para calmarme.

—Julia —dijo tomándome de los hombros y haciendo que yo me volviera.

Su cara, a unos pocos centímetros de la mía, me mostró una de sus sonrisas tiernas.

—Lo siento.

Lo miré y suspiré.

Me tomó en sus brazos y volvió a decir, por encima de mi cabeza.

—Lo siento.

Me aparté lentamente.

—Déjame curarte.

Tomó asiento mientras yo mojaba un trozo de algodón en antiséptico.

—No es nada —dijo—. Ya casi no sangra.

Ignorando su comentario comencé a limpiar la herida.

Estuvimos en silencio unos segundos, en mi mente trataba de imaginar las razones por las que Michael podría haber actuado así. ¿Había querido asustar a Lucas? ¿O solo se había sentido invadido en su intimidad?

—Debes dejar la casa, este lugar no es seguro para ti y Adela.

Asombrada me detuve un instante en mi tarea.

—¿Dejar la casa? No, no voy a hacer eso.

—No puedes poner a la nena en peligro...

Estaba cubriendo la herida con un pequeño apósito, reprimiendo mi frustración y con más fuerza de la necesaria lo aseguré sobre su frente. Luego tomé asiento al otro lado de la mesa.

—No es peligroso, Lucas, lo que acaba de hacer no es algo común en él.

Me quedé mirándolo mientras recordaba los libros volando de las estanterías meses atrás.

—¿Cómo sabes eso? ¿Tanto lo conoces?

—Si —dije y mantuve su mirada.

Con una mueca sarcástica me observó un instante.

—Él fue quien me ayudó a encontrar a Adela —agregué.

Frunció el ceño, confundido.

—Cuando Adela desapareció él me mostró donde estaba, si no hubiese sido por él...

—No me habías dicho eso, dijiste que encontraste la gomita del pelo en la biblioteca.

Asentí.

—Sí, pero fue porque Michael me despertó en medio de la noche y me guió hasta allí.

—¿Michael?

Lo miré, algo incómoda.

—Su nombre es Michael.

—Claro —dijo, y no agregó nada más.

—¿Quieres un café?

Asintió y me siguió con la mirada pensativa, mientras yo trajinaba en la cocina.

—Samuel solía visitarlo en la biblioteca, y él adora a Adela, son muy buenos amigos. Bueno, eso ya lo sabes...

Me volví a mirarlo, y me di cuenta que sonreía.

Él en cambio, estaba muy serio.

—Jamás nos haría daño— añadí.

—¿Tanto confías en él? —preguntó, y en sus ojos percibí cierta decepción.

Asentí.

—Ojalá no te equivoques.

Al día siguiente desayunamos todos juntos, y me di cuenta que realmente me sentí feliz, con mis mejores amigos reunidos alrededor de la mesa disfrutando y riendo. Aún Lucas parecía de buen humor a pesar del morado que se advertía en un lado de su frente.

A la noche ya estábamos las dos solas otra vez. Bueno... no totalmente solas, Felipe, como había decidido llamar a su mascota, corría por todo el salón, resbalándose en el suelo de madera y gruñendo detrás de presas imaginarias.

Mientras los miraba jugar, relajada desde el sofá, entendí hasta qué punto mi vida había cambiado después de la muerte de Lucía y Samuel. Desde el primer momento supe que ya nada volvería a ser cómo antes pero ahora, después de más de un año, veía que yo misma me había convertido en otra persona. Mis intereses habían cambiado, mi manera de ver y afrontar la vida, aún las cosas que antes me hacían feliz ya parecían no tener importancia. Sin saber por qué mis pensamientos volaron hacia Michael. ¿Es que él ahora formaba parte de mi vida también?

Lo que había hecho era inaceptable, y se lo haría saber esa misma noche.

Habíamos preparado una camita para Felipe en la habitación de Adela, algo precaria hecha con una caja y una manta. Al día siguiente iríamos a comprar todo lo que el perrito necesitaba, Adela estaba encantada ante la idea de prepararle un lugar apropiado en su habitación, y hasta que el animal creciera demasiado yo podía permitírselo.

Cuando al fin la niña se durmió subí hasta la biblioteca. Había estado acumulando indignación, de manera que al abrir la puerta y verlo leyendo tranquilamente a la luz de una vela me sentí aún más furiosa.

—Hola Michael, si hasta pareces un ser civilizado, ahí sentadito en tu sillón —dije y entrando cerré la puerta.

—Buenas noches —respondió sin levantar la cabeza.

Caminé unos pasos y vi que el libro que le había tirado a Lucas aún estaba en el suelo.

Lo levanté y lo coloqué en el estante. Él ni siquiera se movió.

—Puedes dejar de leer unos minutos, por favor. Tenemos que hablar —y fui a sentarme detrás del escritorio.

Ceremoniosamente cerró el libro y cruzó las piernas.

Lo miré a los ojos, él mantuvo la mirada sin inmutarse. Aunque permanecía serio, noté un dejo de diversión que me irritó aún más.

—No me gustó lo que hiciste, Michael. Creí que ya habíamos superado la etapa de tirar cosas por el aire.

Como él continuaba en silencio, agregué:

—Entiendo que te haya molestado que él entrara aquí, pero lo lastimaste...

Soltó una carcajada seca.

—Y él fue llorando a tus brazos, claro.

—No vino llorando, pero no entiendo ese arrebato de locura, solo quería tomar un libro para leer antes de dormir.

Enarcó las cejas.

—¿Te dijo que yo simplemente tiré el libro a su cabeza, sin ninguna provocación previa?

—En realidad no me dio explicaciones, pero...

—Entonces no deberías juzgarme tan rápido —alegó.

Suspiré.

—De acuerdo, dime qué fue lo que hizo.

Mi tono condescendiente le hizo mirarme fijamente.

—No me gusta que me amenacen. Nunca he sido una persona muy tolerante, pero eso me pone especialmente de mal humor.

—¿Te amenazó?¿Lucas te amenazó?

Entrecerró los ojos, mirándome.

—Puedes creerlo o no. Ahora si me disculpas, me gustaría continuar con mi lectura.

Y acto seguido volvió a abrir su libro y empezó a leer.

Me puse de pie y cautelosamente me acerqué a él, vi que el libro que tenía en sus manos era El retrato de Dorian Grey.

Me senté en el antepecho de la ventana a unos escasos dos metros del sillón.

—No sé qué tipo de amenazas te puede haber hecho Lucas pero tienes que tratar de entenderlo, él quiere mucho a Adela y le preocupa su seguridad. Eres un fantasma, convengamos que no es algo fácil de aceptar.

—No es Adela quién le preocupa.

Traté de encontrar la respuesta en su mirada, pero sus ojos eran impenetrables.

—¿Sabes por qué él se fue después de la muerte de Damian? —indagó.

—¿Qué? ¿Qué tiene que ver eso?

—Creí que te habías hecho esa pregunta muchas veces.

Lo miré confusa esperando a que continuara.

—¿Nunca te diste cuenta de que Lucas estaba enamorado de ti?

—¿Qué? No...

Dejó el libro sobre el escritorio.

—Pues debes haber sido la única.

—¿Qué quieres decir?

—Damian lo descubrió poco antes de morir, exactamente el día de tu cumpleaños. Pregúntale a Lucas cuál era el regalo que Damian había comprado para ti. Quizás así puedas entender.

Los recuerdos de esos días se superponían desordenados.

No quería seguir allí, no quería seguir hablando de eso con él. Caminé hasta la puerta.

—Y hazle entender también que esta es mi casa, y que él no es bienvenido.

Sin volverme a mirarlo salí de la habitación.

Caminé hasta mi cuarto y me senté en la cama sin siquiera encender la luz.

Trastornada por sus palabras y por todo aquello que había insinuado, respiré profundamente tratando de tranquilizarme.

Repasé esa noche en mi mente, la noche en que cumplía 20 años.

Debería haber sido un día feliz, sin embargo no solo había sido un día poco memorable, sino que además todo lo que sucedió apenas 48 horas después lo convirtió en el peor tiempo de mi vida.

Había querido reunir a algunos de mis amigos, no éramos muchos, ya que tampoco había espacio en mi diminuto apartamento, pero sí estaban aquellos que eran importantes para mí, un puñado de compañeros de la universidad y, por supuesto, Lucas y Damian.

Ellos dos llegaron tarde, podía recordar eso ahora, y Damian había estado callado, con un aire ausente durante toda la velada.

Lucas se había ido temprano, casi sin despedirse.

Cuando quedamos solos mientras yo recogía los vasos y trataba de ordenar mínimamente el caos aquel, Damian permanecía sentado en el sofá, mirándome.

Cuando al fin me senté junto a él y le ofrecí un café lo tomó distraídamente, mientras escuchaba mi charla. Recuerdo que estaba abstraído en sus propias reflexiones sin hacer demasiado caso a lo que yo le decía.

—¿Por qué se fue tan temprano Lucas? ¿Lo sabes?

Negó con la cabeza mientras dejaba la taza sobre la mesita.

—Casi no hablamos, creo que ni siquiera me felicitó por mi cumpleaños —agregué.

Me miró sin responder.

—¿Estás bien?¿Has estado muy callado?

Sonrió.

—Pero yo si te he felicitado por tu cumpleaños. Es más, pienso volver a hacerlo — y se acercó hasta quedar casi sobre mí —. Feliz cumpleaños—susurró sobre mi boca.

Después de besarme se puso de pie y fue hasta la cocina. Volvió con dos copas.

—No, no, basta de beber...—comencé a decir.

—Quiero brindar por nosotros— dijo volviendo a sentarse.

Tomé la copa que me ofrecía.

—No te he traído un regalo porque... —dudó— Había comprado uno pero no voy a dártelo todavía.

—¡¿Qué?! ¡¿Por qué?! Muéstramelo, quiero verlo.

—No, no lo tengo aquí —dijo y me miró con tristeza—. Primero necesito saber algo.

Asombrada de la solemnidad con que me hablaba me enderecé en el asiento.

—¿Qué pasa? ¿Ha pasado algo con Lucas? —pregunté atando cabos.

Me miró directamente a los ojos por unos segundos.

—¿Alguna vez tuviste algo con él?

—¿Con quién?

Continuó mirándome en silencio.

—¿Con Lucas? —inquirí asombrada— ¿Por qué preguntas eso?

—Solo respóndeme, Julia. Y por favor, dime la verdad.

Fruncí el ceño sintiéndome molesta, casi ofendida.

Lucas era su mejor amigo, y mi amigo también, habíamos sido inseparables por los últimos 3 años.

—¿Es una broma? ¿Realmente me estás preguntando eso?

Continuó mirándome con esa mezcla de tristeza y esperanza tan conmovedora.

—Tú sabes que jamás te haría algo así... —aclaré.

Se acercó y me abrazó. Noté que respiraba profundamente mientras me mantenía contra su pecho. Su corazón latía acelerado, ansioso.

Me aparté y volví a mirarlo a los ojos.

—¿No vas a decirme que ha pasado?

Negó con la cabeza.

—No hay nada que decir. Simplemente quería saber.

—Vamos, te conozco bien. ¿Discutieron?

Se puso de pie y respondió con fastidio, dándome la espalda.

—No tiene nada que ver con Lucas, no lo metas en esto.

—Pero... —empecé a decir, pero él me interrumpió.

—Tiene que ver con nosotros. ¿Podemos ser solo tú y yo por un momento?

Tan asombrada estaba con su reacción que no quise preguntar nada más. Y, por supuesto, olvidé el asunto.

Ni siquiera después cuando todo pasó, cuando él desapareció y más tarde cuando encontraron su cuerpo, ni siquiera en esos terribles momentos volví a pensar en esa conversación.

El suceso había quedado guardado en un rincón de mi consciencia hasta ahora, cuando Michael con su intrigante pregunta lo había sacado a la luz.

"Pregúntale", había dicho, "Quizás así puedas entender".

Y justamente eso era lo que iba a hacer.

Al día siguiente salí temprano hacia el apartamento de Lucas. Sabía que lo encontraría en casa ya que él, igual que yo, no tendría citas en días tan próximos a las fiestas navideñas.

Su apartamento quedaba en el centro, a unas calles de su consulta. Dejé el coche en un estacionamiento privado y caminé los pocos metros que me separaban de su casa. Al tocar el timbre me di cuenta que estaba nerviosa, ni siquiera había pensado cómo abordaría la conversación.

Se sorprendió claramente al escuchar mi voz por el interfono, y por un segundo me pregunté si no estaría acompañado, hacía un tiempo que había desaparecido nuestra antigua camaradería, de modo que obviamente ya no estaba enterada de sus idas y venidas. De todas maneras me dejó pasar y unos segundos más tarde estaba junto a él en el salón.

Su apartamento era modesto, contrastaba claramente con las suntuosas instalaciones de su consultorio. La razón era que él mismo era sencillo, sonreí al darme cuenta que en eso no había cambiado.

Observé un instante los dos vasos que estaban sobre la mesa de centro junto a la botella de vino vacía. No me había equivocado, alguien lo había visitado la noche anterior, y quizás todavía estaba ahí. De repente me sentí terriblemente incómoda, irrumpiendo en su casa de aquella manera, y deseé salir rápido de allí, pero por otro lado necesitaba una respuesta a la pregunta que desde la noche anterior resonaba en mi cerebro.

—Solo estaré unos minutos —dije sin sentarme—, no quiero robarte mucho tiempo.

Volvió de la cocina con dos tazas y me ofreció una.

—Siéntate, acabo de despertarme —dijo de pie, junto al sofá. Me senté y él me imitó.

—¿Tienes citas hoy? —preguntó mientras bebía.

—No, he venido sólo a verte.

Levantó las cejas asombrado.

—Y como no quiero distraerte de lo que estabas haciendo, seré breve.

—Estaba durmiendo —aclaró.

Asentí.

Me miraba divertido. Quizás era evidente lo que yo estaba pensando y eso le causaba gracia, o quizás le divertía ver mi incomodidad.

—Quería preguntarte algo.

Dejó la taza sobre la mesa y me miró.

—El día de mi cumpleaños Damian me dijo que había comprado un regalo para mí, pero que no iba a dármelo, no en ese momento.

Sus ojos se agrandaron por el asombro.

—¿Sabes qué era lo que había comprado? Seguramente él te comentó algo...

Negó con la cabeza, aun mirándome.

—¿A qué viene eso ahora? —preguntó.

—Estuve recordando esa noche, y me di cuenta que nunca encontré el regalo. Es verdad que ni siquiera me acordaba, pero... No lo sé, pensé que tal vez tú sí sabías algo.

—No, nada —dijo. Y conociéndolo como lo conocía, supe que mentía.

Nuestros ojos se encontraron, y él bajó rápidamente la mirada.

—Dame cinco minutos que me visto y te invito a desayunar como Dios manda.

Y sin darme tiempo a responder se dirigió hacia su habitación.
Me puse de pie y suspiré frustrada. Había algo que no quería
decirme, y eso significaba que quizás Michael tenía razón.
Volvió y mientras buscaba sus llaves me acerqué a él.
—Lucas, has sido mi mejor amigo por mucho tiempo, confío en ti
más que en nadie, por favor, dime la verdad.
Noté que se ponía rígido.
—¿Qué quieres saber? —dijo.
Me quedé mirándolo sin saber qué responder.
—Han pasado más de 8 años, Julia. ¿Por qué revolver todo eso?
¿No crees haber sufrido ya bastante?
Su mirada era sincera, la mirada de un amigo que me quería
proteger. ¿Proteger de qué?
—¿De qué hablaron la noche de mi cumpleaños?
—¿Qué? ¿Cómo piensas que puedo acordarme de eso?
—Sé que algo pasó esa noche.
Se alejó hacia la puerta.
—Vamos, hablaremos en la cafetería.
No me moví de mi lugar.
—Por favor, Lucas.
Suspiró y vi en sus ojos cierta tristeza.
—¿Cómo va a ayudarte saber eso? ¿Crees que así se irá el dolor?
—No lo sé, pero necesito saberlo.
Bajó la vista, resignado y pasó la mano por su cabeza, llevando el
cabello hacia atrás. Caminó hacia la ventana y empezó a hablar.
—Discutimos, fue mi culpa, dije algo que no debía.
Esperé a que continuara, pero se quedó callado, mirando hacia
afuera.
—¿Qué fue lo que dijiste?
—En realidad fue lo que no dije.
Me acerqué y me detuve a su lado. Al mirarlo se me partió el
corazón, sus ojos estaban llenos de lágrimas.
—Yo era su mejor amigo, y él vino a compartir su mayor alegría
conmigo. Pero mi egoísmo me impidió acompañarlo en su
felicidad.
Puse mi mano en su brazo, la miró y sonrió.

—Vas a odiarme, Julia, porque eso fue lo que lo mató.

—¿Qué quieres decir? Fue un accidente...

—¿Fue un accidente? Siempre tuviste dudas sobre eso.

—Ya lo sé, y me culpé muchas veces, igual que estás haciendo tú ahora...

Rió con amargura.

—Me he culpado por 8 años —dijo.

—¿Qué fue lo que te dijo?

Se volvió.

—Me mostró el regalo que había comprado para ti.

Su mirada imploraba piedad. Las lágrimas resbalaban de sus ojos.

—¿Qué era?

—Un anillo. Un anillo de compromiso —agregó.

Fruncí el ceño, confusa.

—Iba a pedirte que te casarás con él. El día de tu cumpleaños iba a proponerte matrimonio.

Una especie de alegría me invadió, como la lejana confirmación de un amor que había terminado tanto tiempo atrás.

Era algo que nunca había imaginado, ni siquiera esperado.

Y entonces recordé lo que él acababa de decir.

—Pero dijiste que tú no compartiste su alegría... ¿Por qué...?

Y al mirarlo a los ojos lo supe, no por lo que Michael me había dicho, no por lo que él me estaba contando, lo supe por lo que vi en su mirada. Y fue tan intenso que no pude apartar la vista.

—Traté... —dijo, y se alejó hasta el sofá, se sentó y apoyando los codos en las rodillas se frotó los ojos — Pero él me conocía demasiado, y la desilusión que vi en su cara fue tal que ya no pude seguir fingiendo.

Volvió a mirarme.

—¿Por qué nunca me dijiste nada?

— Porque me sentía una basura... La clase de basura que se enamora de la mujer de su amigo.

—Lucas... —empecé a decir.

—Lo que él no sabía era que yo te había empezado a amar antes, que casi me enamoré de ti el primer día que te vi...

Me senté a su lado.

—Lo siento. Siento haberte preguntado esto. En realidad ya no importa lo que pasó esa noche, estoy segura que Damian no se suicidó, fue un accidente...

—No lo sabes.

—Sí, lo sé —repliqué—, ahora lo sé. Si él quería casarse conmigo, ¿por qué iba a suicidarse? No tiene sentido.

Me miró con tristeza.

—Desearía tanto creerte, no te imaginas cuánto.

Mientras volvía a casa un cúmulo de sentimientos luchaban en mi interior.

Sorpresa al entender que Michael sabía lo que había pasado aquella noche, asombro ante la confesión de amor de Lucas y pena por la culpa con la que él había cargado todos estos años.

¿Qué hubiera pasado si Damian no hubiera muerto aquel día? ¿Cómo sería mi vida ahora? ¿Seguiríamos juntos?

Por supuesto que nadie tenía una respuesta para aquellas preguntas, ni siquiera Michael, quién parecía saberlo todo.

Tal vez nuestra relación hubiese muerto después de unos pocos años, o...

O quizás él estaría aún a mi lado, y un par de pequeñitos habrían llegado a completar nuestra felicidad.

Un suspiro angustiado escapó de mis labios, tan triste que pareció emerger del centro mismo de mi alma. Y por unos instantes el mismo peso que me había acompañado más de ocho años trató de clavarse en mi corazón, como un parásito que deseaba chuparme la poca alegría que me quedaba.

Al llegar me recibió un aroma delicioso que venía de la cocina. Emilia horneaba un pastel de manzanas y ya tenía el agua caliente para el té. Siempre disfrutaba de sus dulces y sus cuidados, pero aquella taza de té me reconfortó esa tarde más que nunca.

—¿Dónde está Adela? —pregunté mientras saboreaba la infusión.

—Está jugando en su habitación, subí hace un rato y había desparramado todos los juguetes por el suelo.

Sonreí y, dejando la taza, subí para saludarla.

El silencio de la primera planta me confirmó que ella no estaba allí, así que, siguiendo los murmullos que venían de la planta superior, subí hasta la Biblioteca.

Ella estaba frente al escritorio, arrodillada en la silla, dibujando mientras charlaba animadamente, a sus pies Felipe dormía.

Michael leía en el sillón.

Ninguno de los tres me prestó atención al entrar, lo cual en vez de hacerme sentir ignorada, me hizo apreciar la confianza que tenían en mí.

Me acerqué a Adela y la besé en la cabecita.

—¿Vas a comer pastel de manzanas? —pregunté.

—¡Sí! —gritó y de un salto bajó del asiento—. ¡Felipe! ¡Vamos!

El animalito levantó las orejas sorprendido y sacudiendo la cabeza fue tras ella.

Michael observó cómo corrían hasta la puerta, y luego posó sus ojos negros en mí.

Su mirada era intimidante, profunda y altanera, con el ceño siempre levemente fruncido, como dando a entender que nadie le caía del todo bien. Sin embargo, yo había aprendido a diferenciar los distintos matices, generalmente muy sutiles, que me ayudaban a saber a qué atenerme.

Esa tarde se lo veía tranquilo, casi relajado, hasta podría decir que se alegraba de verme.

—¿No vas a ofrecerme un trozo de pastel? —dijo mientras cerraba el libro y lo dejaba sobre el escritorio.

No pude evitar que se me escapara una carcajada.

—Puedo traerte un te también —dije—. ¿Con leche?

—Negro, por favor —añadió y sus ojos brillaron divertidos.

Me acerqué a mirar los dibujos que Adela había dejado sobre el escritorio, y recogí los lápices dentro del estuche.

—Hablé con Lucas —dije, y caminé hacia la ventana—, tenías razón.

Como no respondía me volví a mirarlo. Desvió la vista, y se puso de pie.

—¿Puedo preguntarte cómo lo sabías? ¿Cómo sabías que Damian iba a pedirme matrimonio?

—Lamentablemente sé muchas cosas que no debería saber.

—¿Qué quieres decir?

Se acercó, y me miró a los ojos.

—No es lo que piensas. Nunca he visto a Damian. Te dije que él no está aquí...

—¿Se fue? Sí, pero puede regresar, como lo has hecho tú...

—Yo nunca me fui.

—Pero él podría regresar, ¿verdad? Si quisiera...

Negó con la cabeza.

—No he visto a nadie regresar. Quizás el lugar es tan acogedor que nadie quiere retornar a este valle de sufrimiento.

Su tono mordaz me obligó a mirarlo.

—Entonces los que andan por aquí son aquellos que decidieron quedarse —razoné, y se me encogió el corazón.

—No eliges quedarte, o irte. Simplemente sucede.

Se alejó de mí, y cómo dando por terminada la conversación, comenzó a ocultarse en las sombras.

—¿Por qué te quedaste? ¿Fue por tu hijo?

Unos segundos de silencio tan profundo que creí que se había ido.

—Él murió. Cuando mueres el tiempo se detiene, y ya nada importa.

Me acerqué al lugar de dónde provenía su voz.

—¿Nada importa? ¿Acaso a ti no te importa Adela o...

No me atreví a continuar, pero imaginé que él lo había entendido. Pero no respondió. Tal vez me miraba desde la densa penumbra, o tal vez ya se había ido.

—...o yo? —agregué tristemente.

Al día siguiente fuimos a la ciudad de compras, Emilia y Adela me acompañaron y aproveché para pasar por mi apartamento y recoger algunas cosas. A pesar de haber vivido más de cinco años allí, cada vez lo sentía menos como mi casa, y poco a poco iba quedando casi abandonado, con los muebles tapados y los armarios vacíos.

Al llegar a la mansión me asombró encontrar un coche aparcado en la entrada: un sedán negro.

Instantáneamente mi buen humor desapareció.

Abrí la puerta y allí estaba, cómodamente sentado en un sillón, conversando animadamente con Pedro, que lo miraba en absoluto silencio.

Éste se volvió y me miró con cara de resignación.

—Inspector Sarabi—dije sin saludar—, ¿qué está haciendo aquí?

Se puso de pie y me miró socarronamente.

—Buenos días, señorita Vivanko—y sacando un papel de su bolsillo, lo desdobló cuidadosamente.

—Aquí tiene lo que me había pedido.

Fruncí el entrecejo y me acerqué a tomar el papel. Emilia me miró de reojo y con Adela de la mano se dirigió a la cocina, Pedro las siguió.

Leí las primeras líneas.

"Resolución judicial de autorización de entrada y registro de la propiedad perteneciente a..."
—¿Qué es esto? —dije sintiéndome furiosa. Él se limitó a sonreír.
"...a solicitud del Inspector Máximo Sarabi con la finalidad de encontrar objetos o indicios que puedan servir para el esclarecimiento del delito investigado..."
Le devolví el papel y tratando de mantener la calma, lo miré.
—Cómo ve podría poner su casa patas arriba si quisiera—dijo sin dejar de sonreír—, pero no es esa mi intención.
Suspiré y me senté.
—¿Y cuál es su intención?
—Sólo quiero que me muestre ese pasadizo...
—Hay uno que llega hasta el bosque—dije, interrumpiéndolo—, cuando usted estuvo aquí no lo sabía, lo descubrí hace unos días.
Por una vez la sonrisa se le había esfumado.
—Venga por aquí—dije levantándome del sillón.
Me siguió hasta el salón y observó como yo movía el cerrojo que abría el pasadizo. La columna se deslizó y pude ver su cara de asombro.
Caminamos en silencio hasta llegar a la cancela de hierro. La luz del día penetraba entre las rejas iluminando parte del suelo de tierra del corredor y sus paredes húmedas.
El pasó a mi lado y estiró sus manos hacia la puerta.
—Está cerrada—dije.
Sin hacer caso a lo que yo decía, tiró firmemente hacia adentro, y la verja cedió.
Miré asombrada los barrotes de hierro buscando el candado, pero habían desaparecido.
Me acuclillé buscando la cadena en el suelo.
—Estaba cerrada—dije, y mi suspiro pareció un gemido—. ¡Oh Dios mío! ¡Estaba cerrada!
—¿Qué está diciendo? —dijo él tomándome de un brazo y obligándome a ponerme de pie.
—¡Estaba cerrada! —repetí con los ojos inundados por lágrimas de terror—¿Quién la abrió? ¡Tenía una cadena y un candado!
Él miró a su alrededor buscando indicios de lo que yo le decía.

—¿Un candado? ¿Cuándo la vio cerrada?

—Hace unos días... Antes de Navidades.

Yo había comenzado a temblar, supongo que a pesar de nuestras diferencias, se compadeció de mí al verme en ese estado.

—Tranquilícese—dijo—, volvamos.

—¡No puedo dejar esta puerta abierta! —grité —¡Alguien puede entrar a la casa!

Me tomó de los hombros, obligándome a mirarlo.

—Escúcheme, debe tranquilizarse.

—¡Tranquilizarme! —repetí gritando—¡Usted no entiende nada! Me miró, confuso.

—No se ponga histérica, quizás anduvieron por el bosque algunos chiquillos haciendo travesuras y quitaron el candado

—¿Chiquillos? ¿Eso es lo único que se le ocurre decir a la eficiente policía inglesa? Adolescentes revoltosos, chiquillos traviesos... — lo miré a los ojos—¿Debo recordarle que usted encontró a un niño muerto a apenas unos metros de esta casa, teniente?

Sin esperar su respuesta me volví y comencé a caminar de vuelta hacia el salón.

—No fueron chiquillos los que mataron a esa criatura—dije en un susurro.

Pedro se encargó de asegurar la puerta con otra cadena, pero esa noche, antes de irme a la cama busqué en los manojos de viejas llaves que guardaba Emilia en un cajón de la cocina, hasta que di con una que cerraba la puerta del salón. Sabía que no era suficiente, pero fue lo único que se me ocurrió.

Al día siguiente Pedro llamó a un constructor quien quitó la cancela y selló la entrada con ladrillos. Recién cuando dos días después fui a ver el resultado de la obra, pude al fin dormir tranquila.

Durante algún tiempo no volví a acercarme a la Biblioteca. A veces escuchaba a Adela parlotear, o a Felipe ladrar desde la tercera planta. Sabía que para ambos ese lugar era uno de sus preferidos, sin embargo yo no quería volver a hablar con Michael.

Entendía que en realidad me asustaba lo que él pudiera decirme, cosas que él sabía y que quizás yo prefería ignorar.

Confesiones que, hasta ahora, solo me habían llenado de tristeza.

Una noche, casi dos semanas después, se desató una terrible tormenta, con estruendosos truenos y el viento y la lluvia sacudiendo los cristales.

Después de revisar que cada una de las ventanas estuviera bien cerrada me fui a dormir, pero mi miedo a los truenos hacía imposible que pudiera conciliar el sueño.

Varias veces me levanté a mirar a Adela, por suerte ella dormía sin reparar en los fuertes ruidos que parecían hacer temblar las paredes.

De pronto, cuando al fin había logrado empezar a dormitar, Felipe comenzó a ladrar. Ahora sí que era muy posible que Adela se despertase ya que el perrito aun dormía en su habitación, de modo que corrí una vez más al cuarto de la niña.

Busqué al animalito por todos lados, pero no podía encontrarlo, los ladridos llegaban algo atenuados. Quizás se había escondido en un armario, o tal vez estaba en otro lugar de la casa.

Recorrí las habitaciones del segundo piso, y cuando llegué a la que había pertenecido a Lucía y Samuel, volví a escucharlo.

Me asomé a la ventana, ya que, a pesar del viento, pude distinguir que el sonido venía de afuera.

Efectivamente, parado en medio del parque estaba Felipe, empapado y ladrando a más no poder.

Parecía que algo que se encontraba en la entrada del bosque llamaba su atención, ya que caminaba unos pasos en esa dirección, moviendo la cola, luego se detenía y ladraba.

Después de observarlo por unos segundos, abrí la ventana y grité su nombre. La lluvia me empapó y el viento silenció totalmente mis palabras.

Cerré la ventana, y bajé las escaleras. Antes de salir tomé un chubasquero que estaba colgado junto a la puerta y poniéndomelo, enfrenté la borrasca.

Acomodé la capucha casi hasta los ojos, y traté de ubicar a Felipe.

Ahora el perrito estaba en la entrada del bosque.

Ladró un par de veces más y de repente dio un salto y se internó entre los árboles.

—¡Felipe! —grité—¡No, no! ¡Ven aquí!

Pero ya había desaparecido.

Maldiciendo a la estúpida criatura, cobré valor y caminé con decisión hacia la arboleda.

Por suerte había tenido la precaución de tomar una linterna, así que la encendí y avancé despacio, mirando con cuidado donde pisaba.

—¡Felipe! —volví a llamar, pero no vi ni rastros del perro.

Me detuve, dudando. ¿Dónde buscar? Sabía que podría haber ido en cualquier dirección.

Caminé unos pasos, y entonces vi algo unos 20 metros más adelante, algo que se movía.

El corazón se me paralizó por un instante, y tomé conciencia de que estar allí, en medio de la noche, era una locura. Pero por otro lado no podía dejar al perro abandonado en el bosque.

Seguramente se perdería y no sabría volver solo a la casa.

—¡¡Felipe!! ¡¡Ven aquí!!

El ruido de las ramas chocando entre sí era aterrador, y el viento ululaba entre los troncos creando lúgubres melodías.

Caminé unos metros más, y entonces distinguí con claridad la silueta de una persona que recorría el camino más adelante, me detuve y moví el haz de luz de la linterna hacia los árboles, tratando de vislumbrar de quién se trataba.

Mi corazón comenzó a latir más de prisa y mi mano a temblar, y con ella la luz bailaba volviendo más impreciso todo lo que me rodeaba.

Sostuve la linterna con las dos manos, obligándome a mantenerla quieta, alumbré una vez más hacia adelante y entonces pude ver la figura de un hombre que se internaba en la espesura. Sus anchos hombros no dejaban lugar a dudas.

Alertado seguramente por la luz, se volvió. No pude ver su cara, pero supe que me estaba mirando.

En un impulso estúpido tiré la linterna al suelo y empecé a correr hacia la casa. La negrura era tal que tropecé más de una vez, cayendo al fin de bruces entre el barro.

Me levanté como pude y medio arrastrándome, medio corriendo, llegué al fin al parque de la casa. Caminé hacia atrás, mirando los árboles con el temor de que en cualquier momento alguien saliera del bosque y se abalanzara sobre mí.

Jadeando me detuve a unos metros más adelante. Los árboles parecían gigantes enfurecidos, extendiendo sus manos ora hacia el cielo, ora hacia mí, como si quisieran llevarme hacia su interior oscuro y siniestro.

De pronto Felipe apareció corriendo, venía gimiendo, con el rabo entre las patas. Tan asustado estaba que ni siquiera se paró a mirarme, pasó a mi lado como una bala directo hacia la casa.

Lo observé solo un instante y echando una rápida mirada hacia el bosque, comencé a correr detrás de él.

Entramos en la casa y cerré la puerta con llave y traba. Tomando a Felipe en mis brazos me acerqué a la ventana y miré hacia el bosque una vez más. El pobrecito temblaba, pero sospecho que no era de frío.

Sin embargo nadie salió de entre los árboles, lo que fuera que nos había asustado se quedó allí, oculto, quizás mirándonos, o quizás solo esperando.

Después de quitarme el pijama embarrado, aún en ropa interior enjuagué a Felipe bajo el chorro de agua caliente. Lo sequé con una toalla y lo puse junto al radiador del baño para que se secara. Se sacudió varias veces y se acurrucó, haciendo un círculo con su cuerpo, preparándose para dormir.

Yo aproveché a darme un caliente baño de inmersión con sales para relajarme y entrar en calor. La fría lluvia me había calado hasta los huesos, y sería imposible volver a dormir en esas condiciones.

No dejaba de preguntarme quién sería ese hombre.

No podía creer que una persona normal estuviera en el bosque en una noche como aquella y a esas horas. Salvo, claro, que también estuviera buscando a un perro tonto que había decidido salir a perseguir ardillas...

Cuando el agua empezó a enfriarse dejé con pereza la bañera, me sequé, me puse un pijama limpio y, tomando a Felipe en brazos, me fui a la cama.

Acosté al perrito a mi lado, y mientras lo acariciaba miré la estantería que estaba enfrente y algo llamó mi atención.

Salí de la cama, y encendí la luz.

Me acerqué y observé los libros que Lucía había guardado allí: un grueso volumen de Psicología Evolutiva, algunas novelas que yo

235

había olvidado en su casa, y las obras de Samuel. Todo estaba tal cual ella lo había dejado.

Busqué el primer tomo de Las tres damas, la trilogía que había llevado a mi cuñado a la fama.

Saqué el libro del estante y lo abrí, en la primera página encontré la dedicatoria, en la ininteligible letra de Samuel: "Para mi cuñada favorita".

Sonreí, acariciando la tinta azul, y hojeando el libro volví a la cama.

Recordaba algo de la historia que había leído más de 6 años atrás: estaba ambientada en la actualidad y el protagonista era un detective que comenzaba a trabajar en un caso de asesinato.

Después de muchas idas y venidas y de más de 300 páginas, el joven policía descubre que las responsables de las muertes son en realidad tres brujas que han venido aterrorizando a los pobladores de esa región por más de 200 años.

Estaba leyendo, atrapada una vez más por la historia, cuando un párrafo hizo que una sensación de temor naciera desde mi estómago, era la descripción que Samuel había hecho de ellas:

Eran bellísimas, sin embargo en sus ojos claros se reflejaba el odio que sentían por él. Las miró tratando de encontrar alguna pequeña diferencia entre ellas, pero no lo consiguió, se parecían entre sí como tres gotas de agua. Sonrieron las tres a la vez, mirándolo, y a él se le paralizó el corazón.

Tres brujas...Tres...

La imagen de las tres mujeres caminando hacia la casa me obligó a cerrar el libro y aferrarme al Felipe.

"No son ellas", razoné. Aunque no había podido verlas de cerca recordaba que no se parecían entre sí, una de ellas era más baja que las otras dos y...

Volví al libro tratando de encontrar algo más. Después de leer varios párrafos me di cuenta cuánto deseaba que fueran fantasmas, como decía Emilia, y no brujas...

Cerré el libro con fastidio al darme cuenta que me estaba dejando sugestionar por la historia. "Es solo una fantasía creada por la prolífica imaginación de Samuel" me dije tratando de serenarme,

"Solo unas adolescentes con ganas de molestar, nada más". La policía me lo había asegurado y no existía ninguna razón real para que yo pensara lo contrario. Sin embargo...

Aunque todo pareciera más que descabellado, después de haber conocido a Michael ya nada me asombraba.

Dejé el libro sobre la mesita y apagué la lámpara. Trataba de no pensar en ellas pero cuanto más me esforzaba, más ideas aterradoras venían a mi mente.

De repente abrí los ojos en la oscuridad al recordar que Samuel había basado la historia de las brujas en un libro de leyendas que había encontrado en la biblioteca de la casa. Y ese libro aún tenía que estar allí.

Me levanté y sin encender las luces fui directamente a la tercera planta.

Abrí la puerta lentamente, y sorprendida vi que todo estaba a oscuras, Michael no parecía estar por ahí.

Casi de puntillas, como si así pudiera evitar que él me escuchara me acerqué a los estantes y comencé a buscar el libro alumbrándome con mi teléfono móvil.

Recordaba haberlo colocado yo misma, el día que ordenamos el desastre que provocara Michael tirando los libros por los aires, y creía haberlo puesto junto a una colección de clásicos, en la repisa de la izquierda.

Esta parte de la estantería se dividía por la mitad dejando en el centro un espacio de poco más de tres metros, en medio del cual se encontraba el cuadro de Michael. Mientras revisaba los libros alumbrando aquí y allá, desvié la mirada a esos ojos negros que parecían seguirme. Incómoda iluminé el rostro de la pintura, y por un instante me quedé mirándolo extasiada. Su rostro era realmente bello, curiosamente no me había parecido tan apuesto la primera vez que lo había visto pero ahora, al mirarlo con detenimiento me di cuenta que tenía una gallardía poco común. Algo huraño en su mirada, y ese gesto sarcástico de su boca, que tan bien había sabido plasmar el pintor, lo hacían verse muy masculino... e inaccesible. Suspiré y posé mis ojos en los suyos: si, así era Michael, inaccesible como la luna.

Un ruido a mis espaldas me hizo volverme rápidamente.

Y me encontré cara a cara con él.

Retrocedí un paso hacia atrás, sorprendida de verlo aparecer allí de pronto, y tan cerca de mí, estaba solo a unos palmos.

—¿No deberías estar durmiendo? —preguntó sin preámbulos.

—Si—dije desviando la mirada—, debería...

Caminó hasta quedar a mi derecha, y levantó la vista hacia el cuadro.

—¿Te parezco hermoso? —preguntó volviendo a mirarme.

Sin apartar la vista del cuadro, sentí que me sonrojaba, por suerte en la oscuridad él no podía notarlo.

—No— respondí con seguridad.

Me di cuenta que sonreía, y volví mis ojos hacia él.

—¿Te crees hermoso?

—Algunas damas han opinado que es así.

Enarqué una ceja y aparté la vista.

Aparenté concentrarme en el libro que estaba buscando, deseando que él dejara de mirarme.

—No deberías avergonzarte, no tiene nada de malo.

Aparté la luz del teléfono del estante y alumbré su cara.

—¿Además de todas tus buenas cualidades... también engreído? —ironicé.

Frunció el ceño y entrecerró los ojos, molesto. Luego con su mano bajó la mía desviando la luz. Sin embargo mantuvo sus dedos sobre los míos un instante más de lo necesario y sentí un cosquilleo en mi estómago.

Desconcertada me aparté y comencé a buscar en la otra parte de la estantería, mientras él me seguía con la mirada.

—No me pareces hermoso, además no me gustan los hombres con barba.

Dio dos pasos hacia mí hasta quedar muy cerca. Se inclinó lentamente, como solía hacer, con las manos unidas en la espalda, y sonrió.

—Mentirosa—dijo.

Lo miré boquiabierta sin saber qué decir.

Por suerte tenía el libro frente a mí, así que lo tomé, y caminé hacia la puerta.

—Buenas noches—dijo a mis espaldas, con un dejo divertido.

Cerré la puerta sin mirarlo, y bajé las escaleras.

"¡Fantasma estúpido!"

Llegué a mi cama, y me senté en medio con el libro sobre mis piernas cruzadas. Era una suerte saber que él no vendría a mi habitación, porque me encontraba bastante trastornada. No solo por el rumbo que había tomado la conversación, sino por lo que yo había sentido en su presencia.

¡Era una locura sentir eso frente a un fantasma!

Moví la cabeza tratando de razonar. ¡Era una locura estar frente a un fantasma!

Abrí el libro obligándome a olvidarme de Michael.

Las leyendas estaban agrupadas por año, y todas provenían del norte de Inglaterra. Había varias referidas a brujas, casi tantas como a hombres lobos. Las repasé una a una, hasta que encontré la que hablaba de las tres brujas que habían vivido en esta región. La historia comenzó a divulgarse como tal alrededor del año 1700 cuando una serie de desapariciones de infantes había puesto a la gente de los alrededores en estado de alarma.

Muchos empezaron a hablar de tres mujeres que aparecían del bosque y se llevaban a los niños pequeños con ellas. Aunque muchos de los testimonios eran incoherentes y exagerados, varios coincidían en dos cosas: los niños desaparecidos eran menores de 7 años, y todos ellos habían perdido a sus madres un año antes. Me detuve en esa línea sintiendo que un terror frío invadía mi corazón.

Seguí leyendo con ansias:

"Al contrario de otras historias de brujas, esta leyenda se diferencia por la descripción que los pobladores hacían de ellas: decían que eran jóvenes y bellas, nada de narices encorvadas o aspectos espeluznantes. Sus rostros eran angelicales, su andar suave y grácil, sus ojos hermosos, y sus cabelleras luminosas, largas hasta más debajo de la cintura. Parecían hermanas, salvo que una era pelirroja, la otra rubia y la otra morena."

Algunos afirmaban que un grupo de lugareños las había atrapado y que las habían ahogado cabeza abajo en un rió que rodeaba una pequeña colina en las proximidades del bosque. Aunque estaban los que decían que las mujeres que habían muerto aquel día eran simples aldeanas inocentes y que las verdaderas brujas aún vivían en el corazón del bosque".

Rodeé mis hombros con ambos brazos como para darme calor, un extraño frío me estaba envolviendo.

No sabía cuánto había de verdad en todo aquello, pero la sensación no era buena, y sin duda pensar en ellas como brujas no lograba tranquilizarme.

Dejé el libro y llevé a Felipe a la habitación de Adela. Contento se encaminó a su camita, dio unas 3 o 4 vueltas y al fin se acomodó para descansar.

Miré a la niña, dormía profundamente. Suspiré angustiada, y recién en ese momento me di cuenta de lo desamparada que me sentía.

Hice a un lado la manta y me recosté junto a ella. No podía dejarla allí sola, así que abrazándola, me dispuse a velar su sueño.

El día siguiente amaneció soleado, con ese brillo exagerado que tiene el sol en invierno.

Aún quedaban unos pocos días de vacaciones navideñas antes de comenzar con la rutina de trabajo, de manera que me dispuse a salir de paseo con Adela aprovechando el buen tiempo.

Llamé a las chicas y decidimos ir a pasar el día al lago que quedaba a una hora de camino de nuestra casa.

Bajé a la cocina a buscar unos aperitivos, y me encontré con que Emilia había preparado tres tazas de té y sendos platos con pastas.

Sonreí al ver como ella cuidaba de mí y de Adela.

—¿Dónde está Pedro? —pregunté.

—Ya viene, está terminando de arreglar algo en el cobertizo.

Bebí un sorbo de mi te, pero dejé la taza sobre la mesa para esperar que se enfriara.

—Mira—dijo alcanzándome el periódico local—, mira lo que dicen que han hecho esos niños en el cementerio.

Tomé el diario y observé la fotografía que mostraba los destrozos en una de las tumbas.

—¡Qué terrible! —dije— Esas tumbas deben tener más de 200 años, es una maldad hacerles grafitis y estropearlas así. No puedo creer que nadie haya escuchado nada.

Pedro entró, saludó y se sentó junto a su esposa.

—Cierto, sin embargo no me extraña que sean los mismos que han estado por aquí, asustándote—dijo Emilia.

Miré a Pedro que parecía ajeno a nuestra conversación.

—¿Las que entraron al parque? Si mal no recuerdo tu dijiste que podrían ser fantasmas. No sé, a mí no me parecieron ni chiquillas traviesas, ni fantasmas. Se veían demasiado reales y peligrosas.

—A veces los fantasmas se ven muy reales...

Levanté la vista del periódico y la miré. Ella iba a agregar algo cuando la voz grave de Pedro la interrumpió.

—Son brujas, no fantasmas.

Lo miré, mis ojos se agrandaron por la sorpresa, al verlos él dudó y bajó la cabeza.

—¿Brujas?

No respondió, solo continuó mirando su taza.

—¡Otro más diciendo tonterías! —murmuró Emilia impaciente.

—Dime lo que piensas, Pedro

—¡No le digas esas cosas a la muchacha! ¿No ves lo asustada que está?

—Está bien, Emilia. Déjalo hablar.

Pero Pedro se había retraído aún más, de ser posible.

—¿Crees que esas tres mujeres son tres brujas? —y agregué casi en un susurro—. Brujas como Las tres damas, las brujas de las historias de Samuel.

De pronto todas las dudas desaparecieron.

—¡Los libros de Samuel son fantasías! —dijo Emilia— ¿No vas a creer que...?

Se detuvo en seco y me miró. Yo miré a Pedro y éste mantuvo su vista posada en mi unos segundos.

—¡Qué tontería! ¡No puedes pensar que las brujas existen! —insistió Emilia.

Pedro permanecía en silencio con sus ojos clavados en la taza que tenía delante.

—La historia de Samuel se basó en una leyenda local...—dije.

Emilia tomó las tazas de la mesa y las llevó al fregadero.

—Una leyenda es una leyenda. Son historias que la gente cuenta...

—Pero siempre tienen algo de verdad —insistí.

Pedro levantó la vista.

—Son brujas, son las mismas brujas que se llevaron al hermanito de Román.

—¡Pedro!— exclamó Emilia, y sus ojos se nublaron con una pátina de terror.

—¿Cuándo sucedió eso? —pregunté, y sentí un nudo en la garganta que me dificultaba hablar.

—Hace unos 55 o 60 años, yo era pequeño.

Emilia se había sentado otra vez, y permanecía insólitamente callada.

—¿Cómo sabes que eran ellas? ¿Tú las viste?

Negó con la cabeza.

—Mi amigo las vio, cuando se internaban en el bosque con el pequeño.

Horrorizada esperé a que continuara.

—Eran tres, las tres jóvenes—y agregó, lentamente: — Una rubia, una morena y una pelirroja.

La última frase retumbó en mi cabeza, como un eco: una rubia, una morena y una pelirroja.

—¡Basta ya! —dijo Emilia de pronto, dando un golpe en la mesa— ¡Basta de tonterías, Pedro! Sabes bien que ese chico quedó tocado después que su hermanito desapareció. ¿Y tú, Julia? ¡No puedo creer que una chica joven e inteligente crea en estas cosas! ¿Brujas? ¿Se están escuchando ustedes dos? —se levantó refunfuñando, y dando un portazo salió de la cocina.

Nos quedamos en silencio, los dos sumidos en nuestras propias cavilaciones.

—¿Hablaste alguna vez de esto con Samuel?

Pedro negó con la cabeza.

—En su libro las protagonistas son tres brujas, las tres damas como él les llama, y ellas... Bueno ellas roban niños pequeños para... Ya sabes, para mantenerse inmortales.

Me estremecí.

—Vete con la nena —dijo Pedro, y vi en sus ojos un brillo de dolor —. No importa que creas o no lo que te dije, pero llévatela lejos.

Sin agregar nada más se puso de pie pesadamente y salió al jardín. Lo miré atravesar el parque, se perdió detrás de algunos árboles, seguramente se dirigía al cobertizo otra vez.

Sobre las 11 de la mañana salimos, Adela entusiasmada de llevar a Felipe a su primer paseo lejos de casa, yo con la esperanza de poder hacer a un lado los alarmantes pensamientos que me acechaban.
Pasé a buscar a Marilyn y fuimos juntas hasta el lago, Janet nos esperaba allí.
La charla en el coche fue unilateral ya que en realidad yo estaba distraída, sin prestar demasiada atención a lo que Marilyn me contaba. Mi mente volvía una y otra vez a la conversación de esa mañana y a los ojos de Pedro llenos de temor.
Una vez que llegamos al lugar al fin empecé a relajarme.
El sol brillaba sin contención y volvía el gris invernal en un dorado vivo. Adela corría con Felipe, ella reía mientras el perrito ladraba contento dando vueltas a su alrededor.
En ese lugar y en ese momento no había lugar para damas escalofriantes, sea que fueran brujas o no.
—Ayer me llamó Lucas.
La que hablaba era Marilyn.
Yo estaba examinando con atención los bocaditos que había preparado Emilia, tratando de decidirme por uno. Como ella se quedó en silencio levanté la vista.
Solo se limitó a mirarme, como esperando algún comentario de mi parte. Pero yo no tenía nada que decir, o no quería responder a la pregunta tácita que veía en sus ojos.
—¿Qué quería? —inquirió Janet.
Marilyn sonrió, aun mirándome.
—Básicamente saber cómo estaba Julia. Claro que dio un par de vueltas antes de preguntármelo.
Ahora fue Janet la que clavó los ojos en mí, expectante.
Las miré a las dos y levanté los hombros en un gesto de no hacerme cargo.
—¿Qué?

—¿Qué? —dijo Marilyn alcanzándome un vaso de refresco—. Eso pregunto yo. ¿Discutieron?

—No —dije. Pero ellas no se iban a conformar con eso. Así que después de algunas evasivas, terminé al fin contándoles lo que había pasado en su casa unas semanas atrás.

Cuando acabé, las dos bajaron la vista sin decir nada.

—Fue muy raro y muy incómodo. Jamás hubiera esperado que él sintiera algo así por mí, y menos que lo hubiera ocultado tanto tiempo.

—Para mí era más que evidente— dijo Janet.

Marilyn se limitó a asentir.

Desvié la vista hacia el lago, y busqué a Adela. Estaba sentada a unos metros de nosotras.

—¿Y ahora?

—¿Ahora? Pues no se...

—¿Tú sientes lo mismo por él?

Me quedé pensativa mirando a Janet, quien había formulado la pregunta.

Quizás meses atrás, después del beso y de los sucesos que lo acompañaron hubiera respondido afirmativamente, pero ahora... Ahora todo había cambiado. No era solo que los sentimientos se habían enfriado, era que alguien estaba empezando a tomar posesión de mi corazón y al darme cuenta de esto sentí una especie de alegría que duró solo un instante.

—No —dije—, lo quiero muchísimo, pero...

No supe como continuar pero ellas entendieron lo que quería decir.

—¿Y el anillo? ¿Quién lo tiene?

—¿El anillo? —pregunté.

—El de compromiso... El que te iba a regalar Damián, alguien lo habrá guardado.

Ni siquiera había pensado en eso.

—No tengo idea, aunque en realidad ya no importa—respondí.

—¿No? —dijo Marilyn— ¿No te gustaría tenerlo?

—¡Julie! ¡Mira! ¡Ven!

245

El llamado de Adela me libró de contestar, y de continuar con una conversación que me ponía triste.

Caminé hacia la niña, y vi que estaba guardando piedras en la cestita donde llevaba algunos juguetes. Mientras la ayudaba a elegir los guijarros más coloridos pensé en Michael. ¿Cómo había sabido él lo del anillo? ¿Cómo sabía exactamente lo que habían hablado Damián y Lucas aquella noche?

"Sé muchas cosas que no debería saber". Esa había sido su respuesta, sin embargo no era suficiente para mí. Todo aquello había sucedido ocho años atrás, y de alguna manera incomprensible él lo había averiguado.

Volvimos a casa antes que bajara el sol, bañé a Adela y la dejé jugando a las cartas con Emilia y Pedro, había prometido a Marilyn acompañarla al cine, aunque en realidad no tenía muchas ganas. Juan estaba de viaje y sabía que ella no llevaba muy bien lo de quedarse sola, así que decidí sacrificar mi comodidad y compartir con ella esa noche para levantarle un poco el ánimo.

Regresé muy tarde, llevé a Marilyn a su casa, y nos quedamos charlando así que cuando quise darme cuenta eran más de las 11 de la noche.

El camino del bosque estaba desierto, como siempre, y traté de recorrerlo rápidamente, más de lo que la razón me aconsejaba.

El bosque era para mí, desde los últimos sucesos, un lugar que prefería evitar, y esa carretera que lo atravesaba me ponía tensa y nerviosa.

Había elegido jazz clásico tratando de no prestar atención a la oscuridad ni al silencio que lo envolvía todo y venía distraída conduciendo quizás demasiado rápido, así que tomé la siguiente curva con seguridad.

Lo que vi al girar me hizo clavar los frenos, tan bruscamente que el coche patinó unos metros resbalando hacia los árboles.

Me quedé mirando fijamente el bosque a mi derecha, no había sido mi imaginación, había visto alguien entrando en la espesura.

Una mujer, una de ellas, y lo que llevaba en sus brazos me obligó a detener el coche, bajar y comenzar a correr hacia allí.

Di unos pasos entre los árboles, caminando casi a ciegas y me detuve. Miré hacia adelante pero todo estaba en silencio, un silencio absoluto que me erizó la piel. Las lágrimas de desesperación habían comenzado a caer y la angustia se abría paso hasta mi garganta en forma de sollozo contenido.

Seguí avanzando hasta que las vi. Caminaban juntas, casi acompasadas, con sus cabelleras descubiertas y sus capas ondeando.

Sentí los latidos de mi corazón en las sienes, en la garganta, un redoble de tambor demasiado veloz, que se superponía creando un ritmo atronador: dudum... dudum... dudum...

No podía parar, no podía dejarlas ir, lo que había visto me obligaba a seguirlas, y aunque fuera una locura, a tratar de detenerlas. Llevaban un niño en sus brazos, un niño envuelto en una manta rosada.

Y aunque solo había podido verlas por un segundo, el temor de que se tratase de Adela me obligaba a correr desesperada tras ellas.

Por un momento las perdí de vista, pero luego, un rayo de luna me las mostró otra vez. Hasta que desaparecieron completamente.

Di una vuelta sobre mi misma, buscándolas. Caminé unos pasos hacia la izquierda y luego volví al mismo lugar. Se habían ido.

Impotente sentí que las lágrimas se deslizaban por mis mejillas, no podía creer que eso estuviera pasando, no podía ser real, sin embargo había sucedido delante de mis ojos.

Limpié mis lágrimas con el dorso de la mano y me volví para retomar la marcha, y ante mi sorpresa, allí estaban las tres.

Y me estaban mirando.

La oscuridad ocultaba sus rostros, apenas podía distinguir sus facciones, pero esas no eran chiquillas traviesas.

Mi corazón dejó de latir. Por una milésima de segundo se detuvo tan horrorizado como yo.

—¿Qué quieres? —preguntó una de ellas.

El tono no era amenazador, pero cuando traté de hablar, las palabras se me quedaron atoradas en la garganta.

Miré el pequeño bulto que la más alta llevaba en sus brazos, era un bebé, un pequeñito de poco más de un año. De la manta, que no era rosada, sino blanca, asomaban unos mechones de pelo negro.

Aliviada, y sintiéndome culpable por ello, comprendí que no era Adela.

—Dame al niño —dije con un hilo de voz.

—Vete.

Me miraron por un instante y luego las tres me dieron la espalda. Di dos pasos hacia ellas con la intención de seguirlas, aunque esa no fuera Adela no podía permitirles continuar.

Pero eso fue todo lo que pude hacer, una de ellas se volvió, mientras las otras seguían su camino y acercó su mano a mi garganta. Sentí que sus uñas se hincaban en mi cuello, sentí un dolor profundo y la sensación de la carne desgarrándose. Mis ojos se clavaron incrédulos en los suyos, buscando una explicación. Pero solo encontré indiferencia, ni odio ni crueldad, solo el frío de su mirada argentada.

Entonces algo golpeó su mano alejándola de mí, y caí al suelo de espaldas.

Como si una bruma cubriera mis ojos vi cómo se alejaba con su paso elegante y pausado.

Llevé la mano a la garganta y noté que la sangre manaba, resbalando entre mis dedos. Otra mano se posó sobre la mía, mientras alguien me levantaba.

—¿Qué has hecho? — escuché, con un dejo de reproche triste— ¿Por qué tuviste que seguirlas?

Busqué su cara entre las borrosas imágenes que me rodeaban.

—¿Michael?

Se puso de pie, cargándome sobre su pecho.

—No hables—replicó y comenzó a caminar.

Miré su rostro a apenas unos centímetros de mi cara, y apoyé mi cabeza en su hombro. El cielo azabache aparecía de trecho en trecho entre los árboles oscuros, y de vez en cuando podía ver la luna en cuarto menguante que asomaba detrás de una nube.

Creo que perdí la consciencia por unos segundos, porque cuando volví a abrir los ojos noté la claridad de las farolas del parque y vi como el rostro de Michael resplandecía bajo la luz amarilla.

Nos acercábamos a la casa. Abrió la puerta tan bruscamente que chocó contra la pared con un golpe seco.

Escuché pasos apresurados.

—¡¡Dios mío!!

—Llama a una ambulancia—se limitó a decir Michael.

—¿Qué le has hecho? —la voz de Emilia sonaba asustada y lejana.

—¡Llama a una ambulancia! —su vozarrón retumbó en las paredes y pareció subir por el hueco de la escalera extendiéndose por toda la casa.

Sus ojos negros bajaron hasta mí.

—Estoy aquí—dijo apartando el cabello de mi rostro—, ya nadie te hará daño.

Cuando volví a la realidad estaba en un cuarto de hospital.
A pesar de la penumbra pude ver a Emilia sentada a mi lado.
Se puso de pie y acercándose, se sentó sobre la cama.
—¿Cómo te sientes?
—¿Con quién está Adela? —pregunté tratando de ponerme de pie.
—No te levantes —dijo ella empujándome suavemente—. Se
quedará con Marilyn esta noche. Llamé a Lucas , él vino a
buscarla y la llevó al apartamento de los chicos. No podía dejarla
en la casa, después de lo que pasó...
La miré, alarmada.
—¿Qué pasó? —pregunté.
Negó con la cabeza.
—No lo sé, Julia, dímelo tú. ¿Por qué estabas con él?
Me costaba seguir la conversación, especialmente porque Emilia
parecía hablar con acertijos.
—¿Él?
Ella hizo una mueca.
—Sabes a quién me refiero.
Entendí que hablaba de Michael.
—¿Le dijiste a Lucas?
—No. ¿Qué podía decirle?

Cerré los ojos, tratando de recordar lo que había pasado.

Aunque los sucesos no estaban muy claros para mí, sabía que Michael me había salvado de morir en manos de aquella mujer en el bosque.

—En cualquier momento llegarán Lucas y Janet...Y seguramente Juan. ¿Qué vas a decirles?

Suspiré.

—No importa lo que les diga, pero no puedo decirles la verdad, eso seguro...

Miré a Emilia que me observaba preocupada.

—Tengo miedo—dije.

Ella apoyó su mano sobre la mía.

—Te dije que él era peligroso—susurró—. ¿Qué te hizo? Me dijo el médico que el corte que tienes en el cuello está a apenas unos milímetros de la arteria carótida del lado derecho... Podrías haber muerto...

—Es gracias a él que estoy viva, Emilia.

Ella me miró sorprendida, y comenzó a replicar, pero la puerta se abrió y Lucas entró en la habitación, seguido de Janet y Juan. Después de saludarme, y de las preguntas de rutina, vi que los tres me miraban con preocupación.

Emilia hablaba en voz baja con Lucas y Juan, mientras Janet, sentada a mi lado acariciaba mis manos frías.

Traté de escuchar lo que ellos hablaban, inquieta por si Emilia decía algo que no debía.

—¿Entonces no recuerdas que pasó? —preguntó de pronto Janet.

Negué con la cabeza.

Lucas se acercó.

—Según parece alguien la atacó cerca de la casa, en la carretera —dijo.

Miré a Emilia quién me devolvió la mirada enarcando una ceja.

—Pobrecita, mi cielo—repuso Janet, angustiada—. Nunca pensé que pudiera pasarte algo así...

—Si te dan el alta mañana te quedarás en casa...—indicó Juan

—Yo puedo cuidarla— interrumpió Lucas.

—No es necesario, estará bien— dijo Emilia, cortante—. Hasta encontrar al culpable la policía dijo que enviará un patrullero para que se quede cerca de la casa.

—Yo puedo quedarme con ella...— empezó a decir Janet.

Me enderecé en la cama y traté de hablar.

—Chicos...

—No se preocupen, yo puedo suspender algunas citas por unos días, puedo acompañarla en la mansión.

—En la casa estamos Pedro y yo, la vamos a cuidar perfectamente— añadió Emilia, algo ofendida.

—Escuchen, yo...—volví a decir.

—Adela ya está en nuestro apartamento, así que la llevaré para allá— insistió Juan.

Suspiré, fastidiada.

—Chicos—, dije finalmente levantando el tono. Todos me miraron —. No necesito que nadie me cuide. Como dijo Emilia en mi casa estaré perfectamente, lo que pasó fue una desgracia con suerte, estoy bien, por eso me darán el alta mañana, así que no tienen que preocuparse.

Vi que Janet iba a decir algo, y me adelanté.

—No necesito que me cuiden—repetí—, me siento un poco cansada ahora, pero mañana estaré bien—. Miré a Juan y sonreí— Gracias por cuidar a Adela.

Después de media hora más de parloteo a mi alrededor que solo hacía que mi cabeza retumbara como un tambor, al fin se fueron. Solo se quedó Emilia que insistió en pasar la noche conmigo, ni siquiera traté de disuadirla.

Estábamos las dos sentadas, y yo había comenzado a dormitar, cuando volvió a entrar Lucas, traía dos vasos de café.

Emilia lo miró sorprendida, él le alargó un café y se sentó a mi lado.

—Voy a quedarme un rato —dijo— ¿Está bien?

Asentí, sonriendo.

Ella se puso de pie.

—Entonces voy a aprovechar para estirar las piernas—dijo, y discretamente nos dejó solos.

La observé mientras salía y cerraba la puerta con cuidado, luego volví la vista hacia Lucas.

Dejó el café sobre la mesita y tomó mi mano entre las suyas. La miró atentamente mientras la acariciaba, después volvió los ojos hacia mí.

—¿Qué fue lo que pasó?

Empecé a negar con la cabeza.

—No lo recuerdo...

Me miró con reproche.

—Dime la verdad.

Me quedé mirando sus ojos azules, tratando de decidir si debía o no contarle lo que había pasado.

—Antes jamás hubieras dudado...—dijo, y esas palabras me llegaron al corazón. Era verdad, antes le habría contado todo sin siquiera pensarlo un segundo.

Suspiré y cerré los ojos, mientras apoyaba la cabeza en las almohadas.

—Cuando Emilia me llamó estaba aterrada —añadió—, me pidió que me llevara a Adela porque temía por ella. Y tú sabes que Emilia no le tiene miedo a nada.

Abrí los ojos y encontré esa mirada que tan bien conocía, la mirada de mi amigo, el de tantos años atrás.

—Es una locura... Todo lo que ha pasado es una locura—dije.

Al fin comencé a hablar, entre suspiros, con alguna lágrima apareciendo sin ser invitada y con largos momentos de silencio, cuando los recientes recuerdos me desbordaban.

Casi todo el tiempo mantuve mis ojos en la ventana, observando la noche sin estrellas. No quería mirarlo, no quería ver dudas en sus ojos, o percibir lo que estaba pensando de mí.

Cuando terminé, volví al fin la vista hacia él.

Ante mi asombro vi un brillo inesperado en su mirada. Sonrió con ternura y movió la cabeza en un gesto de dolor.

—Todo esto es más de lo que una persona puede soportar, Julia. Ha sido una experiencia terrible, ni siquiera puedo imaginar lo desamparada que te habrás sentido.

Cuando nuestros ojos se encontraron otra vez, desvió la vista y volvió a hablar.

—No sé cuánto de lo que recuerdas es real, creo que el ataque fue imprevisto y...

—No me crees— dije, no era una pregunta.

—Por supuesto que te creo, pero estarás de acuerdo conmigo que algunos recuerdos son imprecisos, perdiste mucha sangre, es imposible...

—No tendría que habértelo dicho—repliqué, sinceramente arrepentida.

—Julia...—dijo, acercándose más a mí—, escúchame...

—No, tú escúchame. No estoy loca, vi a esas mujeres, llevaban a un bebe en sus brazos... Un bebé, Lucas... ¿Qué crees que iban a hacer con él?

—Julia...

—Y luego ella... Ella simplemente iba a matarme. No tenía ningún cuchillo, ni una navaja, solo sus manos. Hubiera muerto si Michael...

—¡No! —dijo, levantando la voz— ¡Eso no!

Lo miré, asombrada por su reacción.

—Puedo aceptar que existe, que lo has visto de vez en cuando, pero no me digas que apareció en el bosque para salvarte.

—Tú también lo has visto, no puedes negarlo.

—¿Lo he visto? Quizás estoy tan sugestionado como tú...

—¿Sugestionada? ¿Eso crees? ¿Crees que es solo mi imaginación?

—¿Prefieres pensar que un fantasma te salvó de la muerte?

—Eso fue exactamente lo que pasó—dijo una voz desde la puerta.

Los dos volvimos la cabeza y vimos a Emilia entrar en la habitación.

—Yo lo vi—agregó con serenidad, mientras caminaba hacia la silla y se sentaba pesadamente.

Él la miró, con el ceño fruncido en un gesto de incredulidad.

—Llegó a la casa con Julia en sus brazos, ella estaba cubierta de sangre, y él también. Su camisa blanca...—la voz se le quebró.

Lucas la miraba atónito.

—Yo nunca lo había visto antes, había escuchado pasos alguna vez en el tercer piso, pero nunca me había aventurado por allá arriba en la noche. Pero ayer, cuando lo vi llegar... Al instante supe que era él, incluso creí que era el responsable de que Julia estuviera en ese estado. Le pregunté qué había pasado pero no me dio ninguna explicación, solo me ordenó llamar una ambulancia, con esa voz atronadora que no deja lugar a réplicas. Lucas volvió a sentarse bajando la cabeza.

—Estaba furioso—dijo Emilia, con los ojos brillosos—, creo que si no hubiese estado tan preocupado por Julia habría salido a buscarlas.

En ese momento Lucas levantó la vista y la miró.

—Pero se quedó con ella, con la mano sobre la herida hasta que al fin, cuando escuchó la sirena de la ambulancia, dejó que yo la cuidara...

Yo no sabía eso, no podía recordarlo porque había perdido el sentido.

—Sí, Lucas, aunque es difícil de creer, él le salvó la vida.

Al día siguiente volví a casa.

Juan pasó a buscarme por el hospital, con Adela que no paraba de hablar contándome todo lo que habían hecho el día anterior con Marilyn.

Yo me sentía cansada, era normal que me sintiera algo débil porque había perdido mucha sangre. Pero, por lo demás, estaba bien. La herida no era muy grande, aunque extrañamente profunda, "el agresor había usado una hoja sumamente afilada", habían dicho, pero con un par de puntos había sido suficiente, de manera que ahora un pequeño parche era el único indicio que quedaba del ataque. Eso y unas tremendas ojeras que me hacían ver vulnerable a los ojos de todos.

Emilia y Pedro se instalaron en casa, en una de las habitaciones del segundo piso (ni loca ella iba a dormir cerca de Michael, le estaba muy agradecida pero aún le temía), se quedarían con nosotras por unos días, lo que me daba tranquilidad, aunque en realidad con mi fantasma en casa yo no tenía miedo.

¿Quién podría cuidar mejor de nosotras que él?

Lucas vino al día siguiente, lo noté algo cortado, incómodo. Se quedó menos de una hora y casi todo el tiempo estuvo jugando con Adela, apenas si intercambiamos unas pocas palabras.

No terminaba de entender su actitud. ¿Se sentía desplazado por Michael, o quizás algo celoso? Eso era ridículo, sin embargo estaba casi segura que era lo que estaba pasando.

Decidí no darle demasiada importancia, tenía problemas más serios en qué pensar.

Por ejemplo cuidar de Adela y mantenerla a salvo.

Ella era totalmente inconsciente de lo que había pasado, por otro lado se veía cuánto había echado de menos a Michael, había pasado toda la tarde con él en la Biblioteca, charlando y jugando. Ya entrada la noche subí a buscarla, cuando abrí la puerta, lo vi a él, sentado en el sillón. Rápidamente se llevó un dedo a los labios y bajó la mirada hacia la niña.

—Acaba de dormirse—dijo.

Sonreí y en voz baja respondí:

—Ha estado correteando todo el día, y luego aquí, contigo, por casi tres horas.

Me miró en silencio, mientras yo recogía los juguetes de Adela que estaban esparcidos por toda la habitación.

—¿Cómo te sientes? —preguntó.

Hice un gesto, arrugando la nariz.

—Cansada... No muy bien, la verdad—admití, al fin.

Yo estaba de pie junto al sillón, cuando me incliné para levantar a Adela, él alargó la mano hacia mi cuello y tocó suavemente la herida.

Lo miré, sorprendida, pero no me alejé. Su mano acarició apenas mi piel y volvió a su lugar.

Nuestros ojos se encontraron y una vez más me sentí muy cerca de él. Quizás sólo era agradecimiento por lo que había hecho por mí, y por lo que hacía cada día por mi pequeña. O tal vez había algo más, algo que me costaba admitir.

Posé mi mano sobre la suya y sonreí.

—Gracias—musité, y aunque esa simple palabra no bastaba para expresar la inmensa gratitud que yo sentía, no supe qué más decir.

No se movió, solo mantuvo sus ojos posados en los míos con una mirada profunda, casi íntima.

Aparté la mano y tomé a Adela.

En la puerta me volví.

—Buenas noches.

—Buenas noches, Julia.

Mi nombre sonó dulce en sus labios, con un sentimiento de incomprensible alegría cerré la puerta y descendí las escaleras. Después de acostar a la pequeña, bajé a la cocina a charlar un rato con Emilia, mientras ella tejía.

Pedro ya se había acostado, así que supuse que aprovecharía para hacerme preguntas e indagar acerca de lo que había pasado en el bosque, o hablar de Michael ya que desde que yo había llegado del hospital no habíamos tenido la oportunidad de estar a solas. Me di cuenta que ella era muy supersticiosa, y aunque se burlaba de las creencias de Pedro, en realidad hablar de todo aquello la aterraba.

—Mañana ya pueden volver a casa—dije sorbiendo mi te—. Ya estoy bien, no tiene sentido que se queden aquí. Sé que Pedro extraña sus cosas.

—Sí, ¡es un viejo mañoso! —dijo ella riendo—. ¿Estás segura?

—Completamente, estaremos bien.

—No me gusta dejarte sola...

—No estoy sola—dije, y ella me miró un instante.

Se encogió de hombros y se levantó para dejar las tazas en el fregadero.

—Como quieras, de todos modos estamos a un paso. Me llamas y listo.

Cuando volvió a la mesa acaricié su brazo con cariño.

—Ya han hecho demasiado, Emilia. Puedes estar tranquila, él cuidará de nosotras.

—Julia...

—¿Qué?

—Sé que estás viva gracias a él, pero...

Me miró de soslayo.

—¿Qué pasa? ¿Qué es lo que te preocupa?

Suspiró antes de hablar.

—No me parece normal que confíes tanto en... en un...

—¿...en un fantasma?

Asintió.

—Está muerto, algo de maldad tiene que haber en él...

Se interrumpió al ver mi ceño fruncido y mi mirada de desconcierto.

—¿Qué tiene eso que ver? ¿Crees que todos los muertos son malvados? ¿Lucia y Samuel también? —pregunté desconcertada.

—Ellos están donde deben estar.

Y sin agregar nada más bajó la vista hacia su tejido.

Después de tomar dos calmantes me fui a la cama. La herida parecía latir al ritmo de mi corazón, y la cabeza estallar cada vez que me movía.

Cerré los ojos rogando que el sueño llegara pronto para dejar de sufrir, o que los calmantes hicieran efecto.

Pero las escalofriantes escenas que tanto había querido olvidar venían a mi cabeza una y otra vez: el pequeño de rizos oscuros, acurrucado en la manta, los ojos grises brillando con maldad, sus manos acercándose a mi garganta.

Al fin me levanté, y sin encender la luz me acerqué a la ventana. Era una noche clara y todo estaba en calma. Un poco más allá de la puerta de entrada pude ver el coche policial. Un destello rojo iluminó por un instante la cara del oficial que habían mandado para vigilar la casa, quien apoyado en la portezuela, fumaba un cigarro lentamente.

Sobre mi cabeza las maderas crujieron. "Michael"

Sentí un deseo desesperado de estar a su lado, de recibir su consuelo, y esa seguridad que solo él sabía darme de que todo iba a estar bien.

Salí al pasillo y caminé hacia las escaleras, titubeando subí, y abrí la puerta. Se volvió al verme entrar, como si me hubiera estado esperando.

—¿Estás bien? —preguntó.

—Si—respondí asintiendo—, solo que no puedo dormir.

Se acercó y ante mi sorpresa levantó la mano, tocando mi frente.

—Estás ardiendo—dijo, y deslizó la mano hasta mi mejilla.

—Estoy bien—repliqué mirándolo—. Es que tú estás demasiado frío.

—Puede ser—sonriendo, comenzó a alejarse, yo tomé su mano y lo detuve.

—Michael, no sé qué fue lo que pasó la otra noche, ni siquiera termino de entender cómo fue que apareciste en el bosque pero... lo que sí sé es que estoy viva gracias a ti.

Me miraba en silencio.

—Las dos te debemos la vida—dije, conmovida al recordar que él también había salvado a Adela.

—No me deben nada...—empezó a decir.

—Sí, pero no me molesta estar en deuda contigo.

Sus ojos me miraron intensamente un momento más y luego dio un paso atrás, soltando mi mano.

—No te vayas...—empecé a decir. Parecía una súplica y me sentí avergonzada de rogar de esa manera.

Por un instante, solo un brevísimo instante, sus ojos mostraron algo que hizo saltar mi corazón. Algo que nunca había visto hasta ese día:¿ternura? ¿afecto? No, era algo más, algo que ocultó tan rápido bajo su barniz de frialdad que no pude acabar de discernir.

Pero no se compadeció de mí, sin apartar la vista de mi cara fue internándose lentamente en la oscuridad, como si estuviera desintegrándose ante mis ojos.

—Vete a dormir, es muy tarde— escuché desde las sombras.

Volví a la cama como él me pedía, pero no pude dormir. Imposible hacerlo con los sentimientos que ardían dentro de mí. ¿Qué me estaba pasando? ¿En qué momento el agradecimiento y la sensación de seguridad que tenía a su lado se habían convertido en otra cosa?

Por primera vez pude ver con claridad y me sentí horrorizada. ¿Cuántos años hacía que no amaba a un hombre? ¿Ocho años? Y ahora, después de tanto tiempo ¿quería entregar mi corazón a un muerto?

Las lágrimas amenazaron desbordar mis ojos, debíamos irnos, debía dejarlo. Pedro me lo había advertido y yo no había hecho caso. Y casi había perdido la vida por mi estupidez ¿Qué estaba esperando? ¿Qué ocurriera una desgracia?

No sabía si ellas eran brujas o simplemente unas locas asesinas, pero no me quedaría en la casa para averiguarlo.

Me dormí con la decisión de que volveríamos a mi apartamento y estaríamos allí por algunas semanas.

El domingo preparamos la ropa y todas las cosas que deberíamos llevar. Por supuesto no le dije nada a Adela, no podía explicarle qué era lo que estaba pasando. Tampoco subí a la Biblioteca a despedirme, aunque ya hacía más de dos días que no lo veía. Quizás él sabía lo que yo iba a hacer, me habría escuchado hablar con Emilia, de eso estaba segura. Pero no iba a acercarse a mí para preguntarme porque me iba, él no era así.

Él era el tipo de héroe que permanece en segundo plano y solo aparece cuando se lo necesita, hace lo que tiene que hacer y vuelve a ocultarse. Nunca reclama nada, nunca está allí para recibir agradecimientos ni honores.

Bien entrada la noche, mientras miraba una película con mi niñita, escuché el motor de un coche que se detenía en la calzada. Me asomé por la ventana y vi al policía acercarse al recién llegado, era Lucas. Corrí a abrir la puerta e hice señas al oficial, que al verme lo dejó pasar.

Al atravesar el umbral me abrazó largamente.

Luego se encorvó para mirar mi cuello, yo había quitado el apósito de manera que se veía claramente la fina línea de unos tres centímetros, todavía rosada y algo inflamada.

—Linda cicatriz—dijo sonriendo.

—Dice el doctor que en unos meses ni se va a ver—hice una mueca—. ¡Espero que sea cierto!

Volvió a abrazarme y dijo en mi oído, quedamente:

—Me alegro que estés bien...

Sus brazos se estrecharon aún más a mi alrededor, al fin me soltó y se alejó.

Adela apareció en ese instante y saltó a sus brazos. Mientras los dos reían y jugaban lo observé con ternura. Él me amaba, siempre me había amado, podía verlo claramente ahora. Su amor había soportado todo: me había amado aunque yo amaba a otro hombre, me había amado aunque estuvimos separados 8 años, y me seguía amando sin pedirme nada a cambio.

Después de acostar a la pequeña, volvió al salón donde yo lo estaba esperando. Hablamos de trivialidades por un rato, y al fin se levantó de la butaca en la que estaba junto al fuego, y vino a sentarse a mi lado.

Pasó su brazo por encima de mis hombros y me atrajo hacia él.

—Hace unos meses me preguntaste por qué te había besado— dijo, sorprendiéndome con tan directa declaración—, pero imagino que después de lo que te confesé hace algunos días, ya entiendes el porqué.

Yo tenía mi cabeza apoyada en su pecho, no podía ver sus ojos, y quizás así era más fácil para él.

—No, en realidad no.

Un gruñido, mitad queja mitad risa, salió de sus labios.

—Sí, lo sabes.

Esperé sin replicar.

—Te besé porque, por una vez, no pude contenerme.

Sonreí.

—Siempre había sabido controlarme, tratarte como la amiga que eres, pero esa noche... No sé qué me pasó.

Me enderecé y lo miré a los ojos.

—Esa noche te di pena.

Negó con la cabeza mientras su mano se extendía por mi cuello hasta llegar a la mejilla.

—Nunca me has inspirado compasión—dijo acariciando mi mandíbula con su pulgar—. Te amo, Julia.

No sé si esperaba que él llegara a eso, pero igual me tomó por sorpresa.

Tomó mi cara entre sus manos y sus labios se abrieron lentamente envolviendo los míos en una caricia tibia.

Entonces una puerta se cerró estrepitosamente en el piso de arriba. Luego una ráfaga de aire helado nos envolvió y las dos puertas de la sala en la que estábamos se cerraron de golpe, haciendo que nos sobresaltáramos.

Lucas me soltó y se puso de pie. Sin hablar se dirigió a una de las salidas. Antes de llegar la puerta volvió a abrirse, lentamente, y luego la otra.

Él se volvió y me miró, con un gesto de desconcierto en sus ojos.

—Creo que es mejor que te vayas—dije.

—¿Qué? —preguntó confuso.

En la primera planta las puertas comenzaron a cerrarse, una a una, cada vez más violentamente.

—Vete a casa, Lucas—y me dirigí hacia la puerta. Me tomó de la mano, y se puso delante de mí.

—No voy a dejarte aquí sola con ese loco—dijo, cubriéndome con su cuerpo.

Me solté de su mano, y salí de la habitación.

—Estaré bien, vete.

—Julia...

—¡Por favor! ¿No ves que todo esto es por ti?

Noté que la impotencia que sentía le impedía hablar. Me miró una vez más, con la mandíbula tensa y tomando su chaqueta se fue.

Subí las escaleras rápidamente, estaba furiosa con Michael por comportarse así.

Cuando llegué al primer piso vi que todas las puertas estaban abiertas de par en par otra vez.

Empecé a caminar hacia la habitación de Adela, antes de llegar al primer cuarto, la puerta se cerró de golpe. Lentamente seguí caminando y lo mismo sucedió con la siguiente, y la siguiente, como si él caminara delante de mí y fuera cerrando las puertas con furia a su paso.

Al llegar a la habitación de Adela nada pasó, entré y me acerqué a la cama, verificando que ella estuviera bien, no podía creer que durmiera tan plácidamente con tanto ruido.

Salí del cuarto y casi me da un infarto al ver todas las puertas abiertas otra vez.

Me dirigí a las escaleras, y a mi paso cada puerta volvió a cerrarse, igual que la primera vez.

—¡Basta, Michael! —dije entre dientes, furiosa—¡Ya es suficiente!

Subí a la tercera planta, dispuesta a encontrarlo en la biblioteca. A mi paso las puertas se iban cerrando una a una, haciendo temblar las paredes.

Al llegar a la biblioteca la puerta aún estaba abierta, dudé un segundo mientras miraba en la oscuridad tratando de distinguir su rostro. Iba a extender la mano para encender las luces, cuando la puerta se cerró en mis narices obligándome a dar un salto hacia atrás.

¡Eso ya era demasiado!

Abrí la puerta y entré.

—¡¿Qué estás haciendo?! ¡¿Quieres lastimarme?! ¡¿Te has vuelto loco?!

La habitación parecía vacía pero sabía que él estaba allí.

—¡Sal y da la cara!—y agregué algo que, sin duda, sólo aumentó su furia—¡Cobarde!

Las luces aún estaban apagadas, pero la claridad que entraba por las ventanas me permitían ver el cuarto vacío.

Algo rozó mi mano, y empecé a notar cómo bajaba la temperatura. Miré hacia la derecha tratando de distinguir su figura. Y entonces su mano tomó la mía y noté su pecho contra mi espalda.

Quise volverme, para ver su cara pero su mano me lo impidió, rodeando mi garganta. Contuve la respiración, esperando. No sabía qué era lo que él iba a hacer, sin embargo no era miedo lo que estaba sintiendo.

Noté su aliento frío en mi cuello, junto a mi oído.

—¿Crees que soy cobarde? —musitó—¿O la cobarde eres tú?

Giré sobre mí misma y enfrenté su mirada.

—Yo no me escondo, ni ando por ahí tratando de asustar a la gente.

Su ceño seguía fruncido, sin embargo había algo en sus ojos que me obligó a continuar mirándolo, aun contra mi voluntad.

—¿Estás asustada?

—No.

—¿Me temes?

—No.

Dio otro paso hacia mi hasta que nuestros cuerpos casi se tocaban. Su mano aún sostenía la mía.

Hechizada por sus ojos negros, creí que iba a besarme. Sin embargo solo dijo:

—¿O temes que lastime a tu novio?

—No es mi novio—dije retirando mi mano y apartándome de él. Su risa queda hizo retornar mi rabia.

—Y si lo fuera, no es tu problema—dije y salí dando un portazo. Me fui a la cama todavía furiosa, sabiendo que alejarme de allí era la mejor decisión que había tomado, no solo por Adela, sino también por mí.

Nos instalamos otra vez en mi apartamento.
Aunque Adela no estaba muy convencida, la excusa de que debía
comenzar otra vez la escuela y que yo debía ir a trabajar, la
persuadió medianamente.
A medida que mi herida cicatrizaba, también se curaban las otras
heridas, los miedos y los recelos. Adela volvió a disfrutar de sus
clases y actividades, y yo de mi trabajo y mi vida social.
Por supuesto las chicas estaban alegres de que estuviéramos en el
centro, me tenían más cerca y me visitaban cada semana.
Lucas, sin embargo, no había venido a verme aunque ya
llevábamos dos semanas en la ciudad.
Pero las dos echábamos de menos la casa y a Michael, casi cada
día la niña me preguntaba cuándo volveríamos. Y aunque yo
trataba de distraerla y de alargar el posible retorno, yo misma no
veía la hora de estar otra vez allí, no solo porque ya mi
apartamento no me parecía mi hogar, sino porque estar lejos de
él me estaba matando.
Durante esos quince días había hablado con Emilia varias veces, y
ella me había asegurado que todo estaba en calma. Aunque la
policía aún no tenía ninguna pista del sospechoso de mi ataque,
esta vez se lo estaban tomando en serio y habían comenzado una

investigación rigurosa; incluso un coche policial todavía pasaba por las noches para verificar que todo estuviera en orden.

Yo por mi parte, había dejado una descripción lo más exacta posible de mi agresora, aunque había obviado algunos detalles como que ella me había cortado la garganta con sus propias uñas y no con un cuchillo, o que llevaba un niño en sus brazos; sin embargo sí había aclarado que eran tres.

Una noche, cuando estaba vistiéndome después de ducharme, algo cayó del bolsillo de mi pijama limpio. Al agacharme vi que se trataba del broche que Adela había encontrado en la glorieta, el pequeño broche de oro, con el nombre Joseph repujado con sencillez.

Había olvidado completamente aquel objeto, y me asombró que hubiera permanecido en el bolsillo del pantalón del pijama, aun después de varios lavados. Sin embargo allí estaba y al tenerlo entre mis manos otra vez, tuve la misma sensación de desasosiego que aquella mañana cuando Adela me lo había mostrado. Quizás era por el hecho de entender que había pertenecido a un niño pequeño, o tal vez que lo hubiera encontrado justo Adela, como si alguien lo hubiera dejado intencionalmente en la glorieta para que ella lo hallara.

No quise pensar más, abrí mi joyero y lo guardé allí, quizás algún día descubriría a quién había pertenecido y por qué había llegado a nuestras manos.

Pero esa noche tuve un sueño, un sueño extrañamente triste e intensamente real.

»Yo caminaba por los jardines de la casa, de nuestra casa.

De pronto comenzaba a escuchar el llanto de un niño, y sabía que ese niño era mi hijo, pero no sabía dónde estaba. Desesperada por encontrarlo comenzaba a recorrer cada habitación, pero el llanto se volvía más y más lejano. Pero yo seguía corriendo de un cuarto al siguiente, subiendo y bajando las escaleras, hasta que al fin, agotada y llorando también, subía hasta la biblioteca.

»Al abrir la puerta allí estaba Michael, mirando por la ventana. Al verme entrar se volvía ligeramente y sonreía. Mi corazón saltaba de alegría al saber que él estaba allí, y el amor que sentía por él era tan intenso, tan profundo y verdadero, que mis ojos se llenaban de lágrimas otra vez.

»Entonces él se volvía completamente y yo veía que tenía un niño en sus brazos, mi niño. Me acercaba a besarlo, y luego bajaba la vista hacia el pequeño que tenía el cabello y los ojos negros, igual que su padre. Estiraba su manito regordeta para tomar mi mano, y yo podía ver, casi oculto entre sus ropas un broche de oro con su nombre: Joseph.

»Confusa, levantaba la vista para mirar a Michael, pero él no me estaba mirando, miraba a alguien que acababa de entrar en la habitación. Sus ojos resplandecían de amor y admiración, entonces yo me volvía y la veía: era una mujer, de cabello claro, que también le sonreía.

»Como si yo no estuviera allí ellos se acercaban el uno al otro hasta quedar unidos en un abrazo con el bebé entre ambos. Y era en ese instante, en ese trágico momento que yo entendía que ese no era mi hijo, y que Michael no era mío.

Entonces me desperté.

La angustia me acompañó por varias horas, tan real habían sido las sensaciones al percibir el amor de Michael por otra mujer. Y aunque sabía que solo había sido un sueño, más y más pensaba en cada detalle y más real lo sentía. Por ejemplo, ¿cuál era el nombre del hijo de Michael? No lo sabía, nunca se lo había preguntado.

El sueño podría ser solo eso, un sueño, pero el broche era algo real, y el niño al que había pertenecido, también.

De pronto todo encajaba: si ese broche era del hijo de Michael, el pequeño que según se decía había desaparecido, y si las brujas eran las responsables de esa desaparición, entonces ellas podrían haber dejado el broche en la glorieta como advertencia, o como amenaza...o como una burla hacia Michael.

Si yo pensaba que al irme de la casa me sentiría más tranquila y a salvo, estaba muy equivocada, en mi apartamento me sentía terriblemente sola. Lo peor eran las noches, me costaba dormirme al saber que él no estaba en el piso superior velando nuestro sueño. Con el tiempo me di cuenta que en la ciudad no estaría más protegida, porque el único que de verdad podía cuidar de mí y de Adela era Michael.

Lo que pasó la cuarta semana confirmó todos mis temores.

El martes llevé a Adela al colegio y fui a trabajar, como de costumbre. Sobre el mediodía volví a buscarla y para mi sorpresa una de las maestras me dijo, muy sonriente.

—Su hermana vino a buscarla.

Me quedé paralizada mirándola.

—¿Qué? —dije con la voz entrecortada.

—Su hermana. Dijo que la llevaría al parque y que la esperarían allí.

Ni siquiera me detuve a pedir explicaciones a la estúpida mujer que seguía sonriéndome, ni le grité que mi hermana estaba muerta. Simplemente salí corriendo del colegio, buscando desesperada a Adela entre la gente que caminaba de prisa por la calle.

El parque estaba a dos manzanas del colegio, solíamos ir con la niña al mediodía cuando el día estaba soleado.

Corrí entre la gente, empujando sin piedad a los sorprendidos transeúntes, hasta que vislumbré los árboles sobresaliendo de los edificios.

Atravesé el portal que servía de entrada y empecé a recorrer el camino principal mirando a derecha e izquierda. El lugar estaba casi vacío, el día gris había amedrentado a las madres y la fina llovizna ahuyentado a los pocos valientes que se habían atrevido a salir a caminar por el vergel.

Mi corazón latía tan de prisa que creí que me daría un infarto, en mi mente ni siquiera me atrevía a analizar lo que estaba pasando. Medio caminando, medio corriendo llegué hasta los juegos.

Me detuve mirando los columpios donde a ella le encantaba balancearse hasta dejarme agotada, pero estaban vacíos.

Más allá, en una fuente de la que brotaban varios saltos de agua vi una mujer sentada en el borde. Estaba de espaldas y parecía encontrarse sola. Rápidamente comencé a rodear la fuente para acercarme a ella y preguntarle por Adela. Pero de pronto la mujer se puso de pie y se empezó a alejar.

—¡Disculpe! —grité, pero ella ni siquiera se volvió.

Y me quedé completamente sola otra vez, el parque estaba desierto.

Me apoyé contra la piedra fría tratando de recuperar el aliento y de serenarme. La llovizna había empezado a caer otra vez y el agua helada borró mis lágrimas.

De pronto escuché pasos a mis espaldas. Me volví y la vi, venía caminando por el sendero cubierto de pedregullo blanco. Estaba sola.

Corrí hacia ella y la tomé en mis brazos.

—¡Adela! ¡Mi amor! ¿Qué estás haciendo aquí? ¿Con quién viniste?

Ella me miraba sorprendida. La tomé en mis brazos y me senté en un banco de piedra sin hacer caso a la humedad que traspasó mi ropa al instante.

—Tu amiga vino al colegio, me dijo que te esperaríamos aquí— respondió tranquilamente.

La miré horrorizada. Casi en un susurro pregunté:

—¿Qué amiga, amor? ¿Victoria? ¿Janet?

Ella negó moviendo su cabecita y haciendo bailar sus rizos castaños.

—Honoria—dijo.

Habían sido ellas.

No sabía cómo, ni por qué no se la habían llevado, pero estaba segura que habían sido ellas.

La sensación tan vívida de que estaban jugando conmigo me hizo estremecer, querían demostrarme que tenían poder absoluto sobre mí.

Me di cuenta que no importaba dónde nos encontráramos, si ellas querían a la niña, la vendrían a buscar.

Y aunque todo parecía indicar que volver a la mansión era una locura, yo sabía que allí era el único lugar donde podíamos estar protegidas. Que allí estaba la única persona que realmente podía cuidar de nosotras.

Volvimos dos días después.

Adela no cabía en sí de alegría, y yo, aunque estaba todavía asustada por lo que había pasado, me sentía todo lo feliz que podía, dadas las circunstancias.

Lo primero que hizo ella fue subir a la biblioteca, yo sin embargo, decidí esperar. Después de lo que había pasado en nuestro último encuentro no sabía cómo enfrentarme a él.

Cuando llegó la noche acompañé a la niña a la cama y mientras esperaba que terminara de acomodarse me preguntó:

—Julie, ¿por qué vive Simaco en la biblioteca?

—Porque le gusta mucho leer—respondí distraídamente.

—Pero allí no hay una cama, ¿dónde duerme?

Yo estaba juntando sus juguetes, me volví y la miré. Me asombraron sus preguntas, era la primera vez que comenzaba a indagar sobre Michael.

— Creo que él no duerme demasiado—dije.

—¿Y tampoco come?

—No lo sé...

—Podríamos invitarlo a comer algún día. Le preguntaré mañana—añadió, y muy satisfecha con su nueva resolución, se acomodó al fin para dormir.

Esperé que se durmiera y me fui a mi cuarto. Con la lámpara de la mesa de noche encendida me quedé despierta, con los ojos clavados en el techo, esperando escucharlo allí arriba. Sin embargo el silencio era absoluto. Sin darme cuenta me dormí.

"Julia, despierta"

En mi sueño alguien tocaba mi cara con una mano helada y blanca, una mano de muerto.

Mi corazón, desbocado por el miedo, retumbaba en mi pecho mientras yo buscaba ciega entre las sombras al dueño de la voz.

—¿Damian? ¿Eres tú?

"Despierta"

—Estoy despierta. Dime que sucede. ¿Dónde estás?

"Despierta"

Y entonces entendí que quién me llamaba no era Damian, esa no era su voz. Yo conocía esa voz, y al darme cuenta me sentí tranquila, sabiendo que ya no corría peligro porque él estaba ahí.

—¿Michael?

"Despierta".

Y me desperté.

Me senté en la cama al descubrir que no era un sueño.

—¿Michael?

De repente estaba a mi lado.

—Levántate—lo miré estupefacta, ¿qué hacía él fuera de la Biblioteca? Entonces entendí que algo malo estaba pasando, algo realmente malo.

—¿Qué sucede? —dije y comencé a caminar hacia la puerta— ¿Es Adela? ¿Está bien?

—Ella está bien... —al ver que dudaba en responder lo hice a un lado y salí al pasillo.

Corrí hasta la habitación de la niña y abrí la puerta rápidamente. Allí estaba, durmiendo, con las mantas cayendo a un lado de la cama. Me acerqué y la tapé con cuidado.

—Debes sacarla de la casa.

Me volví, estaba de pie junto a la puerta.

Lo miré confundida, pero antes de que pudiera preguntar nada, él agregó.

—No tienes tiempo, Julia. Vístete y llama a Lucas para que venga a buscarte. Quédate en su apartamento, él cuidará de ti.

Salí de la habitación cerrando la puerta.

—¿En su apartamento? ¿Qué está pasando, Michael?

El pasillo estaba en penumbras, desde algunas de las puertas abiertas llegaba algo de claridad, pero muy poca. Él estaba frente a mí, muy cerca, tanto que debía levantar mi cabeza para mirarlo a los ojos. Y sus ojos, esos ojos que generalmente no mostraban ninguna emoción, ahora me miraban con inquietud.

—Me estás asustando ¿Qué sucede?

—Debes sacarla de la casa.

—¿Por qué?

Comenzó a caminar hacia mi habitación. Lo seguí pisándole los talones. Se acercó a una de las ventanas y, sigilosamente, echó un vistazo a través de las cortinas.

—Llama a Lucas —se volvió y como yo lo miraba sin hacer nada, agregó—. ¡Ahora!

Tomé mi teléfono móvil e hice la llamada. Lucas atendió al instante.

—Necesito que vengas a buscarme. Algo ha pasado, te cuento de camino. No tardes por favor.

Recién cuando corté la llamada entendí hasta qué punto había confiado en lo que Michael me pedía. Aún sin comprender que estaba pasando, ni por un segundo dudé de lo que él me decía.

—¿Son ellas? ¡Dímelo! —grité mientras ponía algunas cosas en un bolso.

Él se volvió y me miró intensamente.

—Sí. Debes darte prisa.

Ellas.

—Pero...—dije mientras me movía por la habitación— dijiste que no entrarían en la casa...

Me miró sin responder.

Recogí un par de cosas más y me puse un abrigo sobre el pijama.

—¿Vienen a...?— y no pude seguir.

—Vienen a llevarse a Adela— respondió con calma.

A pesar de lo alarmante que era aquella declaración, mi cerebro la aceptó como algo que sabría qué sucedería tarde o temprano. Volví a la habitación de Adela. Con cuidado la envolví en la manta y la tomé en mis brazos.

—¡Michael! —llamé mientras caminaba por el oscuro pasillo hacia las escaleras—, no me dejes sola, por favor.

—Estoy aquí —escuché al final del corredor.

—¿Dónde están? —inquirí mientras bajábamos.

—No lo sé, pero llegarán en cualquier momento.

Al llegar al salón me detuve y me volví hacia él.

—Tengo miedo —dije y me di cuenta que las lágrimas pujaban por salir.

Rozó mi rostro con sus dedos y sonrió, con aquella sonrisa suya tan extraña.

—Lo sé.

Fuimos hasta la puerta y antes de abrirla él miró a través de los cristales.

—Ya están aquí —dijo y sentí que se me paralizaba el corazón.

Miré hacia afuera y las vi, igual que aquella noche, caminando lentamente hacia la casa.

Temblando miré a Michael.

—Debes ir hasta la carretera, encuentra a Lucas en el camino, ve por el bosque.

—No puedo, me alcanzarán...—sollocé.

—Julia... —lo miré a través de mis lágrimas—. Puedes hacerlo — dijo—, debes hacerlo. Eres lo único que ella tiene —añadió acariciando la cabeza de Adela.

Respiré profundamente asintiendo.

—Sal por la puerta de la cocina —y comenzó a abrir la puerta.

—¿Qué vas a hacer tú? —pregunté con espanto.

—Voy a hablar con ellas. ¡Vete!

Atravesé la cocina en completa oscuridad y abriendo la puerta lentamente miré hacia en pequeño patiecito que se encontraba en uno de los extremos de la casa.

A pesar de las penumbras pude ver que estaba vacío. Corrí los pocos metros que quedaban hasta la cancela que daba al exterior, quité la traba y la abrí.

El bosque se extendía ante mí, cientos, miles de gigantes negros observándome desde lo alto. Reprimí un gemido y avancé decidida.

No era la primera vez que caminaba en el bosque en medio de la noche, pero ahora estaba allí con Adela. No tenía idea de la hora, pero imaginé que serían alrededor de las 3 de la madrugada, ya que sobre mi cabeza podía ver un cielo azabache sin rastro aún de la roja claridad del amanecer.

Sabía hacia donde tenía que ir, la carretera serpenteaba acercándose a la casa y era allí exactamente donde debía esperar a Lucas. Pero aunque no eran más de 200 metros, recorrerlos a oscuras y en el terreno húmedo, cubierto de hojas y ramas, no era nada fácil. Sin mencionar la carga de la pequeña dormida y el terror que oprimía mi corazón y parecía volver más lentas mis piernas.

Adela comenzó a despertarse, y hube de detenerme para acomodarla mejor.

—¿Julie? ¿A dónde vamos? —preguntó apartando la manta de su cabeza.

—Lucas viene a buscarnos, iremos a su casa —dije, como si se tratase de lo más normal hacerlo en medio de la noche y a pie.

Miró a su alrededor confundida.

—¿Por qué no vamos en tu coche? ¡Tengo frío! ¿Dónde está Felipe?

—Está durmiendo, se quedará a cuidar de Emilia. No te preocupes, chiquita, ya casi estamos allí.

La senté sobre mi cadera izquierda y volví a cubrirla con la manta. Me permití dos respiraciones profundas, para tranquilizarme y continué mi carrera.

De repente escuché el rumor de un coche que se acercaba.

Comencé a correr, tropezando con las raíces que no podía ver.

Si Lucas llegaba a la casa...

No sabía que podía pasar, no sabía que serían capaces de hacerle ellas si lo encontraban allí.

Traté de afinar mi oído para percibir cuán cerca se encontraba el automóvil, y en mi corazón elevé una súplica desesperada.

Solo unos treinta metros más.

El coche se acercaba demasiado rápido, no llegaría a tiempo.

Comencé a trepar al terraplén que rodeaba la carretera ayudándome con la mano que tenía libre.

Entonces el auto pasó a toda velocidad frente a mí.

—¡No! —grité— ¡Lucas!

Terminé de subir y me detuve en medio de la acera sacando mi teléfono móvil.

"Por favor, por favor, atiende la llamada"

Con el teléfono en la oreja empecé a correr por la carretera en dirección a la casa.

—¿*Julia*?

—Lucas, estoy en la carretera, da la vuelta.

—¿*Qué*?

—¡Da la vuelta! —grité histérica.

Adela había comenzado a llorar, pero yo no tenía tiempo de calmarla.

Entonces, como si de una bestia furiosa se tratase, un bramido espantoso resonó en medio del bosque. Después todo quedó en silencio y hasta Adela dejó de llorar.

Un silencio tan ensordecedor como lo había sido el alarido.

Y luego el estruendo de todos los animales aterrados huyendo despavoridos.

Sobre nuestras cabezas volaron murciélagos y cuervos, aves pequeñas y otras irreconocibles en la oscuridad de la noche, todas chillando de tal manera que ambas llevamos las manos a los oídos, tratando de taparlos.

Las luces del coche me encandilaron, me volví y corrí hacia la portezuela que Lucas mantenía abierta.

Con un chirrido de neumáticos huimos de allí, me incliné y miré por el espejo retrovisor hacia la carretera, los animales seguían cruzándola aterrados, alejándose de las inmediaciones de la casa.

"Michael".

Me volví, mirando hacia atrás. No podía ver la casa, el bosque la cubría completamente.

Las lágrimas, que había sabido retener hasta ese momento, empezaron a caer copiosamente. Las limpié con el dorso de la mano mientras seguía mirando hacia la casa.

Mi fantasma estaba allí, solo, enfrentándose a ellas. Una espina de remordimiento por haberlo abandonado se clavó en mi corazón, y, si no hubiese sido por Adela, no habría dudado ni un instante en salir del coche y correr hacia él.

Volví la cabeza y miré la carretera. Suspirando cerré los ojos, y noté que Lucas ponía su mano sobre las mías.

Mientras viajábamos hacia la ciudad respondí torpemente las preguntas de Lucas.

Seguramente mis comentarios no eran muy coherentes porque me di cuenta que él debía repetir varias veces cada pregunta, pero al fin pudo entender mínimamente lo que había pasado.

El miedo hacía temblar mi voz y las constantes miradas hacia atrás, examinando la carretera, me obligaban a comenzar la historia una y otra vez.

Cuando llegamos a su casa me negué a llevar a Adela a una habitación. La acosté a mi lado, en el sofá, y me acurruqué en una manta junto a ella.

—En la cama estarán más cómodas, podrás dormir un rato...— trató de convencerme Lucas.

—No voy a dormir— dije firmemente.

Me miró un instante y luego agregó.

—Entonces haré café.

Bebimos nuestro café en silencio, en la penumbra del salón, iluminado solo por la luz de una lámpara.

Mantuve la taza entre mis manos heladas con la esperanza de calentarlas. Los ojos oscuros de Michael, mirando a los míos no se apartaban de mi mente y la angustia que sentía al no saber si él estaba a salvo era insoportable.

—Debemos llamar a la policía— dijo Lucas de pronto.

Negué con la cabeza.

—No serviría de nada, ya hablé con la policía muchas veces, y viste lo que pasó—. Me enderecé en el sofá y añadí—Debo volver.

—No, Julia. No voy a dejarte volver, ya has visto lo que ellas pueden hacer.

—No puedo dejarlo allí solo...—empecé a decir.

—Debes quedarte aquí— se acercó y se acuclilló a mi lado—. Él sabe cuidar de sí mismo. Ya sabes que no le tengo simpatía, pero... — y agregó, casi a su pesar— Esta vez creo que tiene razón.

El cansancio me estaba venciendo, de manera que decidí no discutir. No podía volver en medio de la noche, pero lo haría a la mañana siguiente, y con esa resolución me quedé dormida casi al instante.

Desperté, sobresaltada, con el tono de llamada del teléfono móvil de Lucas.

—Sí, está aquí—decía él—, te la paso.

Lo miré mientras me entregaba su teléfono.

"Es Emilia" aclaró.

Miré la hora en la pantalla, eran casi las nueve de la mañana.

—¡Julia! ¡Dios mío! ¿Estás bien? ¿Está bien Adela?

—Sí, sí, estamos bien. ¿Qué sucede? ¿Pasó algo?—dije mientras notaba que me ponía tensa.

—¿Qué me estás preguntando, Julia? ¡Claro que pasó algo! ¡La policía está aquí!

—¡¿La policía?! —grité, sobresaltando a Lucas— ¿Estás bien? ¿Y Pedro? —Me levanté del sofá alejándome de Adela para no despertarla— ¿Qué pasó, Emilia? ¿Entró alguien en la casa?

—Llamé a la policía porque cuando me levanté esta mañana y vi tu coche estacionado pensé que alguna de las dos no se sentiría bien, y que por eso no habías ido a trabajar. Pero entonces cuando entré en la casa...—se interrumpió, y mientras esperaba a que continuara contuve la respiración, aterrada— Te llamé, las busqué por toda la casa, después vino Pedro y empezamos a llamarte a tu teléfono móvil. Me asusté mucho, creímos que ...

Que algo malo les había pasado —escuché que suspiraba y percibí un gemido oculto. Busqué en mi bolso mi teléfono móvil, tenía 6 llamadas perdidas de Emilia.

—Lo siento, debería haberlos llamado...— y no supe qué más decir, no sabía si debía contarle lo que había pasado.

—¿Por qué te fuiste? ¿Por qué dejaste el coche?

—Lucas vino a buscarme.

—¿Lucas? ¿Anoche...?

—¿La policía encontró algo? —pregunté interrumpiéndola.

—Las estaban buscando a ustedes, de hecho están recorriendo los alrededores de la casa ahora mismo.

—Anoche... ellas trataron de entrar en la casa, por eso me fui con Adela—dije. Por un momento enmudeció sorprendida ante mi comentario.

—¿Por qué no nos llamaste?

Lucas me miraba desde el extremo de la habitación.

—No lo sé, entré en pánico—suspiré recordando los sucesos de la noche anterior—. Diles que alguien trató de entrar, pídeles que revisen la casa, llévalos a todas las habitaciones, que busquen algún indicio de que alguien estuvo allí. También en la Biblioteca...

—¿En la Biblioteca? —preguntó lentamente.

—Si—respondí con seguridad—, especialmente allí. Por favor, Emilia, qué hagan algo. Llegaré en 15 minutos.

Cuando colgué la llamada vi que Lucas movía la cabeza con desaprobación.

—No puedes volver, Julia. Recuerda lo que pasó anoche, lo que vimos en la carretera...

—Tengo que ir y hablar con Michael, necesito saber a qué nos enfrentamos, y qué debo hacer.

—Lo que debes hacer es quedarte aquí, por lo menos por unos días.

Lo miré. Sus ojos buscaron los míos, preocupados, podía ver a través de ellos toda la inquietud que guardaba en su corazón.

—Solo iré a recoger nuestras cosas, nos quedaremos en mi apartamento—Me acerqué y apoyé mi mano en su brazo—. Necesito ir, y necesito que cuides de Adela.

Negó con la cabeza.

—No, iré contigo...

—No puedo llevarla, Lucas, solo tú puedes protegerla hasta que yo regrese— y como aún dudaba, agregué—. Por favor...

Me vestí con rapidez y me acerqué a Adela. Dormía profundamente, sus mejillas regordetas estaban sonrosadas y el cabello le cubría la frente. Las lágrimas se agolparon en mis ojos, amenazando desbordarse en cualquier momento. No quería separarme de ella, pero debía volver para encontrar las respuestas a los millones de preguntas que tenía.

Un taxi me llevó hasta la mansión en unos pocos minutos, me detuve en la calzada frente a la puerta de entrada y miré la casa. Elevé la vista hasta la ventana de la Biblioteca, con la esperanza de verlo allí, mirándome, como tantas otras veces, pero no estaba.

Emilia abrió la puerta y ante mi sorpresa me dio un abrazo.

—¡Cómo nos has hecho sufrir! —dijo al soltarme y haciéndose a un lado me dejó pasar —Ven, tengo té caliente.

—Voy a buscar unas cosas a mi habitación y bajo enseguida— dije mientras caminaba hacia la escalera.

Subí rápidamente hasta el primer piso, casi como lo hacía siempre. Pero esta vez algo más que las prisas me impulsaban a correr escaleras arriba. Sin contenerme, seguí hasta la tercera planta y me detuve frente a la Biblioteca. La puerta estaba cerrada, un silencio profundo y casi desconocido envolvía toda la casa.

Apoyé la mano en el picaporte y empujé con suavidad.

La puerta se deslizó sobre sus bisagras con un gemido lastimero.

—¿Michael?

A pesar de la luz que entraba por la ventana, la habitación se me antojó oscura y fría.

El sillón vacío...

La lámpara apagada...

Los libros milimétricamente colocados en los estantes...

—¿Michael?

Busqué en las tinieblas su silueta esbelta, sus ojos brillantes...

No estaba allí ¿Se había ido o ellas ...?

Y entonces los sollozos me sacudieron desde adentro, subiendo por mi pecho y mi garganta como una garra que me arañaba el corazón y el alma.

Me acerqué al alto sillón y acaricié la tela rústica con manos temblorosas.

Un murmullo de pisadas, apenas perceptible, y ese aroma, que ya podía reconocer cómo suyo, me hizo volverme.

De pie, en el centro de la habitación, me miraba.

Inmóvil lo contemplé a través de mis lágrimas.

Entonces él dio un paso, y yo acorté la distancia que nos separaba en un segundo.

Me detuve dudando, y quizás un poco bruscamente me arrojé en sus brazos.

Justo en el instante en que iba a apartarme, consciente de lo que estaba haciendo, él enlazó sus brazos a mi alrededor, y por unos segundos, unos preciosos segundos, nuestras almas traspasaron las barreras, fusionando el mundo de los vivos y el de los muertos.

Cuando tomé consciencia otra vez, él me miraba sonriendo apenas.

—¿Por qué lloras? —preguntó. Suspiré y me aparté.

—¿Qué pasó anoche? ¿Qué pasó con ellas?

—Se fueron.

Lo miré confundida.

—¿Se fueron? ¿Simplemente... se fueron?

—Se fueron furiosas —dijo con su sonrisa torcida.

—¿No te hicieron nada? ¿Ellas... ¿Trataron de...?

—¿Matarme? —preguntó.

Miré su mano, que aún sostenía la mía, y observé con curiosidad sus dedos largos y blancos, el anillo, con sus iniciales entrelazadas.

—¿Cómo es posible que pueda tocarte?

—No lo sé —dijo.

—¿Puedes sentirme?

—Claro que puedo —y sonrió.

Miré sus ojos negros como hipnotizada.

El grito de Emilia me hizo dar un salto
—¡Julia! ¡Se enfría el té!
Sonreí y dije:
—Volveré lo antes posible — y caminé hacia la puerta. Allí me
volví y lo miré —No desaparezcas...
—Aquí estaré —añadió con su voz ronca.
Mientras bajaba la escalera me di cuenta que estaba sonriendo.
Por un momento me sorprendió poder sentir esa clase de
felicidad en medio de todo lo que estaba pasando. Sentirme tan
cerca de él aun cuando mi corazón latía y el suyo no.

Emilia me esperaba sentada en la mesa de la cocina, estaba sola,
Pedro quizás trabajaba en el jardín o estaba en su casa reparando
algo.
Me senté frente a ella y por un instante tuve un "déjà vu". Me ví
en ese mismo lugar compartiendo un té con Emilia y cuando ella
habló dijo exactamente lo que yo sabía que iba a decir.
—¿Por qué volviste? Si anoche vinieron a buscar a la nena, si son
tan peligrosas... ¿Por qué volviste?
Estaba asustada, sentía miedo por nosotras y eso la asustaba. Y
también la ponía furiosa.
—Vine a hablar con Michael, quiero saber qué debo hacer.
Lanzó un bufido.
—¿Y crees que él te puede aconsejar?
—Sí, él sabe lo que está pasando.
Se levantó de la mesa, impaciente. Fue hasta la bancada y
comenzó a secar los platos con movimientos rápidos.
—Estás demasiado obsesionada con él—dijo, se volvió y me
miró—, y él contigo.
La miré sin saber qué decir.
Volvió a sentarse y agregó tristemente.
—Ustedes dos son... Son como nuestra familia.
—Lo sé—dije acariciando sus manos.
—Hazme caso y vete de aquí, aunque sea por unos días, hasta que
todo se calme.
El teléfono sonó y yo salté en mis silla, derramando parte del té.

—¿Julia?

—¿Se despertó Adela?

—Está mirando una película. ¿Ya hablaste con Michael?

Me sonó extraño que le llamara por su nombre.

—No, todavía no. No te preocupes, volveré en media hora, más o menos.

—De acuerdo.

—¿Lucas?

—Dime.

—Gracias por venir a buscarnos anoche y...—me detuve, emocionada— Gracias por estar siempre cerca nuestro.

—Para eso están los amigos —dijo y su voz me sonó tristemente resignada.

Hacía más de quince minutos que estábamos los dos sentados, en silencio.

Había subido a la Biblioteca y me había sentado en la butaca detrás del escritorio, mientras él me observaba desde su sillón.

—Dime la verdad, Michael, aunque sea terrible—imploré al fin.

—Son brujas. Son las brujas que se llevaron a mi niño, y las que se han llevado a decenas de niños en los últimos cien años.

Aunque era lo que venía temiendo desde hacía tiempo, esa confirmación, tan brusca y directa de su parte, me sobresaltó. Llevé una mano a mi boca ahogando un gemido, sintiendo que desaparecía hasta la última esperanza de estar equivocada.

—Son tres, han vivido por siglos en estos parajes. Su longevidad se debe a sus brujerías, son hechiceras y usan la sangre de los niños para mantenerse jóvenes y fuertes.

Me puse de pie y di dos pasos, luego me apoyé en el escritorio.

—¡Dios mío! No puedo escucharlo —dije sintiendo que se me revolvía el estómago y que todo daba vueltas a mi alrededor.

Michael se quedó en silencio, mirándome.

Respiré con dificultad por unos segundos hasta que sentí que la sangre comenzaba a fluir normalmente otra vez. Caminé por la habitación en silencio tratando de entender lo que estaba sucediendo.

Aunque lo único que deseaba era gritar de impotencia me obligué a serenarme y a pensar. Debía ser fuerte, debía olvidarme de mis miedos y luchar por ella.

Me volví hacia Michael, sus ojos se encontraron con los míos, y cómo si supiera exactamente lo que yo estaba pensando, dijo: "Lo siento".

Sonreí tristemente y volviendo a mi sillón, respondí: "Cuéntamelo todo"

Y eso hizo.

Me contó todo, con todos los detalles que cualquier otro habría obviado, con ese dejo de indiferencia en la voz que lo hacía aún más personal y doloroso.

Las brujas se habían llevado a su hijo.

Eso había ya sucedido antes, otros niñitos habían desaparecido, y aunque nadie se atrevía a nombrarlas, todos sabían que ellas eran las responsables.

Michael también lo sabía, las había visto acechando desde el bosque, observando la casa, vigilando sus movimientos.

Pero también sabía que ellas no entrarían a la casa a menos que él se descuidara.

Por eso estuvo velando cada noche el sueño de su pequeño, siempre con una lámpara encendida, hasta esa noche fatal en la que se quedó dormido.

Al despertar y ver la cuna vacía creyó morir de dolor.

La culpa, sumada a la desesperación por tamaña pérdida, le hicieron perder la razón completamente. Por tres días buscó al pequeño en el bosque, llamándolo a gritos, rogando a las brujas que se compadecieran de su pequeño.

Sin poder soportarlo más, dos semanas después de la desaparición del pequeño, se quitó la vida.

Pero para su sorpresa y consternación, se encontró atrapado en esa casa, solo, sin su amado hijo, y con el mismo dolor oprimiendo su corazón muerto.

Con el paso de los días el sufrimiento se hizo más y más intenso, hasta volverse insoportable.

La Biblioteca era su morada, vio a los hombres del pueblo mirando horrorizados su cadáver putrefacto, vio luego cómo lo bajaban, lo envolvían en una sábana y lo sacaban de la casa, y después la soledad y el olvido se adueñaron de la mansión y de su consciencia.

Un día descubrió que los libros se habían cubierto de polvo y los cristales de suciedad, no sabía cuánto tiempo había pasado. Meses, tal vez años. Algunas cosas estaban muy frescas en su memoria, sin embargo había olvidado otras, por ejemplo no podía recordar cómo o porqué estaba aún allí, ¿era algo que había sucedido porque sí, o era algo que él había hecho o que había dejado de hacer?

Pero lo que sí estaba grabado a fuego en su memoria era lo que había sucedido con su pequeño, recordaba perfectamente esa noche, como al despertar y ver la cuna vacía se asomó a la ventana y vio a las brujas internándose en el bosque con su hijo en sus brazos. Recordaba la desesperación que lo invadió, cómo corrió escaleras abajo y se internó en el bosque gritando fuera de sí.

—Ese día fue el principio de todo—dijo, mirándome a los ojos—, me di cuenta que el tiempo había pasado y que yo aún seguía aquí, que había estado aletargado todos estos años y me había convertido en un ser errante, que no podía terminar de morir. Porque la muerte no puede ser esto, Julia, la muerte no debería albergar dolor o consciencia.

Mantuve su mirada sin saber qué decir, sintiendo su profundo pesar.

—Y un sentimiento nuevo se apoderó de mí, hasta casi obsesionarme: venganza. Ellas me habían robado lo que más amaba en el mundo, por eso ese día decidí que las destruiría, quizás me llevara años o siglos, no me importaba, tenía tiempo, tarde o temprano volverían y yo estaría preparado para hacerlas desaparecer para siempre.

Nuestras miradas volvieron a encontrarse, y una vez más permanecí en silencio.

Casi por casualidad había ido descubriendo algunas de sus "habilidades", por ejemplo la de mover cosas. Eso le había permitido volver a uno de sus más preciados pasatiempos, la lectura, y también le había abierto la puerta a un cúmulo de conocimientos acerca de las brujas que ni por asomo hubiera esperado o deseado obtener cuando estaba vivo.

Los primeros meses devoró todos los libros sobre seres sobrenaturales que encontró en las colecciones de la antigua mansión buscando información sobre hechiceros, nigromantes, magos, adivinos. La mayoría eran historias ficticias sobre seres fantásticos, sin embargo se topó con un viejo tomo que captó su atención inmediatamente. Era una recopilación de antiguas historias que hablaban especialmente de brujas y brujos. Parecía el resultado de una extensa investigación ya que gran parte de las historias estaban apoyadas por testimonios reales o por citas textuales de alegatos realizados en juicios contra alguna bruja o en audiencias locales.

Las cosas que descubrió en aquel libro iban más allá de su imaginación, sin embargo decidió ahondar en algunas de ellas, las que le parecieron más lógicas o que tenían mayor fundamento.

—Por ejemplo, no es la sangre de los infantes lo que alarga sus vidas, es la muerte de los inocentes.

Como si no se diera cuenta de lo que provocaban sus palabras en mí, continuó con su explicación.

—Muchos creían que las brujas bebían la sangre de los niños para mantenerse jóvenes, pero no es así, lo que prolonga sus vidas es el conjuro que ellas realizan que incluye el sacrificio de un inocente, es decir un niño menor de 7 años cuya muerte debe ser sin dolor...

Volvió la vista hacia mí, y no sé qué vio, quizás mis ojos llenos de espanto porque se detuvo en su relato.

—Quizás es mejor que no hablemos más de esto—dijo.

—No, continúa... Necesito saberlo todo. Necesito saber qué es lo que ellas pueden hacer— carraspeé para aclararme la garganta, parecía que una mano la oprimía impidiéndome hablar y aun respirar—. ¿Por qué Adela? —pregunté— ¿Por qué tu hijo?

—Porque sus madres murieron. El amor de una madre es algo contra lo que ellas no tienen poder.

—Pero... —empecé a decir y sentí otra vez ese nudo que me impedía hablar.

—Lo sé. Yo también amaba a Joseph tanto como su madre, igual que tú amas a Adela... Pero así es como son las cosas, no somos sus madres. Cuando ellas mueren una puerta queda abierta—. Lo observé con dolor sin confesarle mi secreto. Algún día le daría el broche que ahora sabía había pertenecido a su hijo y que yo conservaba en mi joyero. Y ahora entendía quién lo había dejado en la glorieta y por qué.

Después de todo yo no podía cuidar de mi pequeña, mi tremendo amor por ella no alcanzaba. Al dolor se sumó un inquietante temor y esa espantosa certeza de no ser capaz.

—¿No hay nada que podamos hacer, Michael? Debe haber algo...

—Alejarla de ellas es lo único que puedes hacer.

—Pero tú hablaste de destruirlas, dijiste que eso es lo que has tratado de descubrir todos estos años...

Se puso de pie y se acercó al escritorio, luego se volvió y me miró.

—Nunca creí que me costaría tanto decirte esto—bajó la vista y movió un milímetro uno de los libros que allí se encontraban—. Debes irte, aléjate de esta casa lo más que te sea posible. Déjalo todo, comienza una nueva vida con Adela lejos de aquí.

—No... —sabía que tenía razón, era una locura quedarme, y especialmente era una locura porque lo que luchaba por retenerme no era mi apego hacia la casa o hacia la vida que había tenido allí Adela con sus padres, no, eso había pasado a un segundo plano. Lo que volvía insoportable la idea de irme era lo que sentía por él. Y él lo sabía.

—Podrás volver, solo debes alejarla unos años, hasta que sea un poco mayor. Cuando Adela crezca ellas ya no tendrán interés —Sonrió y agregó—. Yo estaré aquí cuidando de la casa.

Traté de sonreír y retuve el llanto.

Asentí, como convenciéndome a mí misma.

—Lo haré. Me quedaré unas semanas en mi apartamento y organizaré todo para irnos.

—No —dijo—, debes irte hoy mismo.

Nuestras miradas se encontraron, mis ojos estaban húmedos, los suyos no.

Mi teléfono móvil comenzó a sonar.

Miré la pantalla, era Lucas.

Atendí la llamada.

—En un rato estaré por allí —dije casi automáticamente.

—Julia —el tono de su voz me hizo estremecer—, Adela ha desaparecido.

El teléfono cayó de mis manos y mis ojos se clavaron en los de Michael.

—¡Adela! —grité, y él lo entendió en el acto.

—No... —empezó a decir.

Y una increíble ira contenida se reflejaba en sus ojos.

—Otra vez no —repitió y por un instante su rostro pareció empezar a desvanecerse, como la niebla se disipa con la luz del sol, o quizás solo eran mis lágrimas que me impedían ver con claridad.

Me agaché y tomé el teléfono con manos temblorosas, Lucas continuaba hablando.

—...la policía está en camino. No sé por qué los he llamado. Lo siento, lo siento... —y noté que su voz se quebraba.

—Voy a encontrarla, la policía no puede ayudarnos — dije y corté la llamada.

Miré hacia afuera. Lo que había sido una alegre mañana se había convertido en una tarde fría y gris, las nubes ocultaban el sol y la noche parecía impaciente por adueñarse de lo que quedaba del día.

El bosque se veía aún más tenebroso, y un temor igual de oscuro se apoderó de mí. No podía explicar cómo, pero sabía que Adela estaba allí, entre esos troncos retorcidos. Allí donde tantas veces había jugado con su madre, cerca de las hechiceras sin saberlo, rodeada de un escudo invisible que les impedía tocarla.

Seguramente la habían observado con el deseo oscuro de apoderarse de ella, deseando que quedara huérfana para que al fin fuera suya. Pero sin acercarse, porque el halo de amor que la rodeaba era demasiado poderoso, aún para ellas. Pero ahora ya no estaba Lucía para protegerla.

Miré a Michael, él me observaba. Nos miramos sin preguntar o explicar nada, no era necesario, los dos sabíamos lo que teníamos que hacer.

Suspiré y me acerqué a la puerta, ante mi asombro él me siguió.

—Vamos —dijo—, sé dónde está.

Me ofreció su mano en un gesto rápido, la tomé y apresuradamente bajamos las escaleras y salimos.

Caminaba de prisa, tanto que yo casi tenía que correr para seguir su paso.

En medio de la desesperación que sentía me encontré preguntándome cómo era posible para él salir de la casa.

Cómo si supiera lo que rondaba mi mente, dijo:

—He estado mil veces allí. Sé exactamente dónde están y qué es lo que están haciendo.

Una garra helada se clavó en la base de mi espalda y el escalofrío me recorrió hasta la coronilla.

Pero eso fue todo, no permití que el desaliento me embargara, no tenía tiempo. No podía ponerme a llorar o gritar, ni siquiera podía permitirme pensar demasiado en lo que estaba sucediendo en ese mismo instante.

Michael caminaba con una seguridad asombrosa en el monte que ya estaba casi completamente oscuro. No sé si se debía a una habilidad natural en él fruto del conocimiento de aquel paraje, o a su condición, pero lo cierto es que parecía deslizarse sobre los desdibujados caminos del bosque, mientras yo colgaba de su mano tropezando y balanceándome como una muñeca de trapo. Llegamos a un punto en el que ya no había sendero, solo los gruesos troncos, y la tupida vegetación a sus pies. Miré hacia el cielo, casi no podía distinguirlo entre las ramas enredadas, pero me di cuenta que la noche al fin había ganado la batalla.

—Cuando lleguemos debemos actuar con rapidez, nuestra ventaja será la sorpresa. Debes tomar a Adela y correr, yo me ocuparé de ellas.

—¿Cómo? —pregunté jadeando.

—No te preocupes por mí, no hay mucho que puedan hacerme —dijo, y me dirigió una rápida mirada con su sonrisa torcida—. No tengas miedo —agregó—, tratarán de detenernos pero juntos podremos sacarla de allí.

Pestañeé nerviosa mientras algunas imágenes escalofriantes venían a mi mente.

—¿Si no son tan poderosas por qué la gente les ha temido por siglos?

—Son increíblemente poderosas, pero ellas no aman a Adela... Tú sí.

Apretó mi mano, sin mirarme, en un gesto de confianza y también de protección.

Aminoró el paso, y yo también. Nos detuvimos, medio ocultos detrás de un grueso roble y, siguiendo la dirección de su mirada, vi con asombro un antiguo edificio que se levantaba en un claro. A primera vista me pareció una casa, algo estrecha, hasta que me di cuenta que se trataba de un mausoleo, entonces vi las tumbas, desperdigadas por el terreno.

—¿Esto es un cementerio?

Asintió.

—Este era el cementerio de mi condado, es más antiguo que el de la iglesia del pueblo, pero fue abandonado por las historias que se contaban sobre él...—y me miró enarcando sus cejas.

—¿Sobre ellas? —inquirí.

Volvió a asentir, mirando el panteón.

—¿Cuántas veces has estado aquí?

—No lo sé. Las he seguido cientos de veces. Al principio parecían evaporarse cuando llegaban por allí, pero a fuerza de volver una y otra vez al fin encontré el camino.

—¿Has entrado?

—Sí.

—¿Las has visto mientras...?

—Sí.

Oprimió mi mano.

—No pienses en eso—dijo.

Levanté la cabeza para mirarlo.

—Tengo miedo, mucho miedo. No sé si podré hacerlo, quizás me quede paralizada mientras ellas...

—Lo haremos juntos.

—De acuerdo —respondí asintiendo, tratando de darme coraje a mí misma—, vamos.

Empezó a caminar con decisión hacia la cripta. Mientras nos acercábamos me pareció que la puerta estaba levemente abierta. Mi lado lógico, esa parte de mí que todavía podía pensar, me decía que no entrara allí. Pero no era solo el normal razonamiento ante un peligro desconocido, era un sentimiento visceral y profundo, una certeza absoluta de que ahí dentro me encontraría cara a cara con la muerte.

Michael tiró de la puerta con algo de dificultad, dejando un hueco de apenas unos centímetros por el que se deslizó lentamente. Sostuvo la puerta para que yo entrara y luego la cerró.

Me miró esperando mi reacción, la respuesta a la pregunta que podía ver en sus ojos.

—Vamos—dije.

—Sabes que una vez que lleguemos allí, ya no habrá vuelta atrás...

—Ya no hay vuelta atrás, no para mí —repliqué.

Asintió y empezó a caminar en la oscuridad. Lo seguí tratando de agudizar todos mis sentidos, pero no solo estaba casi ciega en medio de las insondables tinieblas, también el silencio era absoluto.

Parecía que íbamos descendiendo, el suelo de piedra se volvía más y más resbaloso y la pendiente más pronunciada. El corredor por el que íbamos se bifurcaba, y Michael eligió el pasaje de la derecha sin dudar. Al doblar miré hacia la izquierda y a lo lejos pude ver un débil resplandor. Michael caminaba con prisa, me apresuré a alcanzarlo, esquivando los pequeños charcos que poblaban la senda. Por las paredes corrían finos hilos de agua que parecían venir de algún lugar sobre nuestras cabezas.

Un temblor, casi imperceptible, hizo que nos detuviéramos.

—Ya han comenzado—dijo Michael mirando hacia el frente.

Mientras los sollozos llegaban a mi garganta Michael comenzó a correr, y yo tras él. No me animé a preguntarle qué significaba eso porque en realidad no quería conocer la respuesta.

Corrimos por ese pasillo interminable y al llegar a la siguiente bifurcación él se detuvo, extendiendo su mano para que yo hiciera lo mismo.

Se volvió y acercándose a mi oído me habló, susurrando apenas.

—Este es el lugar, la habitación está a la derecha. No las mires, no las escuches. Yo tomaré a Adela en mis brazos, ellas no esperan eso, y te la daré. Tú entonces debes correr y sacarla de aquí. ¿Podrás hacer eso?

Asentí y apreté su brazo, suspirando.

Besó mi cabeza, y se apartó para mirarme a los ojos.

—No las dejes ganar —dijo mientras un hilo de brillo ribeteaba su mirada.

Sin darme tiempo a responder, y ni siquiera a pensar, se volvió y caminó con decisión.

—Buenas noches, señoras—dijo, y al escucharlo la sorpresa superó a mi miedo.

Asomé la cabeza y las vi, eran ellas.

Michael caminaba hacia el centro de la habitación, un recinto hexagonal con piso y paredes de piedra.

En medio del cuarto, de un hoyo de aproximadamente tres metros de diámetro asomaban las llamas de un extraño fuego, que parecía subir y bajar, extenderse hacia derecha o izquierda, por propia voluntad.

Las paredes estaban decoradas con lo que creí piedras, formando peculiares dibujos, más arriba había unos boquetes en donde pude ver con espanto decenas de pequeños ataúdes.

Desesperada busqué con la vista a Adela, pero no estaba allí.

Di unos pasos hacia ellas, y una sombra grotesca me siguió arrastrándose por los muros, las tres se volvieron.

—¿Qué haces aquí? —preguntó la rubia y un eco grave repitió la pregunta.

—¿Dónde está...? —empecé a decir, pero al mirar a la de cabello rojo, las palabras se me atragantaron.

Era hermosa, escalofriantemente hermosa. Recordé las palabras de Pedro: "la mujer más hermosa que había visto en mi vida". Sus ojos grises, del color del acero, brillaron con tal malicia que retrocedí lentamente al recordar lo que ella había tratado de hacerme en el bosque.

Movió la cabeza mientras caminaba hacia mí y su cabello rojo bailó al compás de sus pasos.

—¿Has venido a verla morir?

—¿Dónde está? —repetí armándome de valor.

Extendió su mano, blanca y delicada, hacia el fuego.

—Duerme—dijo, y sonrió.

Caminé torpemente hacia el agujero, sintiendo un dolor indescriptible en el pecho que casi me impedía respirar.

Entonces, un poco más allá, vi la cuna.

Era una cuna antigua de madera sin lustrar, sin adornos, totalmente rústica. Y allí, con su pijama de ositos, estaba acostada mi pequeña.

Di dos pasos hacia ella y una mano me detuvo.

—Déjala dormir—dijo la mujer de cabellos dorados.

Michael se adelantó cubriéndome con su cuerpo.

—Voy a llevarme a la niña. Esta vez no vas a detenerme, nos dejarás ir sin chistar.

La bruja empezó a reír. Sus carcajadas arrancaron ecos de las paredes de piedra. Me miró y volvió la vista hacia él.

—De acuerdo —aún sonreía—, la cambiaremos por ella.

Y volvió a posar sus ojos en mí.

Tardé unos segundos en entender lo que estaba diciendo.

—No haré ningún trato contigo, Sancia. Me darás a la niña porque si no lo haces mañana mismo tendrás al pueblo entero curioseando por aquí —ella lo observaba sin inmutarse—. Te lo prometo —agregó él.

Sancia se acercó más a mí. Traté de mantenerme serena, aunque el miedo hacía temblar mis rodillas.

—¿Por qué la estás ayudando?—preguntó entrecerrando los ojos. Y rápidamente su mano se cerró alrededor de mi garganta.

Michael extendió su brazo para separarla de mi cuello, pero ni siquiera la rozó. Lo miré, con mis ojos agrandados por el terror y vi con espanto como su rostro cambiaba: su piel parecía hacerse más y más traslúcida y ahora podía ver a través de ella sus huesos. El cráneo con las órbitas oculares oscuras y vacías, sus falanges moviéndose impotentes cerca de la mano de Sancia. Nuestros ojos se encontraron, seguramente los míos estaban rojos, igual que mi cara, pero los suyos...

—Si quieres a la niña, llévatela ahora, no te daré otra oportunidad —dijo la bruja.

Mi conciencia parecía apagarse, tal era la presión de esos dedos, pero aunque las lágrimas nublaban mi visión pude ver a Michael caminar hacia la cuna.

—¿Por qué lloras? ¿Tienes miedo? Qué sería más doloroso, ¿verla morir o morir por ella?

Luego acercó su boca a mi oído y agregó

—Quizás podamos disfrutar de las dos cosas hoy.

Y me soltó.

Caí de rodillas tosiendo y boqueando, tratando de volver a llenar de aire mis pulmones.

Michael se había ido con Adela, eso era lo único importante. Ahora tenía que tratar de resistir para darles tiempo. Quizás Lucas vendría a buscarla para llevársela lejos. Sí, eso sería lo mejor. No tenía que preocuparme, Michael sabría qué hacer.

Las tres se habían acercado al círculo de fuego. Hablaban en voz baja, o quizás repetían algún conjuro.

Después de unos segundos Sancia se acercó a mí, miró hacia

abajo observándome mientras caminaba a mi alrededor.

—Levántate —dijo al fin.

Me puse de pie, con algo de dificultad y enfrenté su mirada una vez más.

—Jamás ningún hombre había entrado aquí antes, eres la primera en cientos de años. Cuando veas lo que vamos a hacer con tu niña, entenderás al fin quiénes somos y por qué estamos aquí.

El suelo empezó a temblar, como antes, pero ahora pude escuchar un sonido profundo y grave que venía del agujero de fuego. Parecía subir desde las profundidades del mismo infierno, cada vez más cerca, cada vez más estruendoso, hasta que inclinando la cabeza tapé mis oídos con las dos manos. El fuego cambió a un color rojo intenso, y se elevó rozando el techo de la bóveda.

Mientras miraba horrorizada como comenzaba a deslizarse por las paredes, como en olas carmesí, recordé el rugido que había escuchado en el bosque la noche que huí de ellas con Adela. Era el mismo alarido espantoso, furioso, impotente, que había asustado a los animales. Y ahora sabía de dónde venía.

El silencio fue tan repentino y absoluto, que sentí el mismo dolor en mis oídos.

—Trae a la niña— dijo la mujer, y la rubia se dirigió hacia una de las salidas—. Y acaba con él de una vez — añadió observándome.

La miré atónita mientras se alejaba.

—¡No! ¡Me tienes a mí! Prometiste...

—¿Prometí? ¿Qué prometí?

—Haz conmigo lo que quieras, pero déjalos marcharse...

Sus cejas subieron, como si mis palabras le hicieran gracia.

La morena se acercó lentamente hacia mí.

—Ya sabes lo que tienes que hacer, Honoria—dijo la otra sin apartar sus ojos de los míos.

El miedo y la impotencia entorpecían mis pensamientos, debía hacer algo con urgencia, algo que les impidiera continuar con sus planes. Estaba a punto de abalanzarme sobre ella en un loco y desesperado intento de destruirla cuando la dulce vocecita me hizo volver, tambaleante.

—¿Julie...?

Venía cogida de la mano de la bruja, casi sonriendo, como si nada de lo que estaba pasando le asombrase.

—¡Mi cielo! — caí de rodillas llorando, mientras extendía mis manos temblorosas—. ¡Ven aquí, chiquita!

La pequeña corrió a mis brazos y mientras la sostenía contra mi pecho busqué con la mirada a Michael, con la tonta esperanza de verlo entrar a la habitación.

—Suéltala —me ordenó la bruja. Unas manos invisibles se apoderaron de mí, y ya no pude moverme, ni hablar.

Mi cuerpo dejó de obedecerme, y con espanto vi como la pelirroja caminaba hacia el fuego mientras la pequeña la seguía dócilmente.

Las tres formaron un círculo alrededor de la hoguera con Adela entre ellas. La niña miraba las llamas, hipnotizada. Las mujeres murmuraban con la vista clavada en el fuego, como si hablaran con algo o alguien que se encontraba allí dentro. Las flamas parecían responder a sus ruegos, y, si mantenía la vista fija el tiempo suficiente, podía ver extraños demonios bailar al compás de sus plegarias.

Y de pronto el suelo comenzó a tronar otra vez.

La luz de las antorchas tembló y se apagó, pero la intensidad de la hoguera iluminaba la habitación como la luz del día.

Me estremecí, sabiendo que había llegado el momento. Lo que tanto había temido iba a ocurrir, y yo no podía hacer nada.

Las olas de llamas ardientes subieron y se extendieron otra vez por las paredes hasta llegar al suelo y dos delgados ríos escarlata se acercaron desde ambos lados hacia el círculo de fuego, para sumergirse una vez más en ese abismo abrasador.

Un lóbrego cántico ancestral empezó a sonar, creí que eran ellas, pero sus bocas estaban cerradas. Era extrañamente sublime pero aterrador a la vez, no solo erizaba la piel, también llegaba a rozar el alma misma, llenando el corazón de angustia y dolor, con la destructiva desesperanza de la maldad.

Solo escucharlo me hacía desear la muerte, esas pocas notas que habían llegado a mis oídos ya me hacían sentir los horrores del infierno.

Desvié la mirada del fuego y me concentré en Adela. Con toda la fuerza de mi devastada voluntad busqué pensamientos y recuerdos que me sacaran del averno en que me estaba sumergiendo, porque ahora sabía que existía el Infierno, estaba sintiendo su poder en cada fibra de mi corazón.

Y si el Infierno existía, debía existir el Cielo.

Tantas veces había dudado. Había deseado creer, pero las dudas siempre superaban a mi insignificante fe, especialmente después de tantas pérdidas y sufrimiento. Pero ahora ya no necesitaba creer, ahora lo sabía.

Y con esta seguridad en mi corazón oré, como nunca antes lo había hecho, para que la maldad no me venciera, y pedí a ese Dios olvidado ayuda para salvar a mi pequeña.

Y, por supuesto, Él vino en mi ayuda.

Sentí cómo si una bocanada de aire fresco penetrara mis pulmones, y todo mi cuerpo se llenó de una energía que nunca antes había sentido. Las invisibles cadenas que me tenían sujeta dejaron de oprimirme y me puse de pie.

Caminé hacia el círculo y la niña me vio. Cómo si hubiera despertado de un mal sueño miró a las mujeres, confusa, y luego al fuego. Dio unos pasos hacia atrás y alejándose empezó a correr hacia mí.

Sancia la vio, comenzó a volverse, pero la mano de la joven morena la detuvo.

—Déjala —. La bruja trató de librarse —. Déjala —repitió la muchacha sin soltarla.

—Adela, ven aquí, mi cielo— y acercándome la tomé en mis brazos.

Solo dediqué dos segundos acomodar a la pequeña en mi cadera y, mirando una vez más a las brujas, empecé a correr hacia la salida.

Pero, por supuesto, ella no me iba a dejar escapar.

Esta vez no solo el suelo tembló acompañando su grito, sino también toda la cueva. El techo se abrió en gruesas grietas de las que cayeron grandes trozos de piedra, y las paredes de la entrada se desmoronaron con un estruendo de polvo y rocas, dejando la puerta por la que habíamos venido completamente inaccesible.

No me atreví a volver la cabeza, no quería mirarla.

El eco triunfante de su risa fue lo único que se escuchó cuando las piedras dejaron de caer.

Bajé la vista a Adela que me miraba con sus ojitos muy abiertos.

—Quiero ir a casa —dijo. Y comenzó a llorar.

—Ven aquí—susurró la dama de cabello rojo.

La mujer se volvió, con la niña aún en sus brazos. La pequeña lloraba acurrucada en su cuello.

Comenzó a caminar junto a la pared, no la miraba, solo avanzaba decidida hacia la otra entrada.

—¡Ven aquí! —bramó la bruja y las paredes comenzaron a resquebrajarse.

—¡Basta, madre! Déjalas ir.

Ambas se volvieron a mirarla, la mujer sorprendida y aliviada, la bruja, furiosa.

—Es suficiente—añadió la joven.

—No te atrevas... —comenzó a decir Sancia en un murmullo sibilante — No me desafíes, Honoria.

—¡No puedo seguir haciendo esto! —exclamó la muchacha, y las paredes temblaron con su grito.

La bruja la miraba, los ojos encendidos, su cabellera moviéndose como si una brisa intangible la hiciera danzar.

—¿Esto?¡Esto lo hago por ti!—respondió mientras se acortaba la distancia que las separaba. Parecía una serpiente moviéndose sigilosa hacia a su presa.

—¡No mientas más, madre! ¡Lo haces por ti!—gritó la otra, y extendió su mano. La pelirroja se detuvo bruscamente, como si algo la estuviera conteniendo.

—¿Realmente crees que puedes detenerme? —preguntó, y curvando sus labios sopló hacia la chica. Una ráfaga de aire llenó el cuarto, levantando polvo y piedras, y envolvió a la muchacha haciéndola volar hasta estrellarla bruscamente sobre una de las paredes de la cueva.

La imagen era escalofriante. La joven bruja parecía crucificada sobre el muro, con los brazos extendidos y la cabellera negra moviéndose contra las rocas a casi tres metros de altura.

—¡No reniegues de lo que eres! —señaló Sancia, amenazante— Esta es nuestra naturaleza...

—¿Nuestra naturaleza? —replicó la chica, inmóvil— ¿Crees que nacimos así? No, madre, lo elegimos — y clavó sus ojos oscuros en su rostro.

Y por primera vez en su larga existencia Sancia sintió eso de lo que tanto había oído hablar a los hombres: arrepentimiento... Ella, la todopoderosa, la temida, se arrepentía.

No por haber elegido ser lo que era o por haber tomado esas vidas.

Se arrepentía de haber escogido a esa niña, de haber deseado tenerla para siempre con ella, de haberla amado. Se arrepentía de haberla convertido en algo que la joven despreciaba, algo que la había hecho miserable todos estos años.

Maldijo el día que la tomó de su cuna y la volvió a la vida, maldijo el día que mató a su madre y selló así su destino de amarla para siempre, con un amor casi humano. Y más que nada, maldijo sentir palpitar su corazón con temor por esa criatura ingrata que ahora la desafiaba.

Caminó unos pasos, y observó a la niña de rizos castaños y a la mujer que la sostenía en sus brazos y la miraba con terror. ¿Por qué sentir compasión por esa pequeña?, solo era una niña más, una de tantas.

Entonces recordó las palabras que solo unos meses atrás le había dicho su hermana:

"La sangre de su madre la está cambiando". Se volvió y miró a Honoria, observó la larga melena oscura que flotaba sobre la pared de la cueva. Era igual a la de su madre, a la de su verdadera madre.

Desvió la vista de esos ojos que parecían traspasarla y se volvió hacia la bruja rubia.

—No perdamos más tiempo. Un alma ha sido ofrecida, y un alma es reclamada.

La voz sonó a sus espaldas.

—¿Un alma es reclamada? Pues entregaremos la tuya.

Se volvió rápidamente para mirar al fantasma que, con su natural elegancia caminaba hacia ellas.

Furiosa miró a su hermana.

—Te ordené destruirlo —dijo.

—No puedes destruir a un hombre muerto —respondió la blonda sombríamente.

—No—dijo él, y sonriendo apenas miró a la mujer y a la niña —. Pero sí puedes destruir a una bruja, es mucho más simple—y dio otro par de pasos hacia ellas.

La dama de rojo lo miraba con desconfianza, la ira pintada en su rostro, las manos crispadas sobre su vestido bermejo, y los ojos atentos, calculando el próximo movimiento.

—Solo unos pocos saben cómo —continuó el fantasma—, pero cuando lo han revelado, a los hombres les ha parecido tan sencillo que lo tomaron como un engaño.

Caminó rodeando el círculo de fuego, y miró con cautela hacia el fondo. Luego se detuvo a unos pasos de la bruja.

—Busca su amuleto, lo llevará oculto cerca de su corazón. Será algo que pertenecía a aquella que le dio la vida, y lo cuidará con recelo, porque allí está su alma —añadió, mirándola a los ojos.

Lentamente la hechicera acercó su mano al pecho.

—Los hombres piensan que el alma de las brujas está dentro de su cuerpo, por eso tratan de destruirlo... Pero no, su alma no está allí.

Los ojos del fantasma se entrecerraron con furia, y su piel se hizo de pronto más y más etérea.

—Quítales su amuleto y le quitarás su inmortalidad y sus poderes. Se volverán mujeres comunes y corrientes, despojadas de todo artificio, y entonces... —se acercó hasta quedar a unos centímetros— Entonces podrás matarlas como prefieras.

En un gesto rápido extendió su mano hacia el escote de la bruja, pero sus dedos parecieron fundirse dentro de la carne de la mujer.

Esta comenzó a reír.

Él miró sus manos, rabioso, y volvió a extenderlas hacia la hechicera, tratando de tocarla. Pero sus dedos ya casi habían desaparecido completamente, él mismo era apenas una tenue imagen difusa.

Ella lo miró, triunfante y volvió a reír mientras se alejaba de él.

—¡Pobre infeliz! Ni siquiera sabes qué es lo que te está pasando.

Caminó hacia la mujer y tomó a la niña. La muchacha la miró impotente, con las mejillas bañadas por las lágrimas.

—Eres solo muerte y corrupción, tu cuerpo desapareció hace cientos de años, quizás en tu tumba se encuentren algunos de tus huesos, o tal vez solo polvo.

Mientras hablaba caminó con la niña en sus brazos.

—Es el amor lo que te hace fuerte. El amor por esta niña, y el amor por ella —dijo señalando a la muchacha, que había caído de rodillas contra la pared como si se hubiera dado por vencida.

—Y es el odio lo que te debilita, tu odio y tu furia hace que te evapores, hasta quedar convertido en... nada.

Bajó a la niña y la llevó de la mano hasta el círculo de fuego.

—Y parece que tu odio por nosotras, es mucho mayor que tu amor por ellas —añadió dándole la espalda.

La niña permanecía tomada de la mano de Sancia, otra vez mirando el fuego en silencio.

—¡No te atrevas a hacerle daño! —gritaba Michael. Gritaba, y cuanto más gritaba, más tenue se volvía, hasta que desapareció completamente.

La mujer sentada contra la pared de piedra observaba lo que sucedía con el rostro sereno. Las lágrimas habían dejado de caer, sus ojos estaban secos, hundidos y cansados.

—Déjame morir—se escuchó de pronto.

Sancia levantó los ojos hacia la joven bruja que permanecía

inmóvil, colgando en lo alto.

—Por favor, madre...

La bruja extendió su mano como si estuviera moviendo hilos invisibles. Honoria empezó a descender por la pared, en la misma torturada posición hasta que llegando al suelo, cayó de rodillas. Apoyó ambas manos en la tierra y comenzó a llorar.

—Mátame, hazlo de una vez.

—Levántate. Acércate al fuego —ordenó la bruja inconmovible.

—¡Quiero morir! ¡Entrégame a mí! —gritó Honoria.

Llevó sus manos al pecho y se quedó inmóvil.

Por unos segundos el silencio fue absoluto en la cueva, parecía que hasta el fuego había enmudecido.

—¿Esto pertenecía a mi madre? —preguntó entonces Honoria, poniéndose de pie.

Sancia la miró. La joven sostenía en su mano un medallón con una gruesa cadena que colgaba de su cuello. Parecía representar un ojo del que caía una lágrima en forma de gema violeta

—¿Ella me lo dio antes de que la mataras?

La bruja miró a la joven y su semblante se transformó, quizás porque estaba recordando aquel día.

—¿Fue antes o después que me apartaras para siempre de ella, madre? —y en sus ojos oscuros se vislumbraba la ira contenida.

—¿Crees que eso es verdad? Son solo habladurías de hombres ignorantes y estúpidos.

La joven arrancó el amuleto y lo miró una vez más.

—¿Quieres decir que si lo tiro a las llamas nada pasará?

Los ojos de Sancia se agrandaron, pero dijo tranquilamente.

— Por supuesto que nada pasará, eres una bruja, eres más poderosa que cientos de ellos.

Honoria caminó hacia el fuego y extendió su mano sobre las llamas, con el medallón colgando de su cadena.

—¿Por qué lo hiciste? ¿Por qué la mataste? ¿Ibas a usarme a mí también, cómo a los otros niños?

—¡No! —replicó Sancia rápidamente— No... —agregó—, tú fuiste siempre mi hija...

—¡Nunca fui tu hija!

—Estabas muerta la primera vez que te vi, tu madre me rogó que te volviera a la vida.

Honoria negó con la cabeza, mientras caminaba alrededor de la hoguera.

—¡¿Qué?! ¡¿Cómo pudiste hacer algo así?!

—¡Porque te amaba! ¡Por qué te amé desde el primer instante que te vi! —Se acercó a la joven y acarició su rostro—. Porque ese día supe que ya nada sería igual para mí...

Sus bellos ojos miraron a la chica con ternura.

—Dame eso —dijo, extendiendo su mano—, dámelo, por favor.

La muchacha la miró, los ojos anegados por las lágrimas.

—Y yo te amé a ti, madre. Siempre te he amado, eres la única madre que he conocido.

Su mano se extendió en una caricia ligera sobre el bello rostro, deteniéndose un instante en la majestuosa cabellera roja.

—Por eso debo detenerte, nadie más puede hacerlo, solo yo.

Se alejó y la miró.

Luego juntó las dos manos sobre el fuego, de una colgaba su medallón, de la otra un rústico tiento de cuero del que se balanceaba una runa.

Sancia miró el colgante, y después llevó su mano a sus ropas.

—Honoria...

—Madre, ven conmigo —dijo y dejó caer ambos amuletos al círculo de fuego.

Por unos instantes los talismanes danzaron, mientras se hundían lentamente en la pira. Un cántico nuevo empezó a escucharse y las llamas se tornaron de un pálido color azul. Crecieron enloquecidas para luego desaparecer abruptamente.

Y luego emergieron otra vez, más rojas y furiosas que nunca.

La bruja rubia retrocedió, tomando a la niña de la mano.

—¿Qué has hecho? —preguntó Sancia con la mirada cargada de dolor y desconcierto— Te di todo lo que tenía, siempre te lo he dado todo...

Dos lenguas de fuego se agitaron en el aire como dos serpientes encarnadas, bailaron pintándose de naranja, de amarillo dorado, para luego volverse de un oscuro bermellón. Luego bajaron y arrastrándose mansamente por el suelo comenzaron a trepar por los largos vestidos de las mujeres.

—Te amo, madre —dijo la joven, y mirando el profundo abismo, dio un paso al vacío, desapareciendo entre las flamas.

—¡¡No!! ¡¡Honoria!!

Sancia cayó de rodillas, a medida que las llamas se apoderaban de ella con una rapidez escalofriante.

No parecía sentir dolor mientras su carne se consumía, aunque en realidad lo sentía. Como había dicho el fantasma, sin su amuleto era un ser mortal, despojada de poderes o hechizos. Solo que un dolor mayor, superior a cualquiera que hubiera podido sentir en su larga vida estaba desgarrando su corazón, ese corazón que se había vuelto casi humano muchos, muchísimos años atrás.

La muchacha había corrido hacia la niña. La bruja de cabellos dorados había desaparecido por la única entrada que quedaba en pie, dejando a la pequeña sola en medio de la habitación.

Con la cabecita de Adela escondida en su hombro, la mujer se volvió una vez más a mirar a la bruja. Una masa informe de fuego y carne ardía junto al agujero. Las llamas parecían haberse calmado, quizás el pago de las dos muertes había sido suficiente. Pero antes de que ella siquiera pudiera suspirar tranquila con la confianza de que todo había acabado, la habitación comenzó a temblar.

El fuego se apagó, y cada una de las seis paredes se rajó de arriba abajo. El techo colapsó deshaciéndose en cientos de trozos de roca arenosa, y las paredes se desmoronaron, dejando a la vista los huesos que las formaban.

Julia miró con horror esos huesos pequeños, que ella había creído rocas, los huesos de cientos y cientos de pequeños inocentes inmolados en aquel macabro altar.

Dando la espalda al monstruoso espectáculo, comenzó a correr.

Adela ya no lloraba, más bien gritaba asustada por el ruido de la cueva destruyéndose. Los pasadizos iban cayendo a nuestras espaldas sin darme tiempo a decidir qué camino elegir.

Corrí sin sentido hasta que llegué al final de un corredor donde todo se había desmoronado.

Los ruidos que venían de la cueva eran realmente alarmantes, y yo estaba tan aterrada que ni siquiera podía pensar.

Adela se había calmado, la bajé para descansar unos segundos. La niña se volvió mirando el camino por donde habíamos llegado.

—¡Simaco! —gritó, y comenzó a correr.

—¡Adela! ¡Ven aquí! —miré hacia dónde ella se dirigía buscándolo, pero el pasillo estaba desierto.

—¡Adela! ¡Espérame! —pedí, y ella se detuvo—. Aquí no hay nadie, cariño —dije inclinándome y abrazándola —. Simaco no está aquí.

La niña me miró frunciendo el ceño.

—¡Está allí! ¿No lo ves? Nos está esperando —y empezó a caminar. Se detuvo y se volvió — Ven —dijo tomando mi mano—, él sabe cómo salir.

Tomé la mano de Adela y traté de vislumbrar en la oscuridad a Michael. Quizás simplemente yo no podía verlo, y esta idea me llenó de dolor.

Ella caminaba rápidamente, al llegar a un cruce giró sin dudar, hacia la izquierda.

—¿Él... Él está bien? —pregunté vacilante.

—Parece que sí —respondió Adela después de unos segundos.

—¿Lo escuchas cuando te habla?

La niña asintió, mirándome.

—¿Tú no? —preguntó.

Sonreí sin responder.

—Dice que no te preocupes por eso—añadió la pequeña, tirando de mi mano.

Efectivamente teníamos un problema mayor. El estruendo se hacía más y más cercano, evidentemente todas las cuevas y laberinto de pasadizos que pudiera haber bajo el bosque se estaban derrumbando, y si queríamos seguir con vida debíamos darnos prisa para no terminar atrapadas allí dentro.

Empecé a notar que ascendíamos por el largo pasillo, y las esperanzas renacieron, también mi certeza de que Adela realmente estaba viendo a Michael y de que él nos estaba guiando.

Al fin distinguí las antorchas de la entrada, y empujando la pesada puerta, salimos al exterior.

El bosque estaba oscuro y silencioso. Miré hacia el corredor una vez más, el silencio ahora era total.

Todo había terminado.

El tiempo se detiene cuando morimos, y ya nada importa.

Los recuerdos se desvanecen y comenzamos a olvidar.

¡Qué ironía! Los muertos nos olvidan mientras los vivos hacemos lo imposible por no olvidarlos.

A pesar de estar viva, a pesar de haber recuperado a Adela y saber que ya nadie le haría daño, la melancolía me embargaba.

Y sabía que era egoísta y desagradecida por no sentirme completamente feliz. Pero no podía.

Michael se había ido.

Se había ido sin despedirse, sin siquiera decirme adiós y sin permitirme decirle gracias.

Traté de retomar nuestras actividades, especialmente de sumergir otra vez a Adela en sus rutinas para ayudarla así a olvidar. Por suerte era poco lo que ella recordaba, parecía como si esa noche hubiera estado sumida en una especie de trance.

Sin embargo, para mí todo estaba grabado a fuego en mi mente y en mi alma, y quizás nunca terminaría de sanarme del todo.

Con el paso de los días ella también comenzó a olvidar a Michael. Dejó de subir a la biblioteca, dejó de preguntarme por él y finalmente dejó de nombrarlo. Me sentí feliz por ella, lo que menos deseaba era verla sufrir por su ausencia.

Una mañana de domingo, casi dos meses después, estábamos desayunando cuando llegó Emilia.

Se preparó un té y se sentó con nosotras en la gran mesa de la cocina. Adela le dio un beso rápido y corrió al jardín para jugar con Felipe que ya revoloteaba alrededor de Pedro. Podíamos escuchar las protestas de éste que le gritaba al animalito para que se alejara de las flores.

Miré por la ventana y vi que el anciano traía algunas herramientas en las manos.

—¿Pedro ha estado trabajando hoy domingo? —dije haciendo una mueca.

—Ya lo conoces, no puede quedarse quieto.

Vi que ella evitaba mi mirada.

—¿Qué es lo que está haciendo? ¿Algún arreglo en la casita?

—En el mausoleo—dijo como al pasar—. ¿Quieres más té?

Pero yo me había quedado con la vista fija en el jardín, observando a los dos acuclillados junto a un macizo de prímulas. Mi mente había volado hacia esos indeseables recuerdos.

—Julia—la miré—, ¿estás bien?

Asentí.

—Sí, solo que ya no recordaba... Había olvidado que le pedí que sellara la puerta del mausoleo.

Se acercó y acarició mi rostro.

—Lo mejor que puedes hacer es olvidarlo, olvidarlo todo—dijo.

317

Sonreí.

—Sí, tienes razón, hay muchas cosas que quiero olvidar, pero...
Pero no todo.

Como si supiera de qué estaba hablando retiró la mano y fue a sentarse otra vez.

—Todo terminó, no debes pensar más en eso.

La miré y pregunté:

—¿Crees que se ha ido? Quiero decir... que se ha ido para siempre.

—Sí, gracias a Dios.

—Ni siquiera se despidió de Adela—dije con tristeza.

—Se fue y es lo mejor, ya cumplió aquello por lo cual había estado aquí todos estos años, ya no tenía sentido que se quedara — respondió ella gravemente.

—¿Qué quieres decir?

—Él quería vengar la muerte de su hijo y quería destruir a las brujas. Pues ya lo hizo, ¿por qué iba a quedarse?

Tenía razón, era algo tan obvio, sin embargo...

—El pobre hombre ha estado más de ciento ochenta años rondando por aquí como un espectro, es hora de que descanse en paz.

Escondí mis ojos, que se estaban humedeciendo, mirando la taza casi vacía.

Y lo que ella agregó luego terminó de hundir la daga en mi corazón.

—Debes dejarlo ir.

La semana siguiente nos quedamos en mi apartamento. La excusa era no tener que viajar por la autovía cada día, la verdad que en la casa echaba de menos a Michael.

El miércoles Lucas pasó a vernos, cenamos juntos y, después que acosté a Adela, nos quedamos tomando un café.

Hacía mucho tiempo que no charlábamos hasta medianoche, en realidad hacía tiempo de nuestra última charla de amigos, de esas que tanto disfrutábamos años atrás.

Después de unos minutos de silencio, él preguntó:

—¿Estás bien?

Asentí bebiendo un sorbo.

—No me mientas —añadió.

Suspiré.

—Estoy todo lo bien que se puede estar después de lo que ha pasado.

Asintió mirándome con ternura.

—Es increíble lo bien que lo lleva Adela, ¿duerme bien?, ¿no tiene pesadillas?

—No, ella está muy bien.

Volvió a asentir.

—¿Y tú?

—¿Yo?

Él me miraba. Traté de mantenerme serena pero sentí que las lágrimas amenazaban desbordar mis ojos.

—Yo sobreviviré—dije y poniéndome de pie, recogí las tazas y fui hasta la cocina.

El me siguió y acercándose por detrás me obligó a volverme.

Vio mis ojos húmedos.

—¿Qué pasa, nena?¿Qué tienes? —preguntó dulcemente.

—Michael se ha ido... —balbuceé.

Su sonrisa se esfumó y sus ojos se entrecerraron mirándome sin comprender.

—¿Qué quieres decir?

—Ya no puedo verlo, no responde cuando lo llamo, quizás no está en la casa, no lo sé...

Desvió la mirada y fue a sentarse en los sillones otra vez.

—No sabía que tenían una relación tan estrecha—dijo en tono burlón.

—Salvó mi vida, y la de Adela. Nunca podré terminar de agradecerle lo que hizo.

Me miró a los ojos, estaba molesto.

—¿Qué sientes por él? ¿Es solo agradecimiento?

Desvié la vista alejándome de él.

—Es mi amigo, aunque te cueste entenderlo...

—¿Amigo? ¿Te refieres a ese que tira cosas a la cabeza, y que se enfurece cuando un hombre te besa en tu propia casa?

—¡No lo juzgues, Lucas, no lo conoces! —grité.

—¡¿Qué importa si lo conozco o no?! ¡Está muerto! ¡Otra vez estás desperdiciando tu vida por alguien que está muerto!

Lo miré con pena.

—No puedo creer que digas eso... ¡Damian era tu amigo!

—¡Y murió, y lo enterramos, y estuviste ocho años llorando por él!

Tenía razón, no había nada que yo pudiera decir contra eso.

—¿Qué grotesca ironía del destino me obliga a seguir amándote mientras tú te aferras al recuerdo de un muerto?

No me atreví a mirarlo, no quise enfrentarme con sus ojos otra vez.

Se quedó inmóvil unos segundos, quizás esperando una explicación, pero yo no tenía nada para darle.

Esa misma noche tomé la decisión.

A la mañana siguiente volvimos a la casa y en apenas unas horas recogí nuestra ropa y algunos juguetes de Adela. Hablé con Emilia y le pedí que cerrara la casa, ella no hizo preguntas, seguramente podía ver el sufrimiento en mis ojos.

La niña estuvo conmigo todo el tiempo, por un momento creí que recordaba algo y que quizás iría a la biblioteca a ver a Simaco, pero no lo hizo.

Y yo tampoco.

Ya había caído el sol cuando partimos. Aunque sabía que no volveríamos en mucho tiempo, no me demoré en despedidas o en tontos sentimentalismos. Después de un abrazo rápido a Pedro y Emilia, subimos al coche y nos fuimos.

Mientras recorríamos los retorcidos caminos que nos llevaban a la autopista, observé el bosque. Curiosamente ese lóbrego paraje ya no me daba miedo, quizás porque ahora sabía lo que allí se ocultaba, y casi siempre la imaginación es más aterradora que la verdad. Casi siempre.

Adela se había dormido en su sillita. La miré a través del espejo retrovisor y un nudo de ternura me estrujó la garganta. Mi niña, ¿cómo era posible amar tanto a alguien?

Podía escuchar ya los ecos de los coches que corrían veloces por la autopista, solo un giro más adelante.

Detuve el automóvil contra los árboles, me aseguré que la pequeña estuviera dormida y bajé.

Estábamos en una cima, unos cientos de metros por encima del bosque. Los árboles se extendían hacia abajo hasta llegar a la casa, allí abruptamente comenzaba el parque iluminado por las farolas. La mansión sobresalía tenebrosa e imponente, completamente oscura. Busqué alguna ventana iluminada y esperé, con el anhelo de que una de ellas resplandeciera de repente, mostrándome que él aún estaba allí.

Pero todo siguió igual, sombrío y silencioso.

La brisa arrancó lamentos de los árboles y encontró eco en mi alma.

Suspiré y me volví, caminando los pocos pasos que me separaban del coche. Una ráfaga helada movió mi cabello y sentí que la piel se me erizaba, pero no era por el frío, había algo más.

Aún sin verlo supe que el peligro me acechaba. Apoyé la mano en la manivela y cuando estaba a punto de abrirla, ella se movió y la vi.

Las llaves cayeron de mi mano, al tiempo que una exclamación se escapaba de mis labios.

—¿Qué estás haciendo aquí? —pregunté sin poder moverme.

La mujer avanzó, y lentamente echó atrás la caperuza de su capa dejando al descubierto su larga cabellera dorada.

—Tú sabes a qué he venido, necesito a la niña.

Mis manos temblaban, y todo mi cuerpo. Me apoyé contra el coche para no caer.

—Fuiste tú quien la dejó ir, ¿por qué volviste? —susurré.

—No era el mejor momento para quedarme...

Me agaché, moviendo las manos desesperada sobre el pedregullo en busca de las llaves.

—Entrégamela. Si lo haces te dejaré ir.

Ignoré su pedido y seguí tanteando, ciega, la grava.

Ella continuaba caminando hacia mí. Los sollozos al fin encontraron escape, y empecé a gemir, mientras murmuraba un ruego ininteligible.

—Dios mío, no... No permitas que se la lleve, por favor...

Levanté la cabeza y la vi más cerca del coche de lo que esperaba, y me di cuenta que no tenía tiempo.

Abandonando la búsqueda, corrí hacia el otro lado y me detuve delante de la puerta de Adela, extendiendo mis manos crispadas, como si así, de alguna manera inexplicable pudiera detenerla e impedir que se llevara a mi pequeña.

—No la toques —amenacé.

Se detuvo y me miró, casi con pena.

—No hay nada que puedas hacer. Estás sola.

"Estás sola". "Estás sola".

Las palabras parecieron retumbar en la inmensidad de la noche, como un eco triste y oscuro, como una letanía de muerte.

Estaba sola, completamente sola.

Y lo único que tenía estaba a punto de serme arrebatado.

¿Cómo había supuesto que podía vencerlas? ¿Cómo, por siquiera un segundo, había imaginado que podríamos escapar de ellas y de su maldad?

La miré entre mis lágrimas, mientras mis manos caían vencidas.

Estaba sola y no había nada que pudiera hacer contra ella.

Pero al pensar en Adela, una fortaleza inexplicable me llenó completamente. No se llevaría a mi niña, yo iba a luchar hasta mi último aliento.

Y si era necesario la iba a matar con mis propias manos.

Me enderecé, esperando su ataque, entonces algo se movió unos metros más allá. Me llevó solo un segundo entender qué era.

—No, no estoy sola—dije tornando mis ojos hacia ella otra vez.

Volvió la cabeza siguiendo la dirección de mi mirada.

No podía ver su rostro, pero sí podía imaginar el fastidio dibujado en su semblante.

—Creí que te habías ido para no volver —dijo.

—Yo creí lo mismo de ti—contestó él.

Con lágrimas de agradecimiento lo miré acercarse con las manos unidas en la espalda, con su andar elegante y pausado.

Ella cautelosamente caminó de costado, sin darnos la espalda a ninguno de los dos.

—Veo que no has aprendido la lección, fantasma —replicó la bruja.

—Al contrario —respondió Michael —, la aprendí muy bien. Sé todo lo que necesito saber para acabar contigo.

—Oh, entiendo —dijo ella sin dejar de caminar—, el amuleto.

Se abrió el vestido mostrando su cuello desnudo.

—¿Dónde está mi amuleto? —y empezó a reír— Jamás podrás encontrarlo.

Mi corazón dio un vuelco.

Michael dio dos pasos rápidos, acortando la distancia.

Ella se alejó, y vi que levantaba la cabeza, mirando el cielo.

Las ramas más altas de los árboles se agitaron y el viento comenzó a silbar. Lo que primero parecía una suave brisa, fue aumentando de intensidad hasta convertirse en un torbellino furioso y ensordecedor, al punto que debí inclinarme contra el coche para protegerme.

El cabello de Michael se agitaba y sus ropas, pero salvo eso, él permanecía inmutable.

En el suelo pequeñas ráfagas de aire formaban remolinos aquí y allá, levantando las piedritas del camino. Con espanto vi cómo se unían en el centro de la carretera, formando uno enorme a espaldas de Michael.

Él empezó a caminar hacia la bruja, como si nada de lo que pasaba a su alrededor pudiera detenerlo. El viento bramaba tempestuoso y los árboles se balanceaban, golpeando sus ramas unas contra otras.

La mujer alargó el brazo como para lanzar un hechizo, y entonces, ante mi asombro y el de ella, él mostró lo que tenía en sus manos, oculto en la espalda: una filosa espada que blandió con maestría cerca de la bruja.

Esta empezó a reír, acompañando con ese desagradable sonido, los ruidos estruendosos del viento.

323

Michael se movió con rapidez, acercándose y descargó un golpe certero sobre el brazo de la bruja.

La mano cayó, separada completamente del cuerpo, y ella gritó, no de dolor sino enfurecida.

—Es verdad, Lena, la mejor manera de ocultar algo tan preciado es lucirlo a la vista de todos —dijo Michael y dio otro golpe sobre la mano que yacía en el camino, esparciendo polvo, y trozos de carne.

—Lo que has olvidado, es que conozco todos tus secretos, los he venido escuchando por décadas.

Ella volvió a gritar, y los pájaros salieron chillando de sus nidos.

—¡Te arrepentirás!

Él se inclinó y tomó lo que parecían los trozos de un anillo, y los guardó en su bolsillo.

—Veo que no has aprendido la lección, hechicera —dijo con sus ojos negros brillando—, no puedes destruir a un hombre muerto.

Dio unos pasos hacia ella y la miró un instante, apoyando la punta de la espada en el suelo.

—Pero si puedes matar a una bruja —añadió, y levantando la filosa hoja la clavó rápidamente en el pecho de Lena.

La sorpresa de entender lo que estaba a punto de suceder quedó estampada en su rostro, en una mueca de desconcierto y espanto.

Cayó de rodillas y mientras la sangre manaba de su pecho a borbotones, inclinó su cabeza hacia mí.

Michael dejó caer la espada y caminó hacia el coche.

Yo seguía apoyada, sosteniéndome con mis manos, para no caer al suelo ya que mis piernas no podían soportarme.

Se detuvo a unos centímetros y me miró.

—Gracias por volver —dije.

Frunció el ceño en un gesto inquisitivo.

—¿Volver? Nunca me fui.

Lo miré a los ojos tratando de comprender lo que eso significaba. Y entonces algo pasó. Él se volvió rápidamente y gritó.

Sin terminar de entender lo que estaba pasando, abrí la boca para hablar, y entonces sentí algo frío que penetraba mi costado, haciéndome estremecer. Volví la cabeza confusa y vi, de pie a mi lado, a la bruja que me miraba con sus ojos claros. La expresión triunfante de su rostro me recordó a Sancia.

Lentamente ella sacó la filosa hoja que había clavado entre mis costillas y un chorro de sangre caliente comenzó a escurrirse por mis ropas. Miré con espanto la mancha oscura que se formaba en mi camisa y me tambaleé, buscando apoyo en el automóvil.

Busqué a Michael con la mirada pero parecía haber desaparecido. Caminé arrastrándome sobre el coche hasta la puerta que ocupaba Adela. Empezaba a sentirme mareada y mis movimientos eran lentos y torpes, cada vez más lentos.

—Sí, fantasma, voy a morir, pero ella vendrá conmigo— escuché decir a la bruja. Su voz parecía lejana, confusa.

Me dejé caer hasta sentarme en el suelo, con la espalda sobre la rueda trasera. Bajé la cabeza hasta la herida, y me percaté de que había demasiada sangre en el suelo y en mis ropas.

La bruja se acuclilló frente a mí, ella también sangraba, no solo de su brazo manaba un rio de sangre, sino que su vestido amarillo se había vuelto casi carmesí.

—No podré tener a tu niña, pero tú tampoco—dijo levantando el brazo sano, del que asomaba la daga ensangrentada.

Sonrió, y la sonrisa vibró unos instantes en sus labios. Luego la sorpresa turbó su mirada y su boca se abrió, en una pregunta muda. Y sin que yo entendiera cómo, la cabeza se deslizó hacia un lado y cayó, dejando el cuerpo exactamente en la misma posición durante unas milésimas de segundo: la rodilla en el suelo, la mano levantada con el cuchillo brillando en la oscuridad, el vestido moviéndose con el viento.

Luego se derrumbó lentamente, como una marioneta abandonada, y la sangre inundó la carretera.

La cabeza rodó unos metros y se detuvo, balanceándose rítmicamente, mientras sus ojos, aun abiertos, parecían mirarme. Un último espasmo movió su boca en una mueca de asombro, y la dejó abierta, con una expresión ridícula y a la vez espantosa.

Me quedé con la vista fija en esos ojos muertos, mientras mi propia vida se me escapaba.

Michael, con la espada aun en la mano, caminó hacia mí.

—¡Julia! —dijo.

Y aunque sabía que estaba a mi lado, ya no podía verlo.

—¿Michael? ¿Dónde estás?

Los ojos se me cerraban. Me obligué a mantenerlos abiertos y traté de aclarar la mirada que parecía nublarse por momentos.

—Michael, no me dejes sola...

Me puse de pie y caminé alrededor del coche.

—¿Michael?

Miré a Adela a través de la ventanilla, aun dormía.

— ¿Dónde estás?

—Julia—escuché.

La voz parecía venir ahora del bosque. Confusa comencé a caminar hacia el borde de la carretera.

—Julia, ven—volví a escuchar.

La pendiente era pronunciada, se veía peligrosa en la oscuridad y con el suelo mojado y resbaloso.

Sentándome en la tierra húmeda empecé a descender ayudándome con mis manos. Resbale un par de metros, pero pude retomar la estabilidad rápidamente aunque con algo de esfuerzo. Sentía las manos no solo sucias sino también lastimadas, pero no me importó.

Las hojas del otoño pasado aún cubrían gran parte del terreno, las escuchaba crujir bajo mis pies, a veces eran las causantes de repentinos resbalones que me obligaban a aferrarme a las ramas de los árboles o a lo que tenía a mano.

Después de unos minutos pude distinguir en la oscuridad el sendero que llevaba hasta la casa.

Corrí los metros que quedaban y penetré en el parque.

La mansión estaba totalmente iluminada, parecía que no había una sola habitación dónde no hubiera una luz encendida.

Resplandecía majestuosa, llenando la noche de belleza.

Empujé la puerta y entré.

—¿Michael? —y corrí escaleras arriba.

Abrí la puerta de la biblioteca y entonces me detuve, atónita.

Él no estaba allí, pero la habitación no estaba vacía.

Mi corazón se detuvo totalmente por un instante, absolutamente estupefacto, luego se aceleró retumbando en mi pecho.

Caminé hasta el escritorio buscando apoyo mientras mis ojos no podían apartarse de los suyos.

—Hola, Julia—dijo y entonces reconocí la misma voz que me había hablado en el bosque. Era su voz, la voz con que había soñado cientos de veces... ¿cómo la había confundido con la de Michael?

Apoyé la mano en el pecho tratando de serenar mi corazón, pero sus latidos descontrolados me impedían hablar.

—¿Damian? —dije con incredulidad, y limpiando mis ojos que ya estaban anegados por las lágrimas agregué:—¿Realmente eres tú?

Entonces sonrió, y su sonrisa iluminó la estancia.

—Soy yo —dijo.

Caminé torpemente hacia él, con mis manos extendidas temblando.

Me detuve sin saber qué hacer. Él recorrió los pocos pasos que nos separaban y me envolvió en un abrazo.

Ni siquiera había tenido tiempo de pensar en lo que iba a sentir al tocarlo, si sería como tocar a Michael, o algo diferente, pero ese momento en sus brazos superó todo lo vivido y todo lo imaginado.

Fue paz, calidez, amor...

Un amor infinito y perfecto, y felicidad, tanta felicidad como nunca había sentido en mi vida y como jamás imaginé poder sentir. Y una sensación inmensa de seguridad y protección.

Estaba inmóvil, creo que ni siquiera respiraba. Entonces él dijo:

—He venido, como te había prometido.

Su promesa, hecha tantos años antes.

Levanté mi rostro y miré sus ojos, hermosos, dorados, de largas pestañas.

—No todo termina aquí, Julia, existe mucho más, muchísimo más.

Sonreí al ver la felicidad en su semblante.

—Te diría que lo que viene después es lo mejor.

Reí al darme cuenta que solo Damian podría decir algo así, aun en un momento como ese.

—Entonces... ¿Eres feliz?

—¿Quieres saber si soy feliz por haber muerto a los 21 años? No, creo que me hubiera gustado vivir un poco más, disfrutar unos años más contigo—y acarició mi rostro—. Pero soy feliz por seguir "viviendo", aprendiendo y creciendo.

Lo observé, tratando de comprender lo incomprensible, tratando de imaginar esa vida de la que él me hablaba.

Y entonces un rayo de luz iluminó mi mente.

Me aparté unos pasos.

—¿Por qué me trajiste aquí?

El mantuvo sus ojos en los míos sin responder.

Bajé la vista y levanté la blusa. Un gran tajo se extendía por unos diez centímetros bajo mi costilla izquierda, curiosamente no manaba ni una sola gota de sangre.

Volví a mirarlo.

—Es... es muy extraño...—empecé a decir—Creí que iba a... —y dejé la frase inconclusa.

Mantuve mi mirada clavada en sus ojos, tratando de entender lo que estaba pasando.

—Estoy muerta...

Él sonrió.

—Estoy muerta —repetí.

Tomó mi mano entre las suyas.

—No, no estás muerta —dijo, y acarició mi mejilla—. Aún no— aclaró.

—Si no estoy muerta... ¿dónde estoy?

—A las puertas.

—¿A las puertas...?

Hizo una mueca.

—...del otro mundo, del más allá, como quieras llamarlo.

Abrí la boca en un gesto de sorpresa e incredulidad.

—¿Voy a morir? —y sentí un nudo que me oprimía la garganta y me impedía hablar.

—No lo sé —respondió tranquilamente.

Y me di cuenta que no quería morir.

Aun cuando en ese mundo estuviera Damián y Lucía, y mis padres... No quería morir.

—No quiero morir—dije—, no estoy preparada...

Y pensé en Adela.

—Tengo tanto por hacer...

Y pensé en Lucas.

—Necesito aprender a ser feliz...

Una punzada de dolor en mi costado me obligó a encogerme dando un paso hacia atrás.

Miré a Damián, suplicante.

—Una segunda oportunidad...—dije con un hilo de voz— para hacer las cosas bien. Necesito una segunda oportunidad...

Él se acercó y me sostuvo en sus brazos.

—Te amo, Julia—dijo y besó suavemente mis labios.

—¡Julie! —escuché y todo mi cuerpo se puso en tensión—¡Julie! ¿Dónde estás? —el ruego, que se parecía más a un gemido, me obligó a abrir los ojos.

—Estoy aquí, amor—dije, encontrándome otra vez sentada en la carretera.

La puerta del coche se abrió lentamente y vi asomar la cabecita castaña.

—¿Puedo bajar?

Sin esperar respuesta saltó del asiento y se acercó a mí.

Traté de enfocar su rostro, pero a pesar de mis esfuerzos la consciencia me abandonaba.

Busqué a Damián a través de las sombras.

—¿Qué te pasa, Julie?

—Deli, busca mi teléfono móvil, está en el asiento de coche. Llama a Lucas...

—¿Por qué estás sentada en el suelo? —noté su vocecita asustada, casi estaba llorando.

—Llama a Lucas, amor. Dile que venga a buscarnos...

Con desesperación noté que se me hacía cada vez más difícil respirar.

—Damian... —supliqué quedamente—no me lleves, no todavía...

Sentí el cuerpecito tibio de Adela junto al mío.

—Lucas es el primero, ¿verdad? —preguntó, y supongo que señalaba mi lista de contactos.

Asentí, y sonreí.

La escuché hablar con Lucas, parecía calmada.

Estiré como pude el brazo y la acerqué hacia mí. Suspiró, refugiándose en mi pecho.

Traté de mantener la conciencia, asiéndome desesperada a lo poco que me quedaba de vida.

—Lucas me gritó...—dijo, sollozando— Estaba enojado.

—No está enojado, mi cielo... Sólo está asustado...

—¿Por qué está asustado? ¿Tú también estás asustada, Julie?

Abrí los ojos con la misma sensación de angustia y desesperación. La luz me encandilaba y me impedía ver con claridad dónde me encontraba. No escuchaba voces, ni ruidos, solo un pitido, que se repetía cada uno o dos segundos.

Sentía la boca seca y en los ojos un escozor insoportable, los dolores en mis piernas y en las costillas eran extremadamente agudos y penetrantes.

Si estaba muerta, si eso era "el más allá", se parecía más al infierno que al cielo.

Recorrí la habitación con la vista, todo lo que podía ver sin moverme. Cerca de la cama, en un sillón demasiado pequeño para él, se encontraba Lucas. Estaba dormido, la cabeza caía contra su pecho y un mechón de pelo le cubría los ojos.

¡Parecía tan joven! Así dormido casi podía ver al muchachito que había conocido diez años atrás: dulce, gentil, con un corazón enorme y lleno de bondad.

¿Por qué nunca había visto estas cualidades antes? Si, lo había hecho, pero no las había valorado, no como debía.

Él era casi el único que sabía hacerme reír cuando estaba triste, consolarme cuando me sentía sola, escucharme cuando ni yo misma sabía lo que me estaba pasando.

Él era en quién yo más confiaba, quién siempre había estado ahí para mí, a cualquier hora de la noche y bajo cualquier circunstancia.

Sentí que una lágrima resbalaba por mi mejilla, al entender que la gran soledad que me había consumido cuando Damian murió hubiera desaparecido mucho antes si Lucas hubiese estado conmigo. Porque él habría sabido curarme.

Lucas era lo que yo necesitaba para sanar mi alma, él era mi bálsamo.

Y yo era la única que no me daba cuenta.

Suspiré y él también suspiró.

Traté de mover la cabeza pero una punzada de dolor se clavó en mi costado arrancándome un gemido y él se despertó.

Me miró, confundido, y se puso de pie inmediatamente acercándose a la cama.

—No te muevas, llamaré a la enfermera...

Y empezó a alejarse hacia la puerta.

—No—dije extendiendo la mano—, ven aquí.

Se sentó a mi lado, y apoyó su mano sobre la mía.

—¿Adela? —pregunté.

—Está con Marilyn ahora. Ella y Janet han estado cuidándote cada noche desde el accidente.

—¿Accidente? —pregunté enarcando las cejas.

Lucas me miró, frunciendo el ceño.

— Adela me llamó, y cuando llegué te encontré junto al coche, estabas casi desangrada.

—Mi nenita....

—Fue una suerte, ese llamado salvó tu vida.

—¿Encontraron algo? —pregunté pensativa.

—¿Algo cómo qué?

Lo miré evaluando si debía revelarle lo que realmente había pasado esa noche.

—¿Había alguien más contigo? —preguntó mirándome profundamente— ¿Qué sucedió, Julia?

—Fue el último intento desesperado por quitarme a Adela.

Sus ojos se agrandaron, asombrados.

—Creí que todo había terminado mucho antes...

Asentí.

—Yo también.

—¿Había alguien contigo? —volvió a preguntar.

—Sí, Michael estaba conmigo.

No agregó nada más, como si hubiera comprendido todo sin necesidad de explicárselo.

—Me alegra que él estuviera allí —dijo al fin.

Oprimí su mano con cariño y mis ojos se humedecieron.

—Me alegra que tú estuvieras allí, Lucas.

Unas semanas después me dieron el alta.

Adela aún se quedaría con Marilyn y Juan por un tiempo más hasta que yo pudiera recuperarme, de manera que Lucas me llevó a casa y me ayudó a instalarme en el salón donde Pedro había puesto una cama para que yo no tuviera que subir las escaleras. Después de organizar todo, Emilia se fue a su casa dejándonos solos en la cocina.

—¿Leche? ¿Te? ¿Café? —preguntó Lucas, sacando las tazas de la alacena.

—Leche con miel.

—¡Qué mimada eres! "Leche con miel" —dijo imitando el tono de mi voz.

—Estoy convaleciente—respondí.

Él rió mientras iba hasta la nevera.

Su risa movió algo dentro mío, y me quedé mirándolo tratando de entender qué era lo que estaba sintiendo.

Él no me miraba, estaba poniendo la leche a calentar.

—Es verdad, necesitas que te cuiden—dijo.

Y como yo seguía en silencio, giró la cabeza hacia mí.

No sé cuán transparente era mi mirada, o cuánto de lo que yo estaba sintiendo él pudo adivinar, pero sus ojos se clavaron en los míos lo suficiente como para que mi corazón cambiara su ritmo.

—¿Estás bien? —preguntó.

Asentí y bajé la mirada.

—Pensaba en... ¿Cuánto hace que nos conocemos? ¿Quince años?

—Dieciséis.

—Eso es mucho tiempo—dije, y acomode las servilletas para ocultar mi turbación.

Él me acercó una taza.

—Podría decir que me conoces mejor que nadie—comentó.

—¿Si? En realidad estuvimos separados la mitad de esos años...

—Igual me conoces mejor que nadie—insistió.

Suspiré y volví a mirarlo a los ojos.

—Me encantaría creer eso.

Frunció el ceño.

—¿Lo dudas?

—No lo sé—dije, evitando sus ojos—, pero me encantaría creerlo.

—Es la verdad.

Levanté la mirada y traté de sonreír para quitar solemnidad al momento.

Sus ojos se anclaron en los míos. Me quedé allí atrapada en el mar azul profundo de su mirada cálida. Y vi otra vez el amor, su amor, del que tantos me habían hablado.

Y sin poder evitarlo, dije:

—No me dejes, Lucas. Por favor, haga lo que haga, estés con quién estés, no me dejes— y me avergoncé de ser tan egoísta.

Sonrió, con una sonrisa triste.

—Nunca voy a dejarte, no puedo—dijo simplemente.

Me puse de pie y me refugié en sus brazos, descansando mi cabeza en su hombro.

Suspiré y él también.

Y entonces hizo lo que seguramente había estado reprimiendo.

Alejó apenas la cabeza para mirarme a los ojos otra vez y posó sus labios en los míos.

Y me sorprendió todo lo que ese beso tímido y tierno despertó en mí. Demasiadas sensaciones a la vez, y demasiado intensas.

Una corriente cálida me recorrió de pies a cabeza y se instaló como un fuego ardiente en mi estómago, y entonces tuve la seguridad absoluta que ese era mi lugar, allí, entre sus brazos.

Levanté mis manos y acaricié su rostro, él abrió sus labios y envolvió los míos suavemente. Y nos besamos como mucho tiempo atrás deberíamos haberlo hecho.

Y lo supe. Eso que estaba sintiendo era amor.

Y sabía que él estaba sintiendo lo mismo, no necesitaba preguntárselo. Porque el amor es un lenguaje de alma a alma, y mi alma sabía lo que la suya sentía con una certeza total y absoluta.

Y me pegué más a él, deseando fusionar mi esencia con la suya. Después suavemente tomó mi cara entre sus manos y miró mis ojos.

—¿Cómo pudiste creer por un segundo que yo sería capaz de abandonarte?

—Te amo, Lucas—dije mirándolo a través de mis lágrimas. Y mi corazón saltó de alegría ante esta confesión—. Te amo—repetí sonriendo.

Y no pude seguir hablando, sus besos me callaron.

Y por unos preciosos minutos pude sentir la misma paz, el mismo amor infinito y la misma dulce protección que había sentido en los brazos de Damián pocos días atrás.

Lo primero que hice en cuanto pude subir las escaleras fue ir a la biblioteca.

Necesitaba hablar con Michael. Él había salvado mi vida y la de Adela más de una vez y aunque no había manera de agradecer semejante dádiva, yo quería tratar de hacerlo.

Caminé lentamente hasta la puerta y me detuve antes de abrirla. El desconsuelo me embargó al ver la habitación vacía y oscura, esperaba encontrarlo sentado en su sillón, con la lámpara encendida, pero en cambio todo estaba en tinieblas.

Caminé hasta la estantería y eché una mirada tratando de averiguar si faltaba algún libro. Busqué sus preferidos, estaban todos allí, pulcramente acomodados en el estante.

Me acerqué al escritorio, encendí la vieja lámpara de aceite, y distinguí algo al pie del antiguo candil.

Era un sobre con mi nombre escrito en elegante caligrafía masculina. Lo abrí y empecé a leer:

"Estás leyendo estas líneas preguntándote por qué no te dije adiós, por qué no abracé a Adela por última vez, por qué decidí escribir en vez de hablar..."

"La respuesta es simple: así es más fácil. Así no tengo que mirarte a los ojos y que busques respuestas en los míos."

—Cobarde—susurré.

"Muchas veces me había preguntado por qué permanecía en esta casa, esperando sin saber qué esperaba. Pensaba que el odio y el deseo de venganza me mantenían atado a este mundo, pero cuando al fin pude vengarme nada cambió.
Todos estos años no había nada más que odio en mi corazón, y cuando el odio al fin desapareció, quedé completamente vacío.
Pero tú trajiste algo nuevo a mi vida, algo que nunca creí poder sentir, y menos con un corazón marchito y desangrado.
Te escribo para decirte adiós, porque si te tuviera frente a mí no podría decirlo.
De esta manera solo puedo imaginarte mirándome con tus grandes ojos, con esa mezcla de temor y adoración a la que había comenzado a acostumbrarme.
Te amo, Julia, y te amaré siempre. Tengo toda una eternidad para amarte y recordarte. Pero tú tienes toda una vida para olvidarme y ser feliz.
Y es porque te amo que te dejo ir."

Me puse de pie con el papel en la mano, las lágrimas caían de mis ojos.
—¿Dónde estás? —pregunté.
Tiré la carta sobre el sillón y caminé hacia el rincón donde él solía ocultarse.
—No te escondas de mí, Michael.
Descorrí las cortinas violentamente y grité:
—¡¿Dónde estás?!

Pero solo me respondió el eco de mi propia voz.

Me acerqué al sillón y tomé asiento una vez más. Apoyé la cabeza y cerré los ojos, acariciando la tela de los apoyabrazos.

—Estás aquí—dije, tratando de calmarme—, no importa lo que trates de hacerme creer. Te conozco bien.

El silencio era tan profundo que mi voz parecía retumbar con ecos extraños.

El viento soplaba afuera sonoramente entre los árboles.

—La vida es muy corta, Michael, y la eternidad muy larga. Demasiado larga para estar solo.

Abrí los ojos y busqué los suyos en la oscuridad.

—Nunca voy a olvidarte. Sellaste tu corazón con el mío el día que salvaste mi vida por primera vez.

Finalmente me puse de pie y caminé hacia la puerta, al llegar al umbral me volví.

—Pero tienes razón, gracias a ti tengo toda una vida para ser feliz.

La vida es extraña, tan llena de alegrías y dolor, risas y sufrimiento.

Nunca es como esperamos, nos sorprende a cada paso. Ni siquiera es como la habíamos planeado.

Pero muchas veces, por no decir siempre, descubrimos que ha sido diseñada en cada detalle especialmente para nosotros.

Tiene todas las curvas y altibajos que necesitamos para encontrarnos a nosotros mismos, exactamente la cantidad de momentos oscuros que necesitamos y la dosis justa de alegrías.

Claro que solo entendemos eso al final, cuando miramos hacia atrás.

Mi vida había tenido demasiados momentos difíciles, como si se hubieran aglutinado todos no dejando lugar para la felicidad. Y me había acostumbrado a que eso era todo lo que yo podía esperar, como si no tuviera derecho a la parte alegre de la vida.

Pero lo más triste era que sin saberlo había arrastrado a alguien conmigo en mi desdicha.

Cuando me dejé amar, empecé a amar, y cuando me permití ser feliz, fui feliz al fin.

EPÍLOGO

Un largo suspiro se escuchó desde las sombras, un brillo tenue relampagueó en el rincón más oscuro y él se separó de las tinieblas.

Miró hacia la puerta cerrada y una mueca se dibujó en sus labios. Era terca, demasiado terca para su paz espiritual y para su corazón muerto.

Sabía que quedarse allí era una mala decisión, quizás la peor decisión que había tomado en su larga existencia, pero no podía irse, no podía dejarla.

Era como si un lazo invisible uniera su corazón marchito al de ella palpitante, con un nudo imposible de romper.

Pasó la mano por los viejos volúmenes, aquellos que ella había tocado. Luego tomó uno y se aproximó a la ventana.

Acercó el libro a su cara, aún tenía su perfume. Se sentó y lo abrió.

Acarició las páginas amarillentas con la misma delicadeza que si se tratase de su piel, y sintió que el lazo se estrechaba aún más, oprimiendo su corazón hasta arrancarle un gemido.

Movió la cabeza como obligándose a pensar en otra cosa, y acercándose a la lámpara, la encendió.

La tenue luz fue creciendo hasta llenar la habitación con un suave resplandor dorado.

Su silueta se dibujaba en la ventana de la tercera planta.

Desde uno de los pinos más altos un búho volvió la cabeza al ver la luz, y emitió un llamado triste. Luego su cabeza giró completamente dirigiendo su mirada hacia la espesura. Volvió a ulular y recibió una lejana respuesta, chillando levantó el vuelo, alejándose.

El bosque se llenó de quietud y de silencio.

Todo lo que allí habitaba aguardaba y observaba.

Otra ventana se iluminó, justo debajo de la primera, solo por un instante, casi un flash de luz en medio de la noche. Y luego silencio.

El hombre no leía. Ella no dormía.

Y el lazo no se rompía.

Unos minutos después se escuchó otra vez el triste ulular y con un aleteo rápido el búho se posó en el pino, en su rama preferida.

El pico se abrió en otro llamado agudo y su cabeza giró 180 grados mirando la casa. Los grandes ojos de mirada hipnótica se fijaron en la ventana justo en el momento en que la luz se apagaba.

Como si esa fuera la señal que estaba esperando, agachó la cabeza y se ocultó en el hueco que le servía de nido. Sus ojos, lentamente se cerraron y la quietud, y la paz tan largamente anhelada, llegaron al fin al siniestro paraje.

Nota de la autora

Querido lector,
quiero dedicar mis últimas líneas a darte las gracias por la
elección de mi libro, y que hayas llegado hasta el final de su
lectura, lo que espero que signifique que te ha gustado.
Si es así, quería pedirte que dedicases un minuto a valorarlo en
Amazon para ayudar a otros lectores a encontrar lo que buscan.
Gracias y espero que coincidamos de nuevo en mi próxima obra.

Otras obras de Claudia Cortez

SOL DE PLATA

¿Qué harías por amor? ¿Hasta dónde llegarías?
¿Cuándo dejamos de ser cobardes y nos embarcamos en la locura de seguir nuestros impulsos y arriesgar todo los que tenemos por ser felices?
Ella era cobarde y jamás se había arriesgado, pero un día él llegó en medio de la lluvia. Pronunció su nombre y le hizo una pregunta, una pregunta que cambió su vida para siempre.
Una historia de incertidumbres y esperas, de aventuras y sobresaltos. En un tiempo distinto, en un lugar diferente.
Una historia que todos querríamos vivir.
Una historia de amor.

Léela en AMAZON
https://goo.gl/NwCzkw

AQUÍ TE ESPERARÉ POR SIEMPRE

Después del accidente que le robara parte de sus recuerdos, Marianne decidió alejarse de todo y de todos.

No podía soportar la mirada suplicante de su prometido rogando por un amor que ella ya no tenía, ni esperar con desesperación memorias que no llegaban.

Porqué ella, arquitecta de profesión, se sintió impulsada a escribir una novela sobre caballeros feudales, o qué la llevó a trasladarse a ese pueblito perdido en medio de la nada cerca del fascinante castillo medieval, eran solo otros de los tantos misterios sin respuesta que había en su vida. Pero fue en ese paraje solitario donde a fin comenzó a encontrar algo de paz.

Lo que no sabía era que esa calma aparente iba a desaparecer en un instante, y que pronto se vería sumergida en una vorágine de sucesos que la llevarían a dudar una vez más de su cordura.

Léela en AMAZON
https://goo.gl/UqCbcB

REFLEJOS

Alicia nunca se había preguntado que había del otro lado del espejo. Para ella esos cristales solo le ayudaban en su estudio sobre el comportamiento de las ondas de luz, y ni siquiera prestaba atención al reflejo que veía cada día mientras estaba trabajando en el laboratorio. Hasta que un día algo sucedió y las preguntas comenzaron a amontonarse, esperando respuestas...

¿Qué había allí?

¿Lo que veía en el espejo era simplemente su propio reflejo?

¿O existía algo más, desconocido, oculto, esperando ser descubierto?

Léela en AMAZON
https://goo.gl/S78kQC

Páginas de Claudia Cortez

BLOG
http://laescribiente.blogspot.co.uk/

AMAZON
http://goo.gl/FGaV9x

OBRAS
https://goo.gl/6IWMCe

INSTAGRAM
claudiacortez_autora

FACEBOOK
https://www.facebook.com/claudia.cortez.la.escribiente/

TWITTER
https://twitter.com/CEscribiente

E-MAIL
claudialaescribiente@gmail.com

Printed in Great Britain
by Amazon

74034186R00199